EL ARCONTE

PEDRO ROSILLO GARRIDO

ÍNDICE

DEDICATORIA

Dedicado al maestro don Antonio García Trevijano, abogado y pensador político por su vida entregada a la búsqueda de la libertad política colectiva.

PRÓLOGO

Todas las personas que se acerquen al libro El Arconte pensarán si Pablo Romero es real o está inspirado en un personaje real. Todo lo que hay que aclarar sobre el libro es que es un libro de ficción basado en hechos reales. El Arconte es un libro realizado con la sabiduría de los años, la investigación de la intrahistoria de la historia y el estudio sobre los aspectos más profundos de la historia humana.

Sobre los arcontes siempre se ha sabido muy poco. Sabemos que los antiguos gnósticos los tenían bien reconocidos y que, de ellos, nos hablan en los escritos de Nag Hammadi encontrados en Egipto. En La Hipóstasis de los Arcontes, nos encontramos un escrito inédito que nos habla de estas entidades a las que se les llama también "Los Dominadores". Estos "dominadores" serían entidades inter dimensionales, que se alimentan de las energías de los seres humanos y que, de alguna manera, se convierten en parásitos psíquicos llegando a dominar las acciones humanas por completo. San Pablo, al cual estudiando de forma profunda reconocemos como Apolonio de Tiana, reconoce en sus cartas también a estas entidades dominadoras de este mundo cuando se refiere a ellas. Estos seres demoniacos no son espíritus como en muchos escritos se ha mencionado. Todo lo contrario, son entidades físicas que pertenecen a otra densidad o dimensión y tienen la capacidad de materializarse en esta a la vez y de hacerse invisibles al ojo humano. Estas conclusiones son las que se desprenden cuando leemos la novela y es

4

lo que nos quiere hacer llegar. Estas entidades han sido confundidas siempre como demonios en el cristianismo, en el islam como genios adoptando el nombre de djinns. La mejor arma de estos genios ha sido siempre la confusión y la falta de información que existe sobre ellos. Pensamos que en muchas culturas estas entidades han sido también confundidas como dioses y se les han realizado sacrificios humanos. Por poner un ejemplo en la historia, podemos encontrarnos la América precolombina en donde eran habituales los sacrificios humanos en las pirámides adecuadas para ello. Aún hoy algunas tribus africanas siguen manteniendo a estas entidades como dioses. Brujos de estas tribus hablan y dan testimonios que han sido elegidos por el dios de la tribu para protegerla a cambio de favores que los arcontes les exigirán a lo largo de su vida.

No debemos de confundir a los arcontes con otras entidades que la tradición nos ha regalado como los íncubos y los súcubos. Estas entidades podemos verlas mencionadas por el mismo San Agustín: "Y porque dicen muchos que lo experimentaron por sí, o lo oyeron de quienes lo experimentaron, y de cuya fe no debe de dudarse, afirman haber oído que silvanos y faunos, a quienes el vulgo denomina íncubos, han estado muchas veces con mujeres y consumando coito con ellas". Estas entidades, al contrario que los genios o arcontes, su inquietud principal es el tener sexo con los seres humanos. En masculino serían íncubos y en femenino serían súcubos.

A los arcontes mucha gente también los ha conocido como "los visitantes de dormitorio". Es por ello que la mayor parte de la

5

trama de la novela está planteada en el propio dormitorio de Pablo Romero. Muchas personas se verán reconocidas en los escritos. Ha sido frecuente a lo largo de mi vida encontrar a personas que han tenido diversas experiencias con estos visitantes. Con esta novela muchas personas que han sido visitadas por ellos ahora podrán ponerles nombre y conocerlos un poco mejor.

Hay que reconocer que esta novela es completamente inédita en su argumento. No se ha escrito mucho sobre estas entidades y los pocos escritos que podemos encontrar tampoco aclaran mucho sobre quiénes son estos seres.

Vivimos en un mundo complejo, un mundo que muchas veces no comprendemos. Pablo Romero es el niño que todos somos. Todos tenemos preguntas: ¿Qué hacemos aquí en este mundo? ¿Existe el cielo? ¿Existe el infierno? ¿Qué hay después de la muerte? Pablo Romero a través de su conversación con el arconte irá desgranando cada una de nuestras inquietudes. También nos abrirá nuevos horizontes sobre quiénes somos y sobre nuestra historia. Pablo Romero es el niño confundido que no comprende bien la situación a la que se está enfrentando y que está apegado a esta tierra, a lo que le han enseñado en la escuela y no entiende el mundo que le presenta el arconte. Para Pablo todo lo que le dice el arconte le suena a ficción cuando, lo más probable, es el mundo en el que vive la verdadera ficción y el mundo real es muy diferente a lo que él piensa y le han hecho creer. A Pablo le llega un mensaje: "Eres el Mesías, el Salvador"; pero Pablo no se cree que sea el salvador, para él es un niño más que juega con los chicos de su barrio y de su pueblo de la

España profunda y tiene las mismas inquietudes de un niño de su edad. Sin embargo, Pablo se ve envuelto en un juego diabólico en donde se tiene que hacer responsable de una situación inesperada. Los miedos de un niño son también nuestros miedos, a través de Pablo nos podemos ver reflejados cada uno de nosotros. Pablo es un alma pura, sin malicia y el arconte desea aprovechar su candidez para embaucarlo y hacer que se suicide y marcharse con él. Pablo vive en un mundo hostil. La vida se ha torcido mucho para él y nada está siendo fácil. Las cosas se han complicado mucho para él a raíz de la separación de sus padres y de la llegada de Carmen a casa. A Pablo le ocurrirán las cosas más increíbles de las que nos va a hacer partícipes a todos. Pablo llega incluso a sentir aprecio por aquel ser deforme que todas las noches aparece en su dormitorio para hablar con él y contarle cosas del presente y del futuro. Los dos harán un recorrido para conocerse, para intentar confiar el uno en el otro. Para el arconte, no importa que Pablo sea tan sólo un niño, el espíritu habla a través de él y cualquier cosa que diga puede ser información para la consecución de sus planes.

Pablo nos narra en primera persona su aventura que comienza en el despacho de su maestro de la orden de los Jesuitas. Pablo desea ingresar en la orden y tiene que confesar su historia personal al que le ha tocado ser su maestro, Francisco. Es aquí donde se ha escogido que empiece la acción, en el despacho del maestro, una acción que nos va a llevar a una historia sin duda increíble y en el que podremos disfrutar de momentos para reír, llorar y pensar sobre las cuestiones que Pablo Romero toca. Esta es la primera entrega de la historia que nos viene a contar su protagonista, Pablo Romero, un chico del barrio de madrileño de Coslada.

CAPÍTULO I EL MAESTRO

Existe un combate entre el bien y el mal tanto en el cielo como en la tierra. Y el combate del cielo se refleja aquí en la tierra muchas veces y de una forma inusual, en lo oculto. No es una guerra que podamos ver con los ojos del cuerpo y sus batallas se suceden en hechos aislados, oscuros y misteriosos.

Mi nombre es Pablo Romero y soy el único ser humano sobre la tierra que ha hablado con un arconte cara a cara, incluso llegamos a intimar oye, estuvimos a un tris de hacernos amigos del alma. Todos esos que dicen que ven espíritus y fantasmas son eso, fantasmas, yo lo que vi y me visitaba cada noche no era un fantasma, era un ser de carne y hueso, monstruoso; pero de carne y hueso. Creo que en oriente les llaman djinns o genios, arconte viene del griego y normalmente se les conoce como demonios en nuestra cultura occidental. Más tarde me enteré que estas criaturas llevan muchos milenios entre nosotros y que, de alguna forma, manejan no sólo a los hombres sino a los pueblos y naciones.

Demasiado increíble para contar era mi historia para alguien que quería ingresar en una orden religiosa como la de los Jesuitas. En aquel entonces cuando intentaba ingresar tenía 23 años. Yo soy de Coslada, de un barrio de Madrid, nací un día de julio del setenta y uno y os voy a contar mi historia. Quiero empezar mi relato aquí, estando con mi maestro para contar lo mismo que le conté a él, en su despacho. Creo que es un momento crucial en mi vida y como tal tengo que reflejarlo.

Y allí estaba él, mirándome fijamente, enfrente de mí sentado en su despacho y yo al otro lado mirándolo también y en silencio, parece que había llegado el momento, un momento crucial que marcaría mi vida para siempre; pero que yo en aquel momento no tenía ni idea de lo que iba a ocurrir, ni de lo trascendental del momento.

—Cuéntame qué pasó —me dijo.

Yo me removía en mi asiento, la insistencia del maestro de postulantes Francisco me inquietaba, por un lado, estaba deseando soltarle todo y quedarme a gusto; pero por otro pensaba si no iba a meter la pata y bien, y es que la historia que le tenía que relatar sólo un loco podía contarla. ¿Acaso aquel hombre me creería? Quizá sí y quizá también mirara hacia otro lado como el que está ante un majara sin remedio y le invitara al día siguiente a coger las maletas e irse, eso por no hacer el desprecio de hacerlo en el mismo momento. O quizá también podía abrir la ventana y lanzarme por ella o intentar ahogarme sumergiéndome la cabeza en un barreño de agua, quién sabe cómo reacciona la gente cuando creen que le pueden estar tomando el pelo, vamos, por muy sacerdote que sea.

Como os iba diciendo, yo quería ingresar en la orden de los Jesuitas, me había convertido en una persona muy religiosa y la verdad es que, en aquellos tiempos, la religión era lo único que mantenía mi espíritu a flote. Me encontraba realizando el postulantado en aquel entonces en el Colegio de San Ignacio de

Madrid, intentando ingresar en la orden, el postulantado se le llama al primer año y estaba delante de mi maestro contándole mi historia. Para él era importante, tenía que contarle todo, y cuando digo todo quiero decir todo. Estaba a punto de ingresar en una gran familia que se haría cargo de mí y de mi vida y por lo tanto no podía esconderme nada. Toda mi vida tenía que ser expuesta ante el maestro en su despacho, ya que al final sería el que me diera el sí o el no para pasar a la siguiente fase del proceso de ingreso, es decir, al noviciado. Durante un año Francisco me había hecho un seguimiento especial junto a otros seis chicos que querían ingresar de la misma forma que yo en la orden. Nos había citado a unas convivencias que solíamos hacer en algún convento o monasterio retirado de la Sierra de Madrid. Allí orábamos y nos conocíamos. Francisco nos iba estudiando, hablando uno a uno con nosotros y las motivaciones que nos llevaban a unirnos a los Jesuitas.

Francisco era un hombre inteligente sin duda, había sido misionero durante muchos años en África, en Ruanda y había vuelto a Madrid para hacerse cargo de los nuevos aspirantes a la orden. Eso sí, tenía un carácter especial, no era sencillo; pero su pasión por los demás lo imbuía y eso marcaba de forma profunda su persona. Era un hombre pequeño, de barba bien cuidada y recortada de unos cuarenta y cinco años en aquel entonces. Francisco soñaba siempre con volver a Ruanda o por los menos a un país de misión. Sus mejores recuerdos y de lo que siempre hablaba cuando tenía ocasión, era de aquel país que de alguna manera marcó su vocación y su carácter.

Aquel día yo me había ido a su despacho, era por la tarde, a las cuatro y media habíamos quedado para hablar y comenzar a contar mi historia. Lo básico, ya lo conocía por encima debido a que en las convivencias habíamos hablado en alguna ocasión; pero ahora había llegado la hora de contarlo todo. Él mismo nos había advertido en muchas ocasiones que no debíamos guardarnos nada, porque eso era un síntoma de falta de confianza, de esconder nuestra historia y, por lo tanto, no podríamos pertenecer a la que sería nuestra futura familia Jesuita.

Así que cuando me senté tranquilamente en su despacho le empecé a contar que yo venía de una familia desestructurada. Mi padre, Pablo como yo, se separó de mi madre, Teresa, cuando yo apenas tenía ocho años, eso es un trauma para cualquier niño, aun así, no somos conscientes del daño que nos hace hasta que no somos más mayores. Ahora miro atrás y veo que podía haber caído en cualquier sitio malo, en las drogas o en la delincuencia. La verdad es que un padre siempre hace falta, un padre y una madre, nada de cosas raras que se quieran inventar por ahí. Mi padre tenía un negocio, un almacén donde vendía repuestos para vehículos en Madrid; pero además tenía una afición muy fuerte, eran los toros, de joven había intentado ser matador de toros cosa que no consiguió. Él mismo explicaba cómo de joven se metía en las fincas para intentar dar unos muletazos a los toros en el campo a la luz de la luna. Actuaba por los pueblos de España donde le daban oportunidades de matador y la verdad es que al principio le fue bien y salió a hombros en más de una corrida. Eso lo llevó a que se fijaran en él y, al final, un empresario del mundo taurino después de seguirlo por algunos pueblos terminó apoderándolo. Mi padre tenía muy buena figura la verdad, su apoderado, que tenía buenos contactos, le buscó una oportunidad en Madrid en La Ventas y le compró un traje de luces fantástico para la época. Cuando llegó su oportunidad saltó a la plaza en Madrid y la gente decía que comentaba que si el torero era tan bueno como el traje y la figura que tenía iban a ver ese día un gran espectáculo. Nada más lejos de la realidad, según cuentan al final faltaban almohadillas en la plaza para tirárselas, la gente desesperada pidiendo más cosas para tener a mano para lanzárselas. Total, que al parecer la cosa no fue nada bien y después de las actuaciones que tuvo nada afortunadas decidió dejar de intentarlo. Aun así, estuvo siempre muy unido al mundo del toreo y todos le conocían, siempre iba de invitado a cualquier plaza y era normal verlo de presidente. Además, pasó a acompañar a las grandes figuras como banderillero y formó parte de las cuadrillas de muchos grandes toreros; pero lo tenía como una afición, su actividad principal era el almacén de repuestos, después cuando llegaba el verano lo llamaban para acompañar a los toreros en las cuadrillas y hacer de presidente. A mí me llevaba a muchas corridas, recuerdo a mi padre en aquella época con gran cariño y admiración, siempre me sentaba al lado de él y me explicaba todo lo que sabía del mundo del toro. Muchas veces siendo pequeño me ponía justo en el burladero cerca del toro, al lado de mi padre no tenía miedo y veía a aquella gran bestia, que me superaba en todo, pasar a mi lado resoplando con fuerza, superándome en altura y masa, siendo cien veces más grande que yo. Era impresionante para mí ver su hocico ensuciado de arena tan cerca de mí, respirando tan fuerte y buscando el sitio por dónde meter el pitón entre las tablas para llevarse a quien fuera al infierno. Después de las corridas los toreros se solían reunir en algún restaurante del gremio y comían el toro estofado, ahora lo veo que más que un capricho culinario también era algo religioso, era como querer adquirir la fuerza y la nobleza del animal que se admira y con el que se acaba de combatir a muerte. La carne del toro es dura, se cría en el campo, nada de granjas y es todo fibra y músculo, necesita mucho tiempo de cocción. Recuerdo que cuando aún tenía dientes de leche mi madre me masticaba la carne antes de dármela. De alguna manera mi madre creo que también quería que la nobleza y la fuerza de aquel animal pasaran a mí.

A mi madre no le gustaban mucho los toros, siempre estaba diciéndole a mi padre que se retirara, que estaba afrontando un riesgo innecesario, que no le hacía falta. Pero para mi padre ese era su mundo. Qué decir de mi madre, bueno es una persona un poco fantasiosa, con una cultura limitada, muy influenciable. Estando con mi padre se dedicaba nada más que a ser ama de casa, cuando se separaron tuvo que buscar trabajo, se encontró con dos niños y sola, yo y mi hermana Inés un año mayor que yo y creo que eso le superó completamente, se encontró demasiado sola y con demasiada responsabilidad. El porqué se separaron… Yo nunca le he dado demasiadas vueltas, simplemente no se llevaban bien y la convivencia se volvió muy difícil para los dos. Mi padre es cierto que bebía mucho, aunque yo nunca lo vi borracho y mi madre también tenía un carácter difícil. Mi padre pertenecía al mundo del espectáculo, a la fiesta, viajes y hoteles y eso a mi madre le mataba por dentro. Los celos, las sospechas y el carácter de los dos hizo el resto. Mi padre se fue a vivir a otra casa al barrio de Carabanchel cuando yo cumplí los ocho años de edad, recuerdo que mi madre nos llevaba a verlo y pasábamos los fines de semana con él, durante ese tiempo mi padre cambió las escrituras y puso el piso de Coslada a nombre de mi madre, pensando en que los dos nos íbamos a quedar a vivir con ella. Esto cambió también cuando yo cumplí los diez años. Un accidente de coche cuando veníamos de regreso a casa lo cambió todo. Conducía mi padre, era una noche de niebla espesa y yo había insistido en ponerme delante y mi padre me dejó, iba además sin cinturón de seguridad, mi madre y mi hermana iban en los asientos de atrás. Mi madre le decía que tuviera cuidado que con la niebla tan espesa apenas se veía y que yo iba delante. "No te preocupes vais con el mejor conductor del mundo", dijo mi padre. Acto seguido el coche se empotró contra un bordillo. No íbamos a más de cincuenta por hora; pero yo que iba en el asiento delantero salí despedido contra el parabrisas. Sinceramente yo no me enteré de nada, miré a mi padre, mi madre me preguntó cómo estaba, me miró y gritó asustada. Al parecer tenía todo el rostro ensangrentado, me envolvieron la cabeza en un jersey, pararon un taxi y me llevaron de forma urgente al hospital. Al parecer no tenía nada, una pequeña brecha en la cabeza y algún pequeño fragmento de cristal que se había colado en mi ojo derecho que me había provocado una pequeña cicatriz, todo muy aparatoso; pero nada importante, tuve que tener el ojo tapado durante algún tiempo, nada más.

Lo peor no fue lo físico, sino lo anímico, mi madre no nos llevó nunca más a ver a mi padre y prácticamente nunca lo volví a ver. Mi madre actuó de una forma cruel, mi padre insistía llamando por teléfono y ella le decía que dejara de llamar y que no molestara más que los hijos no eran suyos y que incluso los había tenido con otro, mi padre le contestaba que si no eran suyos los había criado él y que quería volver a vernos. La verdad es que creo que allí se terminó mi niñez. El cambio de no ver para nada a mi padre fue aún más brutal. Mi madre no perdía oportunidad para hablarnos mal de él y para advertirnos que no cogiéramos el teléfono. Aun así, recuerdo que yo cuando podía lo cogía para hablar con mi padre. El cambio en casa también fue radical. Mi padre siempre nos traía de todo y en cantidad: cajas de fruta y productos de todo tipo típicos de los lugares por donde pasaba, desde que se fue la nevera estaba casi siempre vacía y mi madre que limpiaba colegios no ganaba lo suficiente como para tener muchos lujos, ganaba a su pesar lo justo para ir tirando.

Fue entonces cuando mi madre se volvió una persona muy religiosa. La soledad a la que se enfrentaba hizo que le diera fuerte por la religión durante aquella época y ayudaba a bastantes personas en lo que podía. Como decía mi abuela Dolores, recordándonos siempre gran parte del refranero español, "por la caridad entra la peste", sabios consejos que dan los mayores y que los más jóvenes no siempre escuchamos. Los buenos sentimientos de mi madre le

16

llevaron a ayudar a personas que mejor no se hubiera topado en la vida. Me acuerdo que estuvo en casa, algo así como un mes, un hombre que se encontró durmiendo en la calle hasta que encontró una casa de acogida en donde lo pudieron atender. Entonces vivíamos en un noveno, en un piso comprado por mi padre de tres habitaciones y ochenta metros cuadrados en Coslada. Esa fue la primera persona que entró en casa y la verdad es que el hombre no dio mucha guerra y se portó bastante bien, se llamaba Blas y le gustaba jugar a las cartas conmigo, me enseñó juegos y trucos con ellas que aún no he olvidado. Parece que cuando uno aprende las cosas de pequeño es más difícil olvidarlas y se quedan mejor. El problema llegó cuando volvió a meter a otra persona, esta vez a una mujer que encontró también durmiendo en la calle llamada Carmen. Carmen tenía unos treinta y dos años cuando entró a vivir en mi casa y desde entonces prácticamente se hizo de la familia, fue entonces cuando comenzó mi verdadero calvario. Yo en ese momento tenía doce años recién cumplidos. Esta mujer viendo la gran religiosidad de mi madre comenzó a hablarle de Vírgenes, Jesucristo y de experiencias sobrenaturales que según ella había tenido y sí, sí que las tuvo y ahora sé cómo y por qué las tuvo. Mi casa sin un padre y con una mujer sola en la vida y con dos hijos se convirtió en una especie de secta dirigida por esta mujer que se presentó como psicóloga, en realidad tenía "la carrera del galgo" más que la de psicología o como diría mi abuela Dolores "la carrera del maestro Ciruela que no sabía leer y puso escuela". Seguramente Carmen vio la oportunidad que se le ofrecía de una mujer sola y dos hijos menores y no la desaprovechó. Esta mujer además tenía inclinaciones homosexuales y vio en mi hermana de catorce años, yo tenía doce, una oportunidad más para quedarse.

—Mira Teresa —le decía a mi madre—, Dios nos ha enviado una carta.

Y nos enseñaba a todos: a mi madre, mi hermana y a mí, una carta con una letra redondeada y rimbombante en donde el mismo Dios, Jesucristo incluido, nos trasladaba un mensaje. Los mensajes solían ser sacrificios que tenía que hacer mi madre para conseguir dinero y mi madre, después de haber pedido dinero a toda la familia y ya no quedarle a quién más pedir, salió a la calle y se puso a mendigar. Esto fue sin duda para mí uno de los golpes más duros, ver a mi madre mendigando; pero qué podía hacer un niño de doce años...

Así que mi madre se iba mendigando por las calles de Madrid y, cuando ya era muy vista en algún lugar, se iba a otro recorriendo incluso todos los pueblos de la provincia. Tan bien le fue en esto de la mendicidad que empezó a dejar su trabajo de limpiadora que, aunque ganaba poco lo tenía fijo, ya que mendigando se ganaba mucho más.

Carmen en cuestión se dedicaba a no hacer nada y a cortejar a mi hermana en casa mientras a mí me torturaba. Creo que esta persona tenía un odio visceral hacia lo masculino que lo vertía directamente sobre mí. Cuando regresaba mi madre con una saca llena de monedas y billetes se dedicaba a contarlas y después se iba por las noches a no sabemos dónde, decía que iba a entregar el

18

dinero a Dios, porque era dinero de un sacrificio hecho por mi madre. Parece que no tenía suficiente porque también con el tiempo puso a la venta el piso que mi padre dejó a mi madre, dinero que se esfumó por completo y que yo nunca tuve la menor idea a dónde ha ido a parar, aunque conociendo a la tal Carmen y sus aficiones por el juego y las prostitutas no es extraño imaginarse a dónde había ido todo.

Mientras tanto por las noches a mí Carmen apenas me dejaba dormir, ahora con la edad creo que usaba conmigo métodos para desestructurar mi personalidad y convertirme en una especie de esclavo o pelele. Empezó a pegarme, normalmente usaba una correa y también propiciaba que mi hermana lo hiciera, le incitaba constantemente a hacerlo, prohibió que fuera a la escuela, me decía que a mí no me hacía falta estudiar, sólo fui unos días al curso de octavo de EGB, además, apenas me dejaba dormir, no sé cómo hubiera podido estudiar. El agua caliente la tenía prohibida así que por mandato de ella debía de ducharme todas las mañanas con agua fría. Eso después de haberme tenido toda la noche en vela jugando a las cartas o haciendo cualquier otra cosa. Así es, me mantenía despierto jugando a las cartas conmigo, no me permitía el sueño. Yo estaba a punto de desfallecer porque lo que más necesitaba era dormir. Cuando llegaba el alba me tenía que duchar con agua fría fuera verano o invierno y empezar a realizar las labores de la casa como ir a la compra y limpiar la casa, ella lo único que hacía en todo el día era la comida, a mí me preparaba siempre aparte lo que veía que no me gustaba o me parecía más asqueroso cosas como sangre,

19

asaduras, vísceras, etc. y me obligaba a comerlo. Así que así pasaron los días, los meses y los años, es cierto que las cosas fueron cambiando conforme yo me hacía más hombre, mi madre se iba a pedir temprano y yo me dedicaba a la casa y ella hizo de mi hermana su amante, y se pasaban los días completos semidesnudas en la cama de matrimonio. Mi madre se fue a dormir a un cuarto sola y yo dormía en otro separado también solo.

No creo que en ningún momento mi madre ignorara lo que pasaba en la casa y estoy convencido que mi madre incluso llegó a probar la homosexualidad con esa mujer, la verdad nunca quise saberlo. El caso es que mi madre aprobaba la situación que se vivía en mi casa y no podía decir nada en contra de Carmen porque ella era poco menos que un dios.

De todas formas, sé que alguien asesoraba a Carmen, ya sea de este mundo o del otro, porque usaba las mismas técnicas que después supe usaba la propia CIA para romper la personalidad a un niño y convertirlos en agentes manipulados mentalmente. Y lo digo por un detalle muy importante que recuerdo de forma muy especial. Una vez Carmen vino con un perro pequeño a casa y me lo dio para que lo cuidara. Yo encantado porque me gustan mucho los animales y sobre todo los perros, así que comencé a cuidarlo y a jugar con él, al tiempo que ya estaba encariñado con el mismo me dijo que tenía que deshacerme del perro, me echó de casa con él por la mañana y me dijo que hasta que no me deshiciera del perro que no volviera. Yo era incapaz de hacerle daño al animal así que pasé todo el día con él deambulando por las calles de Coslada sin saber a dónde ir. Por suerte al final del día me encontré con una amiga de mi madre a la que le encantaban los perros y le dije si se lo quería quedar a lo que ella accedió, ya que le pareció un perro muy bonito. Aquella mujer fue la que me salvó esa noche ya que estaba dispuesto ya a dormir en la calle.

Después cuando he sido mayor leí en algún sitio que esas técnicas las usan en los servicios de inteligencia norteamericanos; primero le regalan una mascota al niño y cuando ven que se ha encariñado con él le obligan a matarlo, esto produce un trauma severo en el chaval que se llega a convertir poco menos que en un psicópata. Por eso digo que Carmen estaba asesorada y que conocía muy bien técnicas para desestructurar la mente. El no dejarme por las noches dormir, el intentar mantenerme despierto y las duchas frías eran parte de ese juego.

Recuerdo también un día en el que aparecieron en un armario de la casa unos bollos de pan, en concreto cuatro bollos con los nombres de los cuatro en un armario de la casa. Carmen dijo que había sido Jesús el que los había colocado allí como un regalo para que los comiéramos esa misma tarde. Así que todos juntos en el salón comimos los panes, yo sólo sé que cuando volví a recordar ya era de noche, nos había parecido que habían pasado quince minutos; pero cuando vi el reloj habían pasado por lo menos tres horas. Es decir, Carmen nos drogó, y durante el tiempo que estuvimos drogados hay un vacío que yo no recuerdo ni tampoco mi madre ni mi hermana consiguieron hacerlo. Tan sólo Carmen sabe lo que hizo mientras nosotros estábamos en estado mentalmente ausente.

¿Qué hizo el resto de mi familia sobre el asunto y sobre lo que vivíamos en casa? Yo tenía tíos hermanos de mi madre y sobre todo mi abuela que solía ir a vernos a Coslada desde el pueblo. Mis tíos que eran tres, con el tiempo llegaron a enterarse que mi madre salía a pedir por las calles y fueron a vernos en más de una ocasión y a saber quién era esa tal Carmen. Por desgracia pensaban que sólo podían hablar con mi madre e intentar convencerla que echara a esa persona de casa, aunque con poca efectividad, la verdad, al final mi madre era libre de hacer con su vida lo que quisiera, eso decían al menos. El problema éramos nosotros. Yo puedo decir que hubiera agradecido con el tiempo que hubieran denunciado a mi madre y se hubieran hecho cargo las autoridades de nosotros, hubiéramos salido ganando, aunque por principio ya se sabe, ningún niño desea separarse de su madre y la que considera su familia. Después, siendo ya más adulto, cuando hablaba con mis tíos me dijeron que lo pensaron muchas veces en llevar el asunto a los tribunales y pedir nuestra custodia; pero que al final o por cobardía o por no saber actuar no lo hicieron.

Con el tiempo he descubierto que de mi familia a la persona que más he querido ha sido a mi abuela Dolores. También es cierto que mi abuela tenía un especial cariño por mí. Ya de mayor iba muchas veces a verla al pueblo, a Chozas de Canales, un pequeño pueblo toledano cercano a Madrid y siempre me tenía preparada una comida sencilla y rica. Un cocido ligero desgrasado con su sopa, alguna cerveza, aceitunas, nada especial; pero cosas preparadas con mucho cariño y que te saben aún mejor. Desgraciadamente mi abuela sufrió y mucho la llegada de Carmen a casa. Saber que su hija había caído en manos de una lagartona, como ella la llamaba, la consumía, además, porque sé que mi madre era su hija preferida, su ojito derecho, la que más la había hecho sufrir por su cabeza; pero a la vez a la que más unida estaba. Mi abuela era un fenómeno, para qué nos vamos a engañar, son de esas personas de pueblo sin mucha cultura; pero a la que es difícil engañar y venirle con milongas, lástima que mi madre no cogiera esa parte del carácter de mi abuela. Y, sobre todo, recuerdo de ella sus dichos y refranes. De vez en cuando soltaba alguna gorda. Recuerdo que una vez hablando sobre dónde se podía encontrar trabajo en Madrid en una reunión familiar con mis tíos y ella soltó aquello de: "Y es que hasta para ser puta hay que tener suerte en esta vida", y se quedó tan pancha. El resto la miramos callados pensando algo así como "joder con la abuela", vamos que se ve que lo intentó y no la quisieron o algo así, a saber. Aunque sus dichos no sabíamos muy bien por qué los decía, si por experiencia propia o sabiduría popular, tampoco le preguntábamos.

Como iba diciendo, mi abuela solía ir a Coslada a vernos y conoció a la tal Carmen. Ni qué decir tiene que al ver lo que ocurría en mi casa habló de forma muy seria con mi madre para decirle que tenía que echar a esa mujer de casa, al final fue mi madre la que echó a mi abuela y no volvió nunca más por Coslada. Ni qué decir tiene que no creyó nada de todas las tonterías de las que hablaba Carmen sobre sus experiencias sobrenaturales con Jesucristo y la Virgen María. A mi abuela se le terminó de romper el alma de ver cómo su hija había caído en las redes de una lianta, como también la llamaba.

Lo raro es que mi abuela Dolores con el carácter que tenía no se le hubiera tirado a la yugular a Carmen. Mi abuela sólo duró una semana en casa y tuvo que soportar la vergüenza de que todos los vecinos la vieran a media noche sentada en las escaleras del portal porque mi madre la había echado.

Todas estas cosas le contaba a mi maestro de postulantes cuando de pronto me interrumpió.

—Pero en todo esto que me estás contando hay algo que no me hayas dicho… Que no me cuentes por vergüenza… Porque hasta ahora me has estado hablando de tu familia; pero no me has hablado de ti —dijo Francisco.

Francisco si había algo que no era es desde luego tonto. Los religiosos tienen un olfato muy fino, no sólo debido a la experiencia de los años y los estudios, sino también en su experiencia en conocer a las personas.

—Ya sabes que me tienes que contar todo —siguió diciendo.

Francisco me miraba y yo lo miraba, ¿debía contarle lo más sagrado que había para mí? Aquello que, a nadie, a absolutamente nadie había contado y lo guardaba como algo tan personal que era imposible reproducir a otra persona… Por no contarlo no lo sabía ni a mi madre ni a mi hermana y por supuesto ni a Carmen que nunca llegó a saber nada. Mi relación con el arconte, con aquel demonio que me visitaba todas las noches, charlaba conmigo y me contaba lo que ocurriría en el futuro. ¿Acaso mi maestro me podría creer? ¿No sería también mi imaginación la que provocaba todo y debía callarme algo tan fantástico?

Una cosa tenía clara y me habían dejado clara, si quería seguir el postulantado en el Colegio de San Ignacio tendría que contarlo todo y que no sospecharan que podía esconder una vida oculta, aquella iba a ser mi propia familia en el futuro así que... Había que hacerlo al final sí o sí.

CAPÍTULO II LA FAMILIA

Qué contar de mi familia… La verdad es que es una familia de pueblo, y cuando digo de pueblo es de pueblo, pueblo, catetos o paletos vamos, en lo que se llama román paladino, algunos dirían que es la España profunda aquella que sabe a anís y a coñac y huele a tabaco negro; pero a mucha honra eso sí y muy limpios, como se suele decir, y de Chozas de Canales. En el bar del Genaro no entró el papel higiénico hasta bien entrados los ochenta y el periódico servía tanto para limpiar los cristales como llevarse los churros a casa o para limpiarse el culo. Y además acumulaba los periódicos en los servicios por su nombre y marca, vamos que te podías limpiar con el que más gusto te diera.

Yo nací en la capital, en Madrid y me he criado en Coslada por lo que esa paletez la he perdido algo, aunque no toda. Una paletez a veces querida y añorada, siempre he pensado que quizá por mi carácter hubiera sido mejor haberme quedado en el pueblo. Cuando llegas al pueblo y hueles ese aroma a leña de las chimeneas y las cocinas, no me digas que no es un gusto en vez de oler la contaminación de Coslada. Por eso siempre he pensado que yo hubiera encajado mucho mejor en Chozas de Canales que en Coslada; pero la vida nos llevó por ahí, qué le vamos a hacer, o mejor dicho a mis padres que, como todos los padres lo que les atrajo de la capital fue el trabajo, ni más ni menos, las oportunidades mejores de poder ganarse la vida.

Así que me crie siendo un niño de barrio, tenía mi pandilla y me perdía por las calles de Coslada jugando con ella al fútbol y haciendo lo que hacen todos los niños, dar por saco. Ya he hablado de mi padre; pero en mi familia hay otras personas que me han marcado y mucho, me han marcado sobre todo mis tíos, hermanos de mi madre. Ellos también se fueron a Madrid a vivir por cuestiones de trabajo. En concreto el primero que se fue del pueblo a Madrid fue mi tío Luis, el mayor de todos, antes trabajaba en unos tejares que había en el pueblo, haciendo ladrillos vamos, y trabajaba como una mula, él era más bien una mula. Había que verlo era un mazacote de tío, una vez haciendo un tabique se cabreó tanto porque no lo conseguía hacer bien que lo derribó de un solo codazo.

Estando en los tejares trabajando coincidió que eran las fiestas del pueblo y trabajaba durante todo el día y por la noche se iba a las fiestas. Estuvo una semana haciéndolo sin descanso, cuando descansó por fin se tiró tres días seguidos durmiendo. Mi abuela Dolores llamó incluso al médico para ver si se había muerto. Por cierto, todavía recuerdo a mi abuela en aquella foto que se hizo junto a la marrana. Había criado en el corral de la casa a una marrana que le daba de comer todo lo que podía para cebarla. La marrana terminó siendo enorme y teniendo incluso crías. Al final mi abuela terminó tan orgullosa de ella que se hizo una foto con la marrana al lado. En la foto aparece mi abuela todo deslumbrante, con sonrisa de oreja a oreja, con su preciado trofeo animal junto a ella, son cosas de la vida en los pueblos, como diría ella misma "de lo que se come se cría y lo que no mata engorda".

Como decía fue mi tío Luis, el que sobrevivió a las fiestas del pueblo, el primero que marchó para Madrid para buscarse la vida, comenzó a trabajar de pintor de brocha gorda, pintando casas y la verdad es que no le fue nada mal, solía tener bastante trabajo y era bastante bueno en su oficio. Cuando estuvo establecido en Madrid se llevó a su hermano a la capital, a mi tío Antonio, que formó dúo con él y se repartían el trabajo a medias. Una de las veces, les encargaron a los dos pintar un panteón en el cementerio de La Almudena de Madrid. Y estaban los dos en el interior del panteón subidos en los andamios pintándolo en bastante silencio y mirándose como diciéndose qué coño pintamos nosotros aquí en un cementerio, cuando escucharon un ruido de no se sabe dónde y mi tío Antonio salió despavorido hacia la salida y decía que allí no volvía entrar y que contrataran a otro para el trabajito que él se cogía las de Villadiego y si hacía falta volvía al pueblo. Como mi tío Luis no andaba tampoco falto de miedo, vamos que estaban los dos más cagados que el palo de un gallinero, al final tomaron la opción de contratar a otra persona para que les hablara. Total, que se buscaron a un fulano de Alcorcón de los que conocían en los bares por pesado para que estuviera con ellos y les hablara. Y así se tiraron la semana que duró el trabajo en el cementerio con el fulano arreándole al vino y contándole historias y hablándoles mientras ellos le daban a la brocha. Creo que el hombre se alegró mucho porque era la primera vez que le pagaban por lo que normalmente le echaban de los bares.

Y así tanto mi tío Luis como mi tío Antonio estuvieron en Madrid juntos trabajando durante muchos años. Los dos hermanos eran inseparables, los dos terminaron casándose y teniendo hijos en Madrid. Eso sí, cuando llegaba la época de la recogida de la aceituna se iban los dos por las plazas de Madrid donde ya tenían situados los olivos de la capital y cuáles eran los mejores y los recolectaban. La gente cuando los veía vareando los olivos y recogiendo el fruto les preguntaba si eso se comía y ellos sorprendidos se reían entre sí, "menudos capitalinos ignorantes, preguntan si las aceitunas se comen, a buena hora irán a parar a una cántara con sus aliños correspondientes, domingueros, asalta playas".

Luis y Antonio estuvieron siempre muy unidos desde pequeños. Luis al ser el mayor de la familia fue digamos el muchachito y el que primero lo probó todo. Comenzó a fumar temprano, a eso de los diecisiete años, y una vez no teniendo nada que fumar por no tener dinero fue al campo y recogió unas hierbas que encontró secas, las trituró, se las lio y se las fumó, aunque sólo le duró la primera calada a día de hoy no sabe cuánto tiempo estuvo sentado en el campo con la mirada perdida; pero cree que pasaron unas cuantas horas ya que cuando mi tío Antonio lo encontró con los ojos fuera de órbita y tieso como una mojama estaba ya oscureciendo, tuvo que darle unos cuantos tortazos para que volviera a entrar en sí.

Claro que mi tío Antonio no era la primera vez que se encontraba a alguien en el campo a punto de viajar a otros mundos. Una vez en verano, el calor en Chozas de Canales es insoportable, los climas son extremos y en verano puede llegar la temperatura a los cuarenta grados con facilidad, mi tío se fue con su pandilla del pueblo a bañarse a una charca que había cerca del lugar y por donde pasaba una acequia, era lo único que tenían para refrescarse. Ni corto ni perezoso y sin ni siquiera comprobar lo que podría cubrir la charca, uno de la pandilla se tiró de cabeza quedándose clavado en el barro hasta la cintura de tal forma que no podía salir por sí mismo. Mi tío cuando lo contaba decía que sólo se le veían las patas moverse y que cuando tirando de ellas lo consiguieron desclavar del fondo estaba ya todo morado. A partir ahí se quedó con el mote de El Marranico y el alcalde del pueblo, a partir de aquel percance que se hizo famoso en el pueblo, reunido en consistorio decidió construir la piscina municipal que dura hasta a día hoy, y esa fue la historia por la que se puso la piscina en el pueblo a partir de lo que le pasó al Marranico, que por cierto también se fue a Madrid a buscarse la vida con el tiempo.

Pero si hay alguien que en mi familia es sin duda añorado es la figura de mi abuelo, abuelo al que yo no conocí ya que falleció a edad muy temprana debido a la enfermedad de los mineros, la silicosis. Mi abuela solía referirse a él siempre en forma de admiración. "Vuestro abuelo era un hombre que no cabía por la puerta, tenía que doblarse para entrar", solía decirnos. Nos lo enseñaba siempre en fotos, tenía muy pocas y siempre vestido con ropa militar. También es verdad que le tocó el tiempo de la guerra donde tuvo que combatir en el bando republicano, en Madrid. Mi familia dice que nunca llegó a combatir, supongo que por el miedo que había a la represión y solía comentar que se dedicaba a llevar el correo. El caso es que mi abuelo no tuvo mayor problema para dedicarse a la vida civil una vez terminó la guerra. Así que volvió al pueblo y se dedicó a trabajar en unas minas de plomo cercanas a Chozas de Canales. Mi madre lo recordaba siempre con mucho cariño y comentaba siempre que antes de irse a trabajar levantaba por las mañanas a sus tres hijos y les daba de comer unas gachas, harina mezclada con agua y azúcar, lo poco que tenían para comer y después se iba a la mina hasta el anochecer.

El día que lo ingresaron fue el día más horrible que pasó mi abuela, según ella contaba. A media noche mi abuelo la despertó y le dijo simplemente: "Dolores me muero". Mi abuela lo levantó lo vistió y lo intentó llevar hasta coger un coche y llevarlo al hospital a Toledo. Entonces vivían en una casa un poco apartada, a unos tres kilómetros de Chozas de Canales y mi abuela tuvo que cargar con él como pudo. Mi abuelo casi no se podía sostener y además era un hombre muy grande con lo que mi abuela Dolores desesperada y al no poder con él mucha parte del camino hasta el pueblo tuvo que arrastrarlo. En el hospital de Toledo estuvo al menos un mes debatiéndose entre la vida y la muerte hasta que al final falleció, sus pulmones no dieron para más de tanto polvo que había tragado en la mina. Mi madre era pequeña, unos siete años e iba a visitarlo abrazándose a él a la cama y lo escuchaba decir lamentándose: "Qué será de mis niños".

Mi abuela no conoció a ningún otro hombre desde que falleció mi abuelo, se puso a trabajar en una pensión hasta que mi tío Luis tuvo la suficiente edad y le ayudó también a sacar a la familia adelante.

Eso es por la parte de la familia de mi madre, por la parte de la familia de mi padre no sé mucho ya que no llegué a conocer a nadie. Una vez mi padre nos llevó a ver a una tía suya a un pueblo cercano de Madrid y la verdad que la visita fue un poco fría. Me acuerdo que era una mujer anciana ya vestida de luto riguroso en una casa de pueblo antigua. Se saludaron, cruzaron unas palabras y poco más. De mis abuelos paternos sé que mi abuelo decía que tenía un carácter bastante malo y le dio muy mala vida a su mujer, eran sólo dos hijos: Pablo, mi padre, y Santiago. Santiago se había ido a trabajar a Barcelona y allí había hecho su vida, jamás lo llegué a conocer. Al parecer los dos hermanos se pelearon porque al terminar la guerra Santiago decidió alistarse en la División Azul y se fue a Rusia. Mi padre discutió con él diciéndole si no era suficiente con una guerra, que si necesitaba estar en dos guerras y ahí los dos hermanos dejaron de hablarse y nunca más se volvieron a ver.

Mi padre era apenas un adolescente cuando estalló la Guerra Civil y la mayor parte de ella la pasó luchando en el frente de Aragón, el más virulento de la contienda. Él solía contarnos que al ser un adolescente no le dejaron luchar y no estuvo en primera línea, dedicándose siempre a labores de logística e información. El caso es que le pilló la Batalla del Ebro y dijo que vio centenares de cadáveres que se acumulaban en sus orillas, después de las luchas despiadadas entre los dos bandos. Cuando finalizó la batalla y viendo ya la guerra perdida para la República mi padre tomó rumbo a Barcelona donde estaba su hermano que contrariamente había luchado en el bando nacional, con Franco. Santiago cubrió a mi padre, dijo que era su hermano y que no tenía delitos de sangre, no había estado en el frente y no había matado a nadie a sangre fría, y así mi padre no sufrió la represión franquista dedicándose a trabajar en una pastelería de Barcelona junto a mi tío Santiago… Hasta que llegó la Segunda Guerra Mundial y el frente de Rusia y la División Azul y ahí fue cuando los dos hermanos dejaron de verse. Mi padre se fue de Barcelona y fue entonces cuando comenzó su vida de matador de toros, yendo por los pueblos de España intentando hacerse un hueco en el mundo taurino, fracasó en cuanto a lo de ser matador; pero también pudo ganar el suficiente dinero como para montar su propio negocio en Madrid y nunca dejó el mundo del toro al que siempre estaba unido y siempre lo llamaban para formar cuadrilla con otros toreros.

Esa es la historia que contaba mi padre y, en cuanto a mi madre, cuando estuvieron mis tíos instalados en Madrid también marchó a la capital instalándose en la casa de sus hermanos y estuvo trabajando limpiando casas hasta que conoció a mi padre. Y fue en Madrid donde se casaron, se fueron a Coslada a vivir y me tuvieron a mí y a mi hermana. Esa es por encima la historia de mi familia y de la razón que yo y mi hermana Inés naciéramos en Madrid. Y fue en Madrid donde se desarrolló gran parte de la historia que voy a relatar.

Todo esto se lo estaba contando a mi maestro, preparándolo y poniéndolo en antecedentes. Esta era la parte fácil, lo difícil vendría después. Una historia poco usual y que me iba a costar Dios y ayuda confesar; pero bueno, había que hacerlo, de todas formas, a alguien

33

debía de contar el secreto mejor guardado de la historia. El secreto que me había acompañado hasta entonces. Nadie, absolutamente a nadie, ni a mi amigo más íntimo si quiera había contado lo que a continuación relataré. Aquella fue una ocasión única por eso he decidido comenzar mi relato allí, delante de la mesa de su despacho, los dos frente a frente. En aquella época recuerdo que no éramos conscientes ninguno de los dos lo que aquellos momentos significaban, ahora lo podemos llegar a entender.

CAPÍTULO III LA VOCACIÓN

—Bueno, ¿no debería seguir explicándote cómo fue mi vocación para entrar en los Jesuitas...? —pregunté a Francisco, mi maestro.

—Por supuesto, sigamos hablando de tu vocación por eso estamos aquí, podemos escarbar en los detalles más adelante. Dime te escucho, ¿cuándo supiste que querías ser religioso?

A estas alturas yo ya veía a Francisco receloso, sabía que me iba a preguntar por los "detalles", aquellas cosas que "se me podían haber pasado". Por ahora había encontrado una salida un poco airosa a la situación; pero tarde o temprano me tendría que enfrentar a la realidad y le debería de contar lo mejor guardado que tenía, aquello que a nadie había contado jamás. Podía negarme, por supuesto; pero también sabía que ello suponía que no iba a pasar del primer año de postulante, a lo mejor no llega ni a semanas lo que me quedaba que estar en el convento.

En fin, allí estaba yo delante de él mirándolo, con su barba bien definida, su pelo ya con alguna que otra prominente entrada símbolo de que Francisco ya era un hombre maduro. Maduro, no mayor. En aquel entonces tendría unos 45 años aproximadamente y digo aproximadamente porque nunca le pregunté la edad que tenía. Inteligente, suspicaz, buena persona sin duda; pero ni un pelo de tonto.

Le seguí explicando cómo había sido todo, en definitiva, el porqué estaba allí enfrente de él intentando ingresar en una orden religiosa.

Bueno, antes de venir Carmen a mi casa yo no era nada religioso. Es verdad que mi madre me enseñó el Padre Nuestro y el Dios te Salve María porque lo rezaba conmigo todas las noches antes de dormirme. De pequeño, sí le rezaba a Jesús; pero conforme fui creciendo fui abandonando mi religiosidad y comencé a volverme más racional y escéptico. Sobre todo, cuando descubres que los Reyes Magos son los padres, menudo palo, creo que eso es un momento crucial en la vida de un niño. Yo no hice la Primera Comunión como los demás niños, a los ocho años, ni me vistieron de marinero, ni organizaron un banquete para la ocasión. Quise hacerla más tarde porque todos mis amigos la habían hecho y porque quería participar de aquellas ceremonias en las que a mí no se me permitía comulgar, nunca mejor dicho. La misa la consideraba un poco rollo como cualquier otro niño a esa edad; pero la necesidad de imitar a mis compañeros y mayores es lo que hizo que al final yo mismo quisiera hacer la primera comunión. Tenía nueve años, se lo dije a mi madre y conforme se lo dije me dirigí a la parroquia de mi barrio para hablar con el cura. Don Ángel, que así se llamaba y me preparó durante un par de meses para la celebración. Iba durante las tardes a su despacho, iba yo solo, no había ningún niño de mi edad y allí intentaba explicarme los principales dogmas de la religión. Hice la comunión al cabo de un par de meses. Mi padre fue con la cámara de fotos e hizo unas fotos del momento, todo muy sencillo, en una misa ordinaria de domingo, nada especial. Después de aquello yo le decía a mi madre que fuéramos a misa los domingos. Allí me podía encontrar con mi mejor amigo del colegio, Juan Antonio, de mi misma edad, al que también lo llevaba su madre. Estuve durante un tiempo yendo; pero la verdad es que no duró mucho, pronto comencé a desarrollar una mente racional e incluso puedo decir que cuando Carmen llegó a mi casa era ateo, no creía en nada, ni siquiera que hubiera otra vida. Fue a partir de su llegada cuando volví a ser una persona profundamente religiosa y eso que tan sólo tenía doce años. Recuerdo como si fuera ayer la noche que Carmen llegó a casa, llegó con otra mujer que se llamaba Isabel exprostituta que al parecer había conocido por ahí en una de sus andanzas. Isabel al poco tiempo se fue y nunca más volvimos a saber de ella, creo que fue la familia de ella la que le convenció que volviera a Galicia, era de allí, su familia fue más inteligente. Sí llegué a saber que fueron pareja durante un tiempo, de eso no había duda. Esa noche, la primera que Carmen pasó con nosotros, no dormimos nadie en la casa, para mí fue mi primera noche en vela hasta el amanecer, nunca había visto el amanecer, aquello me pareció hermoso y me emocionó. Durante toda la noche Carmen nos estuvo enseñando cartas que según decía las había escrito ella de parte del propio Jesús. En esas cartas aparecíamos nosotros, era increíble, estuvo durante toda la noche leyéndolas y convenció a mi madre que era cierto que ella traía un mensaje del propio Jesús para nosotros. Una locura cuando lo piensas; pero a mi madre terminó convenciéndola por completo. Recuerdo que pasaban cosas extrañas, por ejemplo, que aparecían nuevas cartas de repente allí donde no había habido antes nada. Jesús nos llamaba para una misión importante, decía. El caso es que desde aquella noche mi visión sobre la religión cambió por completo. El mundo me pareció un lugar sin sentido: crecer, estudiar duro, trabajar, tener unos hijos, trabajar más duro y morir. Qué sentido podía tener todo aquello. Sí, ahora sí estaba convencido que debía de haber algo más y yo debía de encontrarlo. La vida no podía limitarse a nacer, crecer, reproducirse y morir. Desde entonces comencé a retomar mis oraciones, aquellas que mi madre me había enseñado siendo niño y que forman la base de cualquier católico. Puedo decir que con doce años llegué a saberme el rosario con todos sus misterios de memoria, incluida la letanía. Fui creciendo y cuando estaba en la edad adolescente no me atraía nada de lo que suele atraer a los chicos en esa edad, es decir, ir de discotecas, salir de fiesta, etc. Alguna vez fui, lo reconozco; pero las experiencias en ellas no me resultaron nada agradables. Peleas, bebida, yo por entonces me mantenía sano y no tomaba nada de alcohol. Sobre todo, la música, demasiado alta y ruidosa, no se podía mantener una conversación normal. Mi timidez natural también hizo que no me acercara mucho a las chicas en aquella época. La disco para mí no era, estaba claro. Sin embargo, sí sentía una atracción natural hacia el retiro, la oración, el silencio. Me maravillaba irme a la naturaleza y permanecer retirado del ruido y en silencio, practicar mis oraciones. Es por ello y también porque me sentía muy agobiado en casa que decidí dar un paso más y me dirigí de nuevo a la parroquia de mi barrio. Allí seguía don Ángel, el que me hizo la primera comunión, aquel hombre me conmovía, toda una vida entregado de forma fiel a una vocación.

Pobre de mí, me acuerdo que llegué una tarde a la parroquia de mi barrio de Coslada, entonces ya tendría unos dieciséis años, estaba muy agobiado de estar en casa de Carmen y toda la locura que vivía mi familia con ella. Llegué a la parroquia y me senté a rezar y a disfrutar de un poco de silencio interior. Vi a don Ángel preparando los utensilios para la misa de la tarde, me acerqué y le dije: "Don Ángel, quiero ser misionero". Don Ángel se me quedó mirando, reconoció a aquel niño que le dio la primera comunión cuando tenía más edad que los demás en una ceremonia sencilla.

—Bien, tus intenciones son muy loables, pero para eso hace falta estudiar —me dijo—. ¿Tú que estudios tienes?

Qué desastre, ahí me pilló, no tenía ni los estudios mínimos. Carmen me había sacado de la escuela diciéndome que a mí no me hacía falta estudiar. Quería ponerme a trabajar; pero sin los estudios mínimos tampoco encontraba ningún trabajo que yo pudiera realizar. Era carne de cañón laboralmente hablando.

—Bueno todavía no tengo el graduado —le dije.

—Entonces lo primero que tienes que hacer es estudiar. Mira tengo un grupo muy bueno que estoy creando de oración, mientras, por qué no te integras en él.

Dicho y hecho, cuando me dijo que tenía un grupo de oración pensé enseguida que por fin había encontrado un lugar en donde podría estar con gente de mis mismas inquietudes. Y así fue, allí conocí a gente con la que pude compartir esos momentos de oración.

Desde aquel entonces no he dejado el grupo y, aunque en ocasiones me he podido distanciar algo por cuestiones laborales y que te impone la misma vida, sigo manteniendo un vínculo inseparable. Allí conocí a Juan, alguien que se convertiría en mi mejor amigo y aún lo es hoy. En mi primer día en el grupo ya estuvimos un buen rato charlando antes de empezar la oración, allí nos conocimos y hasta hoy, hemos compartido muy buenos momentos juntos y nuestra amistad es inseparable.

En cuanto a mi vida diaria común, qué puedo decir. Era bastante frustrante, siempre buscando trabajo y cuando lo encontraba eran empleos malos de baja cualificación y peor salario. Hice de todo: estuve en un bar sirviendo copas, en una tienda de muebles de dependiente, también estuve ayudando a los gitanos a tapizar sofás y todo tipo de muebles, hice de vaquero en una granja. Allí supe lo que era pasar frío de verdad, debajo de la lluvia, en el campo desde el amanecer hasta el anochecer que se encerraban los animales. También me acuerdo que tuve un trabajo de jardinero. Aquel trabajo fue uno de los que más me gustó; pero debido a mi baja cualificación pocas empresas estaban dispuestas a contratarme. Me acuerdo de manera muy especial una vez que un cabrero de las afueras de Madrid me contrató para que limpiara su cuadra. Rascaba con la pala casi una cuarta de estiércol, estuve oliendo a cabra durante una semana, parecía que aquel olor no se me iba a quitar nunca de encima, creo que ha sido el peor trabajo que he hecho. Me pagó una miseria, por cierto, al finalizar el trabajo. Mi vida era mala, muy mala, un joven sin estudios y sin futuro de ningún tipo, carne de cañón. Maltratado de forma laboral y cuando llegaba a casa mejor ni acordarme, allí estaba Carmen y mi supuesta familia para torturarme con sus historias. No es extraño que estaba deseando de cumplir los dieciocho años para irme de casa. Y así fue, el mismo día que cumplí dieciocho años cogí la puerta y me fui. No me importaba donde dormir, el caso era salir de la casa de mi madre. Los únicos momentos que encontraba algo de descanso era cuando iba a la parroquia al grupo de oración, era lo que me ayudaba a mantenerme. En cuánto dónde me fui a dormir… A veces dormía en casa de un amigo y a veces en la calle, terminé por convertirme en un indigente por las calles de Madrid. Como Madrid es muy duro y sobre todo si duermes en la calle fui a encontrar refugio a un barrio de gitanos a las afueras, cerca de Coslada. Los gitanos me trataron bien, entre sus chabolas encontré unas chapas para montar mi propio techo y pude dejar de dormir al raso. Me ayudaron con lo que tenían para montar mi propia chabola. Muchas veces me invitaban a comer y me hice amigo de manera muy especial de uno de ellos, un gitano llamado José. Con él salía por las mañanas con su furgoneta a recoger chatarra, era del Atlético de Madrid, siempre estaba escuchando el fútbol y fumaba me acuerdo un tabaco negro muy fuerte. La verdad es que con él pasaba los únicos ratos agradables que se podían pasar en esa situación tan precaria. Pagábamos entre los dos los gastos de la furgoneta y el resto a la mitad. Tenía tres hijos que eran como tres demonios de malos que siempre estaban liándola y siempre estaba detrás de ellos a grito pelado.

Así estuve algún tiempo hasta que cumplí los diecinueve años y llegó el tiempo de hacer la mili, la puta mili, como entonces se la solía decir. Para muchos era perder un año de su vida, para mí fue una liberación. Estaba deseando que llegara el momento. Al menos salía de la calle, cama caliente, comida caliente y podía estudiar y sacarme al menos el graduado escolar. Fui al cuartel para ver dónde me había tocado. Mi destino final: Burgos, más al norte, más frío. Me había tocado un cuerpo de infantería de tierra. Ya me podía haber tocado la marina, con lo que me gustaba viajar, pensaba. Qué puedo decir de mi experiencia militar, es duro acostumbrarse al principio a la disciplina militar, sobre todo el rapado de pelo creo que es algo psicológico, ver cómo te dejan la cabeza como una bola de billar y mirarte al espejo no es una sensación demasiado agradable. Pronto me di cuenta que las cosas en el ejército funcionaban de una forma un poco peculiar. Que necesitaban un peluquero, nos ponían a todos en formación y nos preguntaban quién sabía pelar, no salía nadie, como de costumbre. Pronto aprendes que en el ejército cuando se piden voluntarios lo mejor es no mover un músculo del cuerpo en ese momento, entonces llegaba la voz clara del sargento eligiendo a uno al azar diciéndole aquello de:

—Tú voluntario.

—¡Pero si yo no he abierto la boca para nada mi sargento!

—Tira pa'lante chaval que te voy a meter un paquete que te vas a cagar, sin rechistar, desde ahora vas a ser el peluquero del batallón.

—¡Pero mi sargento que yo sólo le ayudaba a esquilar mulos a mi padre en el pueblo y sólo se lo sujetaba!

—Tú a callar y si te pregunta algún superior tú naciste con tijeras en las manos. Y no se te ocurra decir otra cosa porque vas a hacer más mili que Napoleón, lo veo en tu cara, ¡suelta de una vez la puta caraja chaval!

Eso de la "puta caraja" era como la edad del pavo; pero a lo militar. Total, que a la víctima que presentaban como voluntario le daban una maquinilla de cortar el pelo y sin más preámbulos le cortaba el pelo al cero a todo el batallón compañía por compañía. Al final el chaval salía peluquero por cojones; después de los doscientos primeros se solía aprender, aunque los primeros salían como si los hubieran crucificado con aquellas cuchillas clavadas por todo el cogote. Hechos unos cristos la mayoría teníamos que escuchar al sargento cuando pasabas por tu lado decirte aquello de: "Ponte la gorra chaval, que no se te vea mucho la calva".

En la compañía teníamos un catalán llamado Makoki que al pobre puedo decir que no le sentó nada bien la mili. Nosotros al final le pusimos de mote "El Polaco", por aquello de ser catalino. Bien es verdad que a Makoki le gustaba darle a la hierba y eso perjudicaba mucho más el estado mental en el que se encontraba de por sí. Me acuerdo un día, el primer día que nos mandaron hacer a todos las camas y mi compañero de la litera de arriba se equivocó y puso la colcha con el dibujo del águila del ejército hacia abajo, el águila de San Juan símbolo del Ejército Español desde no sé cuándo estaba por todos lados, a saber, nosotros la llamábamos para ahorrar "el pollo". Entonces pasó el sargento de turno y al ver que la colcha con el pollo boca abajo preguntó de quién era la cama. Mi compañero dijo que era del catalán, así que, sin más, Makoki que no se atrevió a abrir la boca recibió un sopapo en la calva que se escuchó hasta en la compañía de enfrente. Makoki todo indignado por la mentira de mi compañero y la ostia que le había metido el sargento citó a Álvarez, mi compañero de litera, para pegarse. Así que Álvarez que había sido luchador de Kim Boxing le dio a Makoki una somanta de palos que todavía se estará acordando en qué momento se le ocurrió citarlo a pelear. Ese día recibió por partida doble; pero es que Makoki siempre recibía por partida doble. En otra ocasión estaba la compañía de enfrente formando y faltaba uno, Makoki en ese momento pasaba por allí, así que el sargento de turno le ordenó que se pusiera en la formación.

—¡Pero si yo no soy de esta compañía mi sargento! —protestó Makoki.

—Ponte en la formación chaval que va a venir el teniente a pasar revista, que te voy a meter un paquete que te vas a cagar —le contestó el sargento dándole un sopapo en la calva.

Total, que llegó el teniente y el sargento se dispuso a dar novedades. En ese momento llegó el soldado que faltaba a la formación de tal forma que ahora sobraba uno.

—¡Sargento aquí sobra un tío! —gritó el teniente.

Así que el sargento, ni corto ni perezoso y sabiendo quién sobraba, sacó a Makoki de la formación arreándole otro sopapo.

—¡Qué coño haces tú aquí si eres de otra compañía! —le gritó el sargento sacándolo de la formación y arreándole.

Y es que así era como se arreglaban las cosas en el ejército en aquella época. Pronto se acostumbra uno a saber por dónde van los tiros. La verdad es que al ejército no le saqué mucho provecho al final. Al principio me apunté para sacarme los carnets de camión y me tiraron a la primera por la vista ya que tenía unas dioptrías, hasta ese momento nunca había llevado gafas y ni yo sabía que me hacían falta. Y en cuanto al graduado fui a las clases y al examen que hicieron al final del servicio militar. Cuando me licencié me dijeron que me lo enviarían a mi casa, después de un tiempo que no aparecía llamé al cuartel y al parecer habían perdido mi examen y no se había tramitado. Con lo cual me quedé también sin Graduado Escolar. Es decir, después de un año estaba en la misma situación que cuando entré. Con el graduado en la mano pensaba presentarme a algún cuerpo del estado como la Guardia Civil. Bueno, al final nada, me encontré de nuevo sin nada, deambulando por las calles de Madrid y trabajando en cosas muy precarias y cuando encontraba. Mi único consuelo es que seguí asistiendo al grupo de oración, allí en la parroquia de Coslada, de verdad que eran los únicos momentos que me encontraba realmente a gusto, de ahí me vino la vocación de religioso.

Con el grupo hacíamos excursiones, la mejor y la que más impronta me dejó fue la que hicimos juntos al Camino de Santiago. Fue una experiencia espiritual sin igual. No hicimos el camino entero por falta de tiempo, tan sólo una semana andando de ruta antes de llegar a la capital de Galicia. Fueron los mejores momentos que pasé. Después del amargor de la vida diaria sólo esos momentos me permitían recuperarme anímicamente.

Por aquellas fechas ya me había vuelto a reconciliar con mi familia. Había vuelto al hogar familiar. Aunque tanto mi madre como mi hermana y Carmen esta vez vivían de alquiler ya que el piso lo habían vendido y el dinero desapareció, a lo mejor se lo llevó Carmen a Jesús para los pobres... Vete tú a saber. Aunque a Carmen no la tragaba al menos estaba con lo poco que tenía en este mundo a lo que podía llamar familia. Con mi hermana las cosas iban mejor y yo no hacía ningún tipo de referencia a la relación que mantenía con Carmen ya que lo negaban todo y era tema de bronca segura. Todo el dinero que ganaba poco o mucho lo entregaba en casa, no me quedaba para mí prácticamente nada y lo que necesitaba de forma puntual lo pedía. Todo esto mientras podía encontrar trabajo, porque era bien difícil hacerlo sin cualificación de ningún tipo.

Esta situación me cansó pronto, así que decidí volver al ejército que era el único sitio en el que me había sentido al menos persona con alguna posibilidad de avanzar. Hice unas pruebas en Madrid para soldado profesional y al no tener ni el graduado tuve que optar por los cuerpos más duros y de élite, así que por aquello del romanticismo que me inspiraba opté por La Legión. Así que de nuevo me vi vestido de verde en Málaga haciendo la instrucción; pero esta vez una instrucción que nada tenía que ver con lo que había pasado anteriormente. No fue dura sino lo siguiente, nos llevaron a la extenuación tanto física como mental. Eso no lo llevaba mal, lo peor era el trato. De nosotros se encargaron los legionarios de operaciones especiales, éramos un grupo de unos doscientos y se empeñaron en obligarnos a todos a firmar por operaciones especiales. Yo iba destinado a la décima bandera legionaria, llamada también Bandera Sahariana. No era una bandera de operaciones especiales, yo iba voluntario y podía elegir destino, no podían en ningún momento obligarme. El caso es que un cabo primero llamado Sánchez la tomó conmigo, me obligaba a correr más, a trabajar más, castigos y agresiones físicas diarias. Me acuerdo una vez que a mi compañero de litera se le había olvidado dónde había puesto el cazo para el desayuno, así que me entretuve con él buscándolo antes de acudir a la formación. Al final llegamos tarde a la formación así que nos pusieron a los dos a hacer flexiones. Treinta flexiones, lo de las treinta flexiones era el castigo más normal, que todo fuera eso. El caso es que al subir de una de mis flexiones el cabo primero Sánchez me pegó una patada en la boca del estómago que me levantó del suelo. Desde entonces sufro un reflujo estomacal que me ha traído más de una complicación, nunca me ha dejado en paz.

El caso es que durante la instrucción en La Legión y debido a la vida tan dura que había llevado anteriormente ingresaba ya algo curtido, así que me convertí en uno de los que tiraba del resto a la hora de hacer las marchas. Los mandos se fijaron en mí y querían que entrara en operaciones especiales de La Legión en la sección de montaña, justo donde estaba el cabo primero Sánchez, algo a lo que yo no estaba dispuesto ni de casualidad, ya que pensaba que no iba a salir vivo de allí. Superé el tiempo de instrucción y cuando ya me tenían que enviar a la décima bandera decidieron que me enviaban a

Murcia para hacer el curso de paracaidismo para ingresar en operaciones especiales. Me dieron un permiso antes de ir a Murcia y en ese permiso me presenté en la comandancia de Málaga para presentar mi renuncia. Como no había firmado el contrato que me ligaba a La Legión durante un año y medio pude hacerlo y desligarme. Me exigieron decir los motivos, se los expuse a un comandante que me atendió y firmé mi renuncia, así se acabó mi etapa militar ya de forma definitiva.

Volví a casa extenuado y fracasado con muchas magulladuras tanto físicas como morales del entrenamiento tan extremo que había sufrido. Esta vez estaba más decidido que nunca a ingresar en algún tipo de orden religiosa, era el único sitio en donde me podía sentir a gusto. Los únicos momentos agradables de mi vida siempre los relacionaba con el grupo de oración. Así fue como ya de forma definitiva me decidí a entrar. Pregunté por los Jesuitas porque encontré un libro que explicaba la vida de San Ignacio de Loyola y la verdad es que me atrajo profundamente su figura. Quería llevar una vida de oración, retiro y estudio así que sólo una orden religiosa podía proporcionármela, no me atraía el resto del mundo que había vivido hasta entonces. Por esos tiempos me presenté voluntario para trabajar en una residencia de ancianos aquí en Coslada, al principio no cobraba nada; pero debido a mi pasión por el trabajo con los ancianos y porque llegaron a apreciarme mucho en la residencia decidieron contratarme a media jornada. Al final, aunque sólo estaba contratado por cuatro horas pasaba más tiempo en la residencia que en mi casa. Allí conocí a mi primer amor, María José, estuvimos juntos un tiempo, el tiempo en el que tuve que decidir si quedarme junto a ella o irme a los Jesuitas, la verdad no me costó mucho la elección porque, aunque la quería, mi atracción por la vida religiosa era muy superior. Además, qué vida le podía dar una persona que apenas tenía estudios. Soy carne de cañón en la calle, ya había probado suficiente la vida fuera, quería estar en el único sitio en donde podía sentirme bien.

—Entonces ya sabes lo que es estar con una mujer —preguntó Francisco.

—Sí, y no me atrae la idea de unos hijos y una vida formal, no considero que las respuestas que necesito estén en los brazos de una mujer ahora mismo. Aunque es una vida muy atractiva estar con la persona que quieres.

—Nos gusta que a la vida religiosa venga gente que ya sepa lo que es la vida en pareja, así hay mucho menos problemas en superar las tentaciones que se puedan dar en el camino de religioso.

—En ese aspecto no tengo problemas —le contesté a Francisco, mi maestro.

La entrevista se alargaba, Francisco me miraba, sabía que me iba a preguntar por los detalles. Por aquellos detalles que debía contar para pertenecer de pleno derecho a la familia de los Jesuitas.

—Entonces la vocación por los Jesuitas te viene porque cayó en tus manos un libro sobre la vida del santo Ignacio —siguió preguntando.

—Así es, me pareció una vida ejemplar, era lo que mi espíritu me pedía. Además, los Jesuitas estáis en muchos países sois una orden muy influyente.

—Así es, estamos en muchos países, también hemos tenido muchos problemas a lo largo de nuestra historia, somos una orden misionera por excelencia. Pero quisiera preguntarte por los detalles, creo que hay algo en todo lo que me has contado de la historia con Carmen que no me has dicho, no me han quedado muy claro las cosas. Es hora de que me cuentes todos los detalles que has omitido.

Francisco se echó hacia atrás en su asiento y yo que ya no tenía más munición no me quedaba otra que relatarle la historia más increíble que nadie podía haber escuchado: la entrevista con un arconte.

CAPÍTULO IV FENÓMENOS EXTRAÑOS

Bueno ahí estaba yo con Francisco en su despacho, intentando contar lo inconfesable, en fin, cómo empezar... Por dónde empiezo... Francisco me miraba fijamente esperando mi respuesta y que me empezara a arrancar y desembuchara lo que parecía que escondía con tanto recelo. Y yo receloso, pensando que si me callaba me echaban y si lo decía me ingresaban en el manicomio más cercano y de forma urgente.

—Bueno... —comencé diciendo—. Cuando vino esa tal Carmen a mi casa empezaron a pasar cosas muy extrañas.

—¿Qué tipo de cosas? —dijo Francisco interesado porque ya empezaba a hablar.

—Cosas... Sobrenaturales diríamos... No sé si me entiendes...

—Si no me lo explicas mejor no te puedo entender, tranquilo tenemos toda la tarde y si no también tenemos mañana y pasado y al otro, si hay algo que nos sobra es tiempo, así que, cuando quieras.

Bueno a esas alturas ya comprendí que había que hablar, así que comencé a "cantar" y vaya si canté, canté la Traviata, mi trabajo me costó arrancarme; pero cuando lo hice... Cualquiera me paraba.

En aquella época tenía unos doce años, estamos hablando del año mil novecientos ochenta y tres, el verano de ese mismo año, en agosto. Fue en mi cuarto y estando solo cuando empezaron a ocurrir las cosas más extrañas, comencé relatando. Creo que fue en ese momento cuando mi espíritu se reveló ante lo que me estaba ocurriendo. Fue entonces cuando comenzaron en mi casa los fenómenos más extraños paranormales. Mesas que se suspendían en el aire, cucharas y vajillas que volaban de forma literal y se estrellaban contra la pared, comida voladora con todo tipo de productos incluidos. También llegaron a volar cuchillos cosa que era bastante peligrosa, como se puede suponer. En mi casa las cosas volaban, en cualquier momento podías ver un cajón que se salía de su sitio y empezaban a volar de forma violenta todo lo que lo contenía. Yo era evidente que me asustaba y mucho y hoy sé que todos esos fenómenos los provocaba yo mismo. Esos fenómenos me han acompañado estando solo y en otros muchos lugares y hoy ya no me extrañaría volver a verlos, aunque todo eso paró hace ya muchos años. Hoy sé que era mi propio espíritu el que con fuerza quería rebelarse contra todo lo que me estaba ocurriendo, era una forma de manifestarse de manera inconsciente. Siendo ya adulto y comentando estas cosas que me ocurrían cuando era más niño, me dijeron en una ocasión que me hubiera hecho falta ingresar en una escuela especializada para desarrollar todas mis capacidades psíquicas, en Moscú sé que existe y además es la mejor del mundo, según dicen, en donde van todos los niños rusos e incluso de otras nacionalidades a seguir desarrollando y potenciando todas sus capacidades psíquicas. Por desgracia yo no tenía a nadie en mi entorno que estuviera capacitado para saber lo que me ocurría y para que me enseñara a canalizar y desarrollar todo mi potencial y, como todos sabemos, lo que no se desarrolla pues se termina perdiendo. Supongo que muchos niños nacen con estas capacidades que después en la escuela se encargan de apagarlas. Todavía España además era un país muy católico y religioso, por lo que lo mejor no era hablar sobre estos temas porque enseguida se puede confundir con brujería, santería u otras cosas parecidas. Después llegas a la escuela, te educan en el catecismo, en la doctrina de la Iglesia Católica y se acabaron las capacidades. Para poder desarrollar estas capacidades es esencial creer en ellas y potenciarlas, si lo que crees que te está pasando es cuestión de santería entonces poco o nada vas a aprovechar.

Todo esto se confundía con unos visitantes muy especiales que acudían a mi cuarto, cómo diría… Bastante especiales. Parecía que entre Carmen y estos visitantes se turnaban para impedir que durmiera, fue entonces cuando empecé a saber sin saberlo lo que era un arconte. Estando dormido de repente tiraban de mis sábanas o me agarraban de las piernas muy fuerte para tirarme después de la cama, cosas extrañas. También se pasaban las noches intentando entrar en mi cuarto. ¿Cómo se presentaban…? Pues bien, a cualquier hora y en cualquier lugar podía escuchar cómo me llamaban por mi nombre. Tenían una voz ronca, gutural y pronunciaban mi nombre de una forma pausada. En mitad del día o de la noche estando solo en mi habitación podía escuchar esas voces de ultratumba llamarme, avisándome que llegaban. Era el momento de ponerme en guardia y cerrar mi cuarto y poner cualquier cosa para atrancarlo apoyando también mi cuerpo fuertemente contra la puerta. Solían venir del pasillo de mi casa siempre a oscuras y con una pequeña vela encendida, no veía mucho más ya que llevaban una túnica blanca envuelta alrededor de todo el cuerpo, a duras penas podía ver algo que se podía parecer a unos ojos. De todas formas, no me paraba a comprobarlo más de cerca y cerraba todo lo rápido que podía la puerta de mi habitación. Muchas noches se pasaban intentando acceder a la habitación durante toda la madrugada y yo intentando que no lo hicieran. Hoy en día veo que el objetivo no era entrar en mi habitación, el objetivo era no dejarme dormir y hacerme desfallecer. Mientras que intentaban acceder, a veces eran más de uno, pasaban cuchillos por debajo de la puerta, los mismos cuchillos de la cocina. Teníamos un cuchillo largo jamonero en casa y ese es el que usaban casi siempre para pasarlo por debajo intentando que me alejara de la puerta.

Sólo unas pocas veces y vencido por el sueño dormía y, cuando pasaba eso, creo que ya me daba igual lo que ocurriera a mi alrededor. Algunas veces cuando despertaba y abría los ojos veía la figura religiosa de María rezando al lado mía, de rodillas en mi mesita de noche, me miraba de manera muy dulce y yo la miraba a ella y seguía durmiendo, esos creo que eran los únicos momentos de sueño reparador que tenía en mucho tiempo. Era extraño, veía una imagen de María muy al estilo de las estampillas que puedes conseguir en cualquier iglesia, después por la mañana pensaba que lo había soñado y punto.

También escribían mi nombre en las paredes de casa que teníamos que volver a pintar o dibujaban caras diabólicas, toda una operación psicológica contra mí, un niño de doce años.

Ocurrió también en casa alguna que otra cosa bastante grave. Una vez estando solo por la tarde en casa noté algo de humo desde el salón, cuando fui a la cocina había una sartén llena de aceite al fuego. Nuestra hornilla era de gas y la apagué en cuanto me di cuenta de lo que sucedía. Nadie había puesto esa sartén al fuego, al menos de la casa, estaba solo y sólo se lo podía achacar a los visitantes nocturnos. Es entonces cuando me di cuenta que tenía que extremar las precauciones, esa gente quien fuera, parece que iba en serio y no sólo a provocar un susto para torturarme o no dejarme dormir.

¿Hasta cuándo duraron todos estos fenómenos? Pues duraron hasta que cumplí los dieciocho años. Ahí fue cuando pararon. En aquella época yo me había ido ya de casa, en cuanto cumplí la mayoría de edad me busqué una habitación durante un tiempo con un amigo que conocí trabajando en el campo, eso fue antes de irme con los gitanos. Fue en esa habitación oscura, donde no había luz, cuando escuché otra vez las voces de ultratumba llamándome, con su sonido ronco inconfundible ¡Pablooo! Y allí no estaba Carmen, estaba solo, sin nadie. Fue entonces cuando creí volverme loco, grité que pararan ya… Y pararon, así de simple, ya no volví a ver ni a escuchar a nadie que no fuera al menos de esta dimensión.

Pero sin duda alguna lo más extraño, el fenómeno digamos más asombroso que me ha marcado durante toda la vida ha sido la especial relación que tuve con un arconte, sí con un arconte. Después de muchas noches intentando que no durmiera tuve la oportunidad de hablar durante una semana con uno de aquellos seres, y me explicó por qué estaba allí y me traía un mensaje, un mensaje que he guardado celosamente hasta el momento que me encontré en aquella habitación delante de mi maestro de postulantes. ¿Y qué podía un arconte decirle a un niño de doce años? ¿Qué mensaje era el que me traía? Durante toda mi vida no he dejado de darle vueltas a la cabeza, cada momento de aquella charla, a veces confusa, aquél ser venido de otro mundo o de otras dimensiones tenía mucho que decirme y mucho que contarme, en aquel momento era mi maestro de postulantes el primero que iba a saber lo que hablamos, después de hace más de diez años que pasó él fue el primero, nadie llegó nunca a saber nada y creo que me hubiera ido a la tumba con el secreto de no ser por haberme encontrado con Francisco aquella tarde en la habitación y, de alguna manera, haberme obligado a contar lo que realmente pasó durante aquella misteriosa semana.

CAPÍTULO V EL ARCONTE

—¿Va a ser esta noche?

El arconte me miraba con atención y cierta expectación detrás de mí. Aquella podía ser la noche que tanto había esperado y por la que estaba allí. Me miraba de forma fija, impertérrito, con su figura quieta, sin moverse, pronunciando tan sólo las palabras necesarias; con aquellos ojos grandes blancos como huevos.

Yo miraba hacia abajo por el balcón y llegué a asomarse para ver que tal era sentir la sensación de vértigo. Era un noveno piso y el arconte me había prometido que sería algo instantáneo. ¿Cómo sería ese momento? Siempre lo había pensado, el momento en el que tu espíritu se separa de tu cuerpo, ya sabes. Sentía curiosidad y a la vez miedo. Por una vez, el arconte calló esperando el momento y lo notaba incluso algo nervioso, como alguien que está a punto de alcanzar lo más deseado.

—¿Tienes miedo a la muerte? —me preguntó el arconte que, al parecer, no pudo aguantar su inquietud.

—No… no tengo miedo a la muerte. Es al mismo momento, al instante el que sí le tengo algo de miedo. Me pregunto si me dolerá mucho, cómo es, qué pasará después…

—¿Tienes miedo al dolor…? —al arconte parece que se le iluminaron más los ojos por unos momentos. Parecía que había descubierto algo de mí que le podía servir para sus intereses—. No tienes que preocuparte —siguió diciendo—, nosotros haremos que no sufras daño, antes de que llegues al suelo incluso te habremos recogido para que no sientas nada.

—Sí, será eso —contesté yo—. No, no le tengo miedo a la muerte, tengo miedo al momento en sí nada más.

—Todos pasamos por ahí —dijo el arconte.

—Me has contado muchas cosas sobre mí cuando sea mayor; pero cómo sé que no me estás mintiendo —le dije.

—No te miento, te digo la verdad. En el futuro tú dirás de nosotros que la mentira es nuestra naturaleza. Pero yo no te estoy mintiendo. Soy un emisario y sólo te digo la verdad y el mensaje que me han ordenado transmitirte.

Yo le miraba fijamente, aquella figura que ahora me resultaba tan cotidiana y familiar, con él había compartido cosas increíbles, le había tomado cariño a aquél ser desfigurado envuelto en aquella túnica blanca de la que sólo asomaba su cara, su rostro, ese rostro tan extraño. Lo que más destacaba era sin duda sus ojos, dos grandes ojos blancos en toda su extensión, como si le hubieran puesto dos pelotas de golf blancas en la cara, una cara alargada, deforme donde apenas se le podía distinguir la nariz que se convertía tan sólo en dos diminutos orificios. Y su tez gris rayando ya con el negro, siempre me visitaba de noche portando una vela y guiando su camino en la oscuridad del pasillo hacia mi habitación. Y me había acostumbrado a que me visitara aquel ser a eso de la media noche, cuando ya todo estaba en silencio. Venía a hablar conmigo y a contarme cosas que me pasarían en el futuro y a esperar mi muerte, mi propia muerte. Escuchaba sus pasos, lentos y seguros hacia mi habitación y miraba la luz de la vela y su reflejo y sabía que ya estaba allí, una noche más.

La primera noche fue quizá la más dura y yo estaba muy asustado ante aquel ser. Había sentido su presencia y había ido corriendo a despertar a mi madre y a mi hermana, quizá para sólo para comprobar que aquello no era una pesadilla, que ese ser no podía existir. Todo había sido inútil, ni mi madre ni mi hermana despertaban y parecían dormidas en un profundo sueño. Yo creí en un primer momento que estaban fingiendo e insistía; pero al ver que mi insistencia no servía opté por esperar a aquel ser en un rincón de la habitación sentado en una esquina con la cabeza entre las rodillas, sin querer mirar, qué podía hacer, todo era inútil, ya estaba abandonado a lo que pasara. El arconte se paró a escasos centímetros de mí, estaba todo envuelto en su túnica blanca.

—¡Mira lo que me ha hecho tu Dios! —exclamó el arconte destapándose la cara y mostrando su desfigurado rostro.

Su voz era ronca, una voz de ultratumba, profunda, desgarradora. Yo levanté la cabeza y miré su rostro atentamente, aquellos ojos blancos, completamente blancos sobre el fondo negro desfigurado de su rostro.

—¡Soy un monstruo verdad! —dijo gimiendo el arconte—. Tienes miedo de mí porque soy un monstruo. Yo antes era como tú. No me tengas miedo he venido a hablar contigo.

Al escuchar hablar al arconte de esa forma reaccioné y por un momento perdí todo el miedo que había acumulado, el monstruo se había humanizado con aquellas palabras y yo dejé atrás la sensación de terror que me inspiraba. Me levanté y fui hasta él y me quedé a unos pocos centímetros de su rostro y miré sus ojos blancos que tanto me llamaban la atención directamente y me conmovió. Algo, sin embargo, me decía que no debía de acercarme más y guardar las distancias con aquel ser, mi propio instinto me estaba advirtiendo de algo.

—¿Qué quieres de mí? —le pregunté.

—Yo también cuando estaba en vida defendí a tu Dios como tú lo defiendes y ahora me encuentro aquí convertido en un monstruo, vengo para que no te pase lo mismo que a mí —dijo el arconte.

—Por qué ha de pasarme lo mismo que a ti, si estás así es porque algo hiciste en vida —respondí.

—No hice nada en contra de Dios, al contrario, di mi vida por él. Dios es injusto, me mataron incluso porque lo defendía y esta ha sido su paga —repuso el arconte.

—¿Y para eso vienes? —le respondí—. ¿Qué tengo que ver yo contigo? ¿Por qué quieres avisarme de eso?

—Vengo a avisarte porque yo conozco lo que serás en el futuro, vengo del futuro para hablar contigo —dijo el arconte.

—Del futuro… —dije reflexionando sobre lo que me acababa de contar— ¿Me conoces del futuro y vienes a avisarme? ¿Puedes viajar en el tiempo, al futuro y al pasado? Claro porque si has venido puedes viajar al pasado… Y podrás volver otra vez…

—Sí —respondió de manera escueta el arconte.

—¿Y cómo lo haces? —pregunté interesado.

—Con la conciencia —respondió el arconte.

—¡Con la conciencia…! —exclamé pensativo— Pues yo no puedo hacerlo… Dime cómo se hace.

—No sabría explicártelo es algo que hago de forma natural, yo solo lo hago, no necesito nada más, pienso y viajo donde quiero, sólo pienso dónde quiero viajar —respondió el arconte.

—¿Dónde quieres? ¿Puedes viajar por el universo? —le pregunté intrigado, asombrado.

—Sí —me respondió el arconte.

—¿Y cómo es el universo? Tiene que ser muy bonito —le pregunté.

—El universo en su mayor parte está vacío y no es muy atractivo viajar por él, es más bien aburrido.

—¡Aburrido! —dije sorprendido—. Si yo pudiera hacer lo que tú haces no me aburriría nunca, viajaría por todas partes a otros lugares del universo, a otros tiempos. Me gustaría volver al pasado y ver por ejemplo a gente histórica como Napoleón o César. ¿Tú puedes verlos?

—Si quiero sí —respondió el arconte.

—Y dices que te aburres… Pues no te entiendo. Puedes hacer lo que quieras y te aburres —volví a exclamar.

—Para mí no tiene mucho atractivo —me respondió el arconte.

—Y yo… ¿Qué seré de mayor?

—Un general norteamericano.

—¡Ja, qué risa María Luisa! —exclamé—. Ahora sí que no te creo… Yo un general norteamericano… Ni de casualidad vamos; pero si soy español.

—Tú tienes mucho poder —dijo el arconte—, en el futuro derribarás naciones.

—¡Que yo derribaré naciones…! —dije sorprendido—. ¿Y cómo una persona sola puede derribar una nación entera? Cada vez me cuentas más cosas que me cuesta más trabajo de creer. Qué naciones derribaré…

—Se te concederá el poder de despedazar. Francia —dijo el arconte.

—¡Francia…! ¿Y lo haré…? ¡Despedazaré Francia…! —pregunté.

—No respondió el arconte.

—Entonces… Por lo que me estás contando… Yo también seré un monstruo como tú. ¿Tanto cambiaré cuando sea mayor? No me reconozco en las palabras que me dices ni en lo que me estás contando… Dime, ¿cómo seré físicamente? No sé, dime si tendré pelo cuando sea mayor cuéntame cómo moriré, por ejemplo —pregunté de nuevo.

—Serás alto y fuerte, tu aspecto será impresionante y serás calvo —dijo el arconte—. Te saldrán escamas en el rostro y tu cabeza estará llena de cicatrices.

—Por lo que me cuentas —dije volviendo a sentarme y agachando la mirada compungido— seré un monstruo. Y esas cicatrices en la cabeza y esas escamas de qué serán…

—Te saldrán. No habrá un motivo especial, no tendrás ningún accidente. Son cosas que nacen en el cuerpo porque cambia, no tienen otra explicación —respondió el arconte.

—Me saldrán sin más… No lo entiendo muy bien, no tendré ningún accidente ni nada… —volví a insistir.

—No, simplemente te saldrán —respondió el arconte.

—Un general norteamericano… ¿A qué edad ocurrirá eso? —seguí preguntando.

—A los treinta, a esa edad habrá una guerra mundial y combatirás a los chinos.

—Pues sí que va a cambiar el mundo cuando sea mayor… Una guerra mundial contra China… No sé si quiero llegar a mayor por lo que me estás contando el futuro va a ser terrible. ¿Quién ganará esa guerra? —pregunté.

—Tú ayudarás a ganarla para los Estados Unidos y sus aliados —respondió el arconte.

—¿España participará?

—Sí, salvarás millones de vidas —respondió el arconte.

—Salvaré millones de vidas combatiendo a los chinos… Pues no lo entiendo cómo se pueden salvar vidas matando en una guerra mundial. Entonces por lo que me dices también mataré a muchas personas… —pregunté.

—No, no matarás a nadie —respondió el arconte.

—¿Cómo? De verdad que cada vez te creo menos —dije sin ocultar mi sorpresa—. Cómo se puede participar en una guerra mundial siendo general y dices que no mandaré matar a nadie…

Me volví y miré por la ventana, era de noche, las una de la madrugada, las luces de las calles brillaban dando color al paisaje nocturno de la ciudad. Miraba pensativo al fondo intentando recapacitar con la mirada perdida, sin saber qué pensar y, sobre todo, sin saber si el arconte o el demonio aquel me estaba diciendo la verdad o me estaba mintiendo; pero lo que sí tenía claro es que no quería el futuro tal y como me lo estaba contando.

—Conoceré entonces a los líderes de Estados Unidos y de otros países —pregunté después de una pausa.

—Sí, conocerás a todos los líderes mundiales.

—¿Conoceré también al rey de España?

—Él te invitará a casarte con una de sus nietas.

—¿Casarme con una de sus nietas? ¿Pues cuántos años tendrán sus nietas cuando me ofrezca casarme con alguna de ellas?

—Cinco, seis años.

—¿Y me va a ofrecer a sus nietas con cinco o seis años? ¿Y yo cuántos tendré?

—Treinta y cuatro.

—Pues no me veo para nada casado con una niña. Cuando cumplan los dieciocho, la mayoría de edad yo sería un viejo ya para ellas.

—Sí; pero eso no le importa a la realeza.

—Pues no sé qué haré, quién sabe cuando llegue el momento. Entonces, por lo que me dices seré un personaje público bastante famoso…

—No, nadie te conocerá.

—¿Cómo? ¡Me estás diciendo que habrá una guerra mundial contra China, que seré un general norteamericano, que no mataré a nadie, que conoceré a los líderes mundiales, que tendré el poder para derribar naciones, que salvaré millones de vidas…! ¿Cómo se puede hacer todo eso y no ser conocido, no ser famoso? Lo que me estás contando es imposible.

—Es posible y lo harás en el futuro —respondió tranquilamente el arconte y sin inmutarse lo más mínimo.

—No puedo creer lo que me estás contando, me estás mintiendo —afirmé.

—No te miento, te estoy diciendo toda la verdad, tú mismo en el futuro podrás comprobarlo —dijo el arconte.

—¿Tendré hijos? —seguí preguntando.

—No, no puedes tenerlos —respondió el arconte.

—No puedo tener hijos… Por qué dios me castigas de esta forma… —dije entristecido.

—Los hombres te pagarán con el mal el bien que les hagas. Mírame a mí, yo defendí más que nadie a los hombres y a dios y me mataron y esta es su recompensa y también será la tuya. Los hombres han elegido el mal.

—Los hombres han elegido el bien y son buenos y si muchos actúan de mala forma es porque están siendo engañados —le respondí al arconte.

—Estás equivocado. He venido a avisarte y a traerte un mensaje.

—¿Un mensaje de quién? —pregunté.

—De Lucifer, él te ofrece su trono —dijo el arconte.

—¿A mí…? —dije incrédulo— ¿A un niño de doce años le ofrece su propio trono…?

—No importa la edad que tengas lo importante es el poder que sale de ti —respondió el arconte—. Si vienes conmigo podrás dirigirnos, él también se pondrá a tus órdenes. Yo he venido a hablar contigo como su emisario. Ven con nosotros y dirígenos.

No daba crédito a lo que estaba escuchando, el propio Satanás me estaba ofreciendo su propio trono, a mí, a un niño. Miré al suelo cabizbajo sin creerme todavía todo lo que estaba sucediendo.

—¿Para qué quiero su trono…? —exclamé con la mirada fija en el suelo—. No quiero su trono, lo que me importa es el futuro tan terrible que me estás contando.

—¿No quieres su trono? Piénsalo bien lo que te está ofreciendo es mucho —respondió el arconte—. Desde hace tiempo estábamos esperando una respuesta de tu dios. Desde la Segunda Guerra Mundial, tú eres esa respuesta.

—No, no quiero su trono —volví a afirmar—. Estoy angustiado por todo lo que me has contado.

—Yo puedo quitarte esa angustia —me dijo el arconte.

—¿Cómo? —pregunté mirándolo fijamente.

—Suicídate esta noche y ven conmigo. Sé nuestro líder.

No podía creer lo que me estaba pasando. La verdad es que apenas escuchaba a aquel demonio cuando me decía que me fuera con él y me suicidara y lo que de verdad me importaba era el futuro. Me parecía un futuro muy malo y debía de encontrar la forma de cambiarlo, debía saber más.

—¿Qué será de España en el futuro? ¿Cómo le afectará toda esta historia?

—España podrá hacer muy poco en el futuro, estará endeudada y embargada. Sus grandes empresas estratégicas pasarán a manos de naciones extranjeras.

—No te creo, ¿es que España no entrará en la Comunidad Económica Europea? ¿Cómo puede acabar embargada?

—Sí, España entrará en la Comunidad Económica Europea y ese será su final como nación. Perderá su soberanía y le desmantelarán la industria a cambio de subvenciones. La endeudarán hasta límites que no podrá nunca pagar y la embargarán.

—¿Eso harán? Pues ahora están que no veas diciendo que entrar en Europa es lo mejor que le puede suceder a España y que por fin íbamos a ser europeos... ¿Cómo puede dejar nuestro gobierno que pase eso?

—Eso todo es propaganda. Los gobiernos corrompidos españoles tomarán el dinero de las subvenciones y se lo repartirán entre ellos y venderán España a potencias extranjeras.

—¿Entonces los españoles en el futuro serán pobres y pasarán hambre como ahora están en Argentina y Brasil con la deuda?

—Sí. Los españoles la mayoría serán pobres, aunque trabajen y pasarán muchas calamidades y pobreza durante mucho tiempo.

—¿Cuánto tiempo?

—Estarán endeudados por lo menos entre cincuenta años y un siglo.

—¡Cincuenta años o un siglo! Y todo eso dentro de la Comunidad Europea...

—Sí —respondió de forma escueta el arconte.

—Increíble. ¿Y esa es la prosperidad que nos quieren vender ahora?

Para la mente de un niño de doce años no podía imaginar que nuestros propios gobernantes serían los primeros en traicionarnos por dinero y poder. ¿Acaso es que en el futuro los españoles se habían vuelto locos? Desde luego las primeras noticias que tenía de España sobre su futuro no eran nada alentadoras.

—Dime una cosa, ¿habrá Tercera Guerra Mundial con la Unión Soviética?

—No, la Unión Soviética desaparecerá en el futuro, se diluirá.

—Se diluirá… —respondí pensativo—; pero la sustituirá algo supongo, ¿qué pasará con todo el armamento nuclear que tienen?

—La mayor parte estará en manos de Rusia. Habrá restos de armamento en otros países que saldrán de la Unión Soviética y se declararán repúblicas independientes.

—¿Entonces en el futuro no va a haber guerra nuclear?

—No, no habrá guerra nuclear.

—¡Puf! Vaya, algo es algo… —dije aliviado.

—Lo que sí habrá serán muchos problemas con los países islámicos y la humanidad se enfrentará a una amenaza nuclear por parte de algunos.

—¿Qué tipo de problemas? ¿Con cuáles países?

—Habrá problemas con Irán y con grupos terroristas islámicos que se harán con armamento nuclear.

—Eso es más peligroso que la Unión Soviética… Supongo…

—Sí, mucho más peligroso —respondió el arconte.

—Entonces, según me estás contando, cuando la humanidad piense que ha superado la peor crisis de su historia de un conflicto nuclear al desaparecer la Unión Soviética, llegarán terroristas islámicos y se harán con armamento nuclear y será todavía peor.

—Así es.

—Pues vaya… Qué futuro más desalentador.

—Sí, es desalentador.

—¿Habrá conflicto nuclear con los países islámicos?

—Habrá ataques terroristas a ciudades de América y Europa con armamento nuclear.

—¿Y quién será? ¿Qué país atacará a quién?

—No se sabe.

—¿Cómo que no se sabe?

—Serán terroristas islámicos.

—¿Y yo que haré en el futuro? ¿Si tendré tanto poder en el futuro por qué no lo he evitado…?

—Tú tampoco sabrás quién ha sido.

—¿Yo tampoco sabré quién ha sido? No sé si creerte, es difícil.

—No sabrás si ha sido un país islámico o ha sido Israel.

—¡Israel! ¿Por qué Israel?

—Existe un refrán que tú dirás mucho en el futuro: "Bueno es que haya ratones para que no se sepa quién se ha comido el queso".

—No sé exactamente qué significa… Bueno, sí sé lo que quiere decir el refrán; pero no sé cómo se puede aplicar en concreto a lo que me estás contando.

—Algunos gobiernos de países occidentales están apoyando a los terroristas islámicos.

—Es decir, que algunos gobiernos de países occidentales están soltando ratones por la casa para echarles la culpa de quién se lleva el queso.

—Sí.

—¿Y para qué hacen eso?

—Es difícil explicarlo desde el pasado.

—¿Y qué gobiernos occidentales serán?

—No puedo decírtelo.

—Es difícil explicarlo, no puedo decírtelo, no creo que quieras ayudarme mucho a mejorar las cosas.

—Yo sólo he venido a traerte el mensaje, no ha arreglar nada.

—Ya el mensaje… Que me suicide y me vaya con vosotros…

—Sí. Tú eres el Salvador, El Mesías. La respuesta que estábamos esperando.

CAPÍTULO VI EL PADRE CARMELO

El Padre Carmelo era el sacerdote del barrio. Por las tardes solía ir a dar clase a mi colegio y era también nuestro maestro de religión. Era un hombre que rondaba los cuarenta años ya con una calvicie prominente, gafas gruesas y como los curas al uso vestía de rigurosa sotana. El Padre Carmelo me tenía un aprecio especial, una tarde cuando aún iba a la escuela yo estaba intentando dormir en mi pupitre, como de costumbre, ya que la vida que llevaba no podía hacer otra cosa, las noches las pasaba en vela prácticamente, ni Carmen ni aquellos demonios me dejaban dormir y, en ese momento, el Padre Carmelo estaba dando una de sus clases de religión. Acababa de empezar el octavo curso de la antigua EGB, Educación General Básica y la verdad es que duraría muy poco en el curso, tan sólo lo comencé. Al poco tiempo Carmen me sacaría del colegio diciendo que a mí no me hacía falta estudiar y me pondría a hacer las labores de la casa mientras ella se dedicaba a no hacer nada y a estar con mi hermana. Me acuerdo que estando en una de sus clases yo me estaba echando la "siestecita de rigor":

—¡Romero —gritó—, otra vez durmiendo!

Yo me incorporé como pude con los ojos rojos, no podía decir que no estaba durmiendo, la verdad, porque sí lo estaba haciendo y lo que quería era dormir más y que me dejaran, que fueran un poco compresivos, aunque no supieran lo que me estaba tocando vivir cuando volvía a casa por el día y por las noches.

—¿Es que no duermes por las noches? Romero, estábamos hablando —siguió diciéndome— que en India por su religión respetan a las vacas, a los terneros, a los toros y no los matan para comérselos porque para ellos son animales sagrados y en Pakistán un país vecino y que son musulmanes tienen prohibido comer el cerdo.

—Pues que se cambien los cerdos por las vacas y así comen todos —dije sin pensarlo.

—Romero… Tienes una lógica aplastante… —respondió don Carmelo después de quedarse callado unos instantes mientras me miraba fijamente.

¡Ala, no querías soluciones pues toma soluciones! Y ahora vas y lo cascas y a ver si me dejáis dormir un poco que en esta casa no hay quien descanse. Y es que el Padre Carmelo era un hombre santo, para qué vamos a andarnos con rodeos y cuando digo santo es santo. Era una persona que nunca se le escuchaba una mala palabra, ni un mal gesto, su mirada y su hablar eran dulces y siempre estaba dispuesto a ayudar a quien fuera. Más de una vez había dado sus zapatos y había vuelto a casa en calcetines. Y sobre todo y por lo que más empecé a conocerlo es por la relación especial que entabló con mi madre y con Carmen. Carmen y mi madre comenzaron a hablarle de los fenómenos que ocurrían en mi casa, claro no todos, sólo los que le convenían contar y el Padre Carmelo se explayó un poco con nosotros y contaba que él recibía ataques de unos seres demoniacos por la noche y que lo torturaban.

Algo sabía don Carmelo sobre mí y sobre lo que me estaba sucediendo por las noches y no por mi boca, ni por lo que mi familia le pudiera haber contado. Digo todo esto por un detalle que ocurrió un día. Una vez estando jugando en el patio del colegio se acercó don Carmelo a los niños y nosotros fuimos donde él haciendo corro. La verdad es que nos gustaba estar con don Carmelo y él comenzó a hablarnos, como de costumbre, de Jesús y María. Yo que estaba entre el grupo de niños y comportándome como uno más, noté como don Carmelo se fijaba en mí y en un momento determinado decía con asombro mientras me miraba: "No eres consciente, no eres consciente…" Con esto no sé si quería decir que yo no era consciente de ser el salvador y se sorprendía por ello, lo que sí creo que me dejó claro es que los arcontes de alguna forma también habían hablado con él y algo le habían contado. Que hablaban con él eso era seguro, él mismo lo decía, aunque no de la forma que hablaban conmigo, decía que lo insultaban y le pegaban todas las noches, lo torturaban de diferentes formas, aunque él no podía ver quiénes eran y en su formación religiosa lo atribuía al demonio. Yo supe con el tiempo que eran ellos, los arcontes, los mismos que me visitaban por las noches. Recordando todo esto vi que los arcontes estaban jugando a un doble juego: conmigo y con el Padre Carmelo, por lo menos; pero, ¿y con mi familia? Pues no lo descartaba para nada y estuve dispuesto a saberlo con el tiempo. Estaba claro que el arconte me obedecía; pero me obedecía hasta cierto punto y había cosas que no me decía o por lo menos hasta, como él mismo aseguraba, cerciorarse que yo me iba con ellos y me convirtiera en su líder; pero en su líder contra quién, ¿contra Dios?

CAPÍTULO VII EL MESÍAS

—Y te dijo ese ser que tú eras el Salvador… El Mesías.. —dijo Francisco poniendo los brazos sobre la mesa.

A estas alturas del relato notaba a Francisco mi maestro más que interesado en todo lo que le estaba contando. No sé si lo estaba creyendo o no y no sé qué era peor que se lo creyera o que no. Lo que sí estaba claro es que se le veía la intención de seguir con mi relato y que llegara hasta el final.

—Sí, eso me dijo, que yo era el Mesías, el Salvador —respondí.

—¿Y tú te crees el Mesías? —me preguntó.

—No —le respondí—. Yo no me creo el Mesías.

—Bueno, sígueme contando qué te dijo ese demonio o lo que fuera, nos quedamos en que te dijo que te suicidaras, por lo que veo no lo hiciste ya que estás aquí conmigo contándomelo. ¿Aceptaste al final ser su líder? ¿Qué le dijiste?

—Bueno nos quedamos ahí, ese demonio, ese ser monstruoso estaba delante de mí, diciéndome que yo tenía mucho poder, que quería que me suicidara para ser su líder, entonces observé algo que me dejó perplejo. Como dije anteriormente no me había atrevido a tocarle, me había acercado a él a unos pocos centímetros y me faltó muy poco para tocarle con mi rostro, muy poco, mirándolo, estudiándolo qué era aquello, de qué estaba hecho. Normalmente el arconte sostenía una vela entre las manos; pero las manos estaban cubiertas por una sábana o túnica blanca. En un momento determinado y mientras me hablaba intercambió la vela de mano y pude ver sus manos. Y sus manos eran alargadas, nudosas, aquello no era éter, no era un espíritu, tenía hueso, sus manos eran huesudas, era algo físico no había duda, no era un espíritu que se disuelve en el aire como todos podemos creer. Ese detalle me dejó perplejo.

—Pudiste verle las manos —interrumpió Francisco— y eran huesudas, tenían piel entonces…

—Sí tenía piel, una piel negra que se adhería al hueso, como si no tuviera nada de carne debajo y eran extremadamente delgadas; pero tenía piel, una piel negra que dejaba translucir las uniones de los diferentes huesos de la mano. Sus nudillos eran especialmente visibles.

—Interesante, sin duda, sigue contando por donde nos quedamos en tu conversación.

—Sí, sigo. Por dónde íbamos, ¡ah sí! Cuando se fue vi que había más demonios en la puerta esperándole y agolpándose intentando mirarme y uno de ellos exclamó: "¡Ese es el gran Pablo Romero, así de niño no parece nadie!" "Lo he tenido a pocos centímetros de mí ha faltado nada para que lo tocara", le dijo el demonio al resto, los otros me miraban intrigados y él los expulsó: "Iros de aquí, dejadlo tengo que hablar más con él se lo está pensando el venir con nosotros".

—O sea que por lo visto hiciste bien en no tocarlo, porque si presumía que te tuvo tan cerca sería porque a lo mejor podía haberte realizado algún tipo de posesión si lo hubieras hecho.

—No lo sé, quizá nunca lo sepa Francisco; pero sí te puedo decir que mi instinto me decía que no tocara a ese ser, y eso que por un momento tuve la tentación de hacerlo.

—¿Por qué tuviste esa tentación?

—Por una parte, por saber qué era aquello, por otra porque veía un gran sufrimiento y dolor en aquel ser y de alguna forma quería darle consuelo. También te puedo decir que cuando me dijo que quería que fuera su líder y que venía como emisario de Lucifer me sentí un poco crecido como diciendo, no te acerques a mí, no te atrevas, soy superior a ti y eso que sólo tenía doce años, era como si mi espíritu se revelara dentro de mí, el arconte tenía razón era mi espíritu lo que querían, la edad quizá no importaba, aunque tuviera mente de niño mi espíritu me guiaba.

—Curioso, bueno sigue con el relato y dime qué pasó cuando te dijo que te suicidaras.

—Bueno a esas alturas —seguí relatando a Francisco— yo estaba muy confuso, por una parte, no quería el futuro que me estaba contando, me veía en el futuro y pensaba que iba a ser un hombre terrible, algo así como un monstruo dedicado a la guerra y además el futuro que describía sobre guerras mundiales contra China era aterrador, la tierra que conocemos hoy en día destruida prácticamente. Eso, por una parte; pero también pasaba por mi mente que aquel ser era un demonio y si era un demonio era representante del mal y podía estar cayendo en una trampa, así que, no debía de creerme nada de lo que me dijera. Como he contado antes el arconte insistía mucho en que me decía la verdad, que no me mentía y que yo mismo lo podría comprobar en el futuro. Como no estaba muy convencido de nada; pero quería estudiar más la situación y lo que me estaba ocurriendo, pues lo mejor era seguir conociendo a aquel ser y seguir preguntándole y conocer más la situación para poder valorarla.

—Hoy no te puedo dar una contestación —le dije al arconte— me pides mucho y estoy algo confuso. Podemos seguir hablando sobre el tema otro día. Puedes seguir viniendo y hablar conmigo.

—¡Claro, no hay ningún problema en que sigamos hablando y no tiene por qué ser hoy! —respondió el arconte.

Yo la verdad que quedé bastante contento con la respuesta. Por qué no decirlo, aquel arconte o demonio o lo que fuera me caía bien. Encontraba en él serenidad en sus respuestas y en sus preguntas, además me había proporcionado información que me podría servir sin duda alguna. Pero antes de que se fuera esa noche quise preguntarle más cosas sobre el futuro.

—Dime, por ejemplo, cuándo y cómo moriré —le pregunté.

—Del futuro del que vengo aún no has muerto.

—¿Y podrías informarme mañana sobre este tema? ¿Podrías ir más al futuro y verlo?

—Sí, podría.

—Hazlo, ve al futuro y comprueba de qué muero.

—Lo haré, ¿quieres alguna cosa más?

En aquellos momentos tengo que reconocer que me sentía como todo un rey, tenía el respeto de un demonio, un niño de doce años; pero también era consciente que ese demonio me estaba obedeciendo porque venía de un futuro en el que sabía perfectamente lo que yo había hecho y, sobre todo, porque el mismo Lucifer le había ordenado que se pusiera a mis órdenes para intentar convencerme de que me fuera con ellos.

—No por ahora sólo ese encargo, lo que sí quiero que me digas es si en el futuro del que vienes hay alguna cosa más, detalles, cosas que me puedan interesar que haya hecho o que tengas que decirme... Dime por ejemplo si conoceré a muchas mujeres, si tendré esposa.

—Sí conocerás a muchas mujeres, tu vida estará plagada de sexo y violencia.

—Sexo y violencia —repetí pensativo—. ¿Y me gustará esa vida de sexo y violencia?

—No, no te gustará.

—¿Cuántas mujeres conoceré?

—Muchas

—Y cuántas son muchas...

—Siete... ocho —dijo el arconte dudando por unos momentos.

—¡Siete u ocho! Eso no son muchas.

—Yo sólo conocí a mi mujer, para mí son muchas —dijo el arconte evidentemente contrariado por mi respuesta.

—Estuviste casado, ¿cuántos años?

—Quince años; pero tuve mala suerte con mi mujer por su mal carácter.

Vaya, el arconte había tenido una vida normal como cualquiera, no en vano ya me había dicho que él era antes como yo así que quise saber más sobre él.

—No me has dicho tu nombre todavía dime cómo te llamas y dónde viviste.

—No puedo decirte mi nombre para no darte pistas, cuando te suicides lo sabrás todo sobre mí.

—Tampoco me puedes decir en qué época viviste...

—Hace unos dos mil quinientos años.

—¡Dos mil quinientos años! —dije entusiasmado de conocer a una persona que había vivido en una edad tan antigua—. Y cómo era la vida entonces...

—Me gusta más esta época, no era una vida muy buena.

—¿Te hubiera gustado vivir en esta época...?

—Sí.

—Por qué, porque ahora se puede viajar más...

—Ahora hay muchas más cosas que antes no podíamos hacer.

—¿Cuántos años viviste?

—Cuarenta años, pocos.

—¿Te parecieron pocos cuarenta años...? ¿Te hubiera gustado vivir muchos más años...?

—Sí.

—¿Echas de menos vivir aquí?

—Sí, para mí ha sido el único momento que recuerdo feliz de mi existencia. Los olores, los sabores se sienten, no sabes lo que es eso, no sentirlos, que nada te de placer.

—Te gustaría entonces volver, supongo.

—Sí me gustaría volver, de hecho, nosotros trabajamos por volver.

—Que trabajáis por volver… No entiendo, ¿queréis volver a esta vida?

—Sí, los únicos momentos de felicidad son los que pasamos aquí.

—Pero… ¿Cómo vais a hacer eso?

—Tenemos a nuestros científicos que trabajan.

—¡Vaya! No me digas que en el infierno o de donde tú vienes hay científicos.

—Sí, los hay de todas las profesiones unas más válidas que otras y todos trabajamos con el mismo objetivo, volver.

—Pero cómo vais a volver… acaso no te has mirado… No puedes andar por la calle así…

—Eso lo solucionaremos.

—¿Cómo?

—Con la ciencia. Recuperaremos nuestros cuerpos, aunque yo no el mío, cuando estaba en vida tenía un cuerpo muy poco agraciado y quiero otro cuerpo, más hermoso.

—¿Quieres otro cuerpo?

—Sí.

—Dime de qué moriste.

—Me asesinaron.

—Cómo…

—Me dieron a tomar veneno. Yo hice el bien a todo el que se acercó a mí, los hombres me hicieron mucho daño desde niño, me violaron, en mi cultura era consentida esa práctica, sin embargo, yo no les hice nunca el mal e intenté reconducirlos y me asesinaron.

Entonces la gente creía en muchos dioses, yo les enseñaba que sólo existía un dios creador y que ese dios era bueno lleno de misericordia.

—Te violaron, otros hombres.

—Sí, desde pequeño era violado, mi maestro me violaba.

—Y a ti te gustan los hombres…

—No.

Hice un momento de silencio, sinceramente me había conmovido la confesión de aquel demonio y todo lo que me estaba diciendo me ayudaba a comprenderlo mejor y el dolor tan intenso que sentía. Querían volver aquí, menuda locura, como si los demonios pudieran volver a pasearse y a tomarse un café en el bar del Genaro en Chozas de Canales como la cosa más normal del mundo. Ya me lo imagino: "¡Qué tal buenos días me pone un café con leche, bien cargadito y con leche templada!" Qué sería de la humanidad si estos seres volvían a esta vida. Estaba claro que volverían para dominar, ningún humano tiene la inteligencia ni la experiencia que podía haber acumulado un ser que ha vivido por miles de años en otra dimensión y que conoce los secretos del universo. En definitiva, para ellos sería estupendo; pero para los vivos un desastre. Como decía mi abuela Dolores: "Cada uno en su casa y Dios en la de todos" y esa es la mejor forma que la gente se lleva razonablemente bien. Así que esos demonios o lo que fueran tenían que seguir quedándose en el infierno sí o sí. Pero claro, ahí me asaltaba la duda, ¿querían acaso que yo mismo los dirigiera hacia su nueva morada entre los vivos…? No creo que aquella noche tuviera tiempo para resolver tantas dudas, así que me propuse despedir a aquel ser. Quería tiempo, quería pensar, quería que amaneciera y pensar que aquella locura podía haber sido un sueño. Todas las conversaciones que tuve con aquel demonio se desarrollaron en la oscuridad. Sólo veía la tenue luz de su vela y yo me colocaba al lado de la ventana mirando la ciudad y así pasamos la noche y las próximas noches que me tenía que entrevistar con él.

—Alguna cosa más que he hecho del tiempo que vienes… —pregunté.

—Inventarás un sistema económico.

—Un sistema económico, cuál.

—No te lo puedo decir. Es un sistema nuevo que no es comunismo, ni capitalismo.

—Un sistema nuevo… Y cómo se llama ese sistema.

—No tiene nombre.

—Y funcionará…

—Sí, será un sistema definitivo.

—Definitivo… —pensé— Es que no se conocía de antes un sistema definitivo… No conocías tú un sistema económico que funcionara, ni tú ni tus científicos que dices que tenéis en el infierno y tengo que llegar yo al futuro e inventarlo…

—Nosotros no lo conocemos todo.

—Pues si vosotros no lo conocéis todo entonces qué conoce el hombre…

—Tú eres El Mesías.

82

—¡Yo El Mesías! Creo que te has confundido, yo soy Pablo Romero de Coslada.

—No nos hemos confundido, estábamos esperando una respuesta desde la Segunda Guerra Mundial.

—Otra vez me dices lo mismo. Una respuesta de quién…

—Del Dios en el que tú crees. Y esa respuesta eres tú.

—Bueno, ya está bien por hoy —interrumpí—, mañana seguiremos hablando. Irás más al futuro para ver qué hago.

—Lo haré —respondió el arconte.

—Hasta mañana —le dije.

—Hasta mañana.

De repente pareció como que me salió la vena real porque sabía que el arconte estaba a mi disposición y me metí en el papel despidiéndolo por aquella noche. El arconte se fue con su andar pausado y allí estaban el resto de demonios que le esperaban en la puerta de la habitación para preguntarle con curiosidad, seguro que más de uno hubiera querido participar en la tertulia, sentían curiosidad por mí, como adolescentes ante una estrella de rock o algo parecido. El arconte finalmente desapareció en la oscuridad del pasillo y allí me quedé yo mirando Coslada desde la ventana, ya casi amanecía y no había dormido. Me había pasado la noche hablando con el arconte. Al menos tenía tiempo, tiempo para pensar en todo lo sucedido.

Una cosa buena que sucedió a la mañana siguiente es que al menos me dejaron dormir. Cuando se fue el arconte pude echar una cabezada y reponer fuerzas. Durante la semana que duró mi entrevista con aquel demonio dejaron de atacarme por las noches y eso mi cuerpo lo agradeció. Al día siguiente me levanté después de un sueño reparador y me dispuse a realizar las labores de la casa. Como siempre, Carmen me mandaba a por la compra después de haberme duchado con agua fría y haber hecho mi habitación y haber dejado limpios salón y cocina. Me acuerdo que por las mañanas, por aquella época, como desayuno me tenía que tomar un huevo crudo revuelto con vino dulce, para después ponerme las vísceras como almuerzo, esa era mi triste comida. Por aquel entonces Carmen ya me había sacado de la escuela, así que, mientras mis amigos estaban todos en el colegio yo iba a comprar y a hacer la casa. Me acuerdo que esa misma mañana pasé justo por al lado de la puerta de mi colegio y pude ver a mis compañeros de clase en el recreo y en ese momento puedo decir que sentí envidia de no estar con ellos. Cuánto había cambiado mi vida en tan poco tiempo, pensé. Yo tenía que estar allí con ellos, con mis compañeros de clase que estaban haciendo el último curso antes de ir al instituto. Teníamos hablado incluso el instituto al que todos íbamos a ir para no separarnos y seguir juntos hasta la universidad; pero para mí no hubo instituto, ni universidad ni nada de eso. Mi vida se había roto para siempre, primero con la separación de mis padres, después con la llegada de Carmen a casa. Suspiré y me acerqué a la verja, allí estaban el Rubio y Sedeño.

—¿Qué haces por qué no estás aquí con nosotros? —me preguntó el Rubio.

—No puedo tengo que hacer las cosas de casa —contesté.

—¿Ya no vas a venir? —dijo Sedeño.

—No parece, ahora estoy ocupado en otras cosas —dije.

—Pero te vas a perder el curso y no vas a poder venir al instituto con nosotros… —volvió a insistir el Rubio.

—Ya lo sé y estoy triste por ello; pero qué le vamos a hacer en mi casa han cambiado muchas cosas. Me tengo que ir, tengo que hacer algunos recados y me están esperando en casa. Adiós.

—Adiós —se despidieron el Rubio y Sedeño con mucha extrañeza por mi actitud y mirándose en actitud de desaprobación por mi conducta.

Pero qué les iba a contar: que mi vida no era la misma… Que me visitaba un demonio por las noches… Que tenía una mujer extraña en mi casa que se comportaba como un macho pirulo y que había ocupado el lugar de mi padre…

Aquella fue la última vez que vi al Rubio y a Sedeño. Mirando hacia atrás comprendo mejor el desgarro que sufre un niño cuando le arrancan de su medio y sus ilusiones. Nosotros que soñábamos con ir a la universidad juntos y convertirnos en aviadores, policías, militares, marineros, que jugábamos todas las tardes juntos y compartíamos nuestra amistad sincera. Todo aquel mundo terminó para siempre para mí. Ahora mi mundo era otro, mucho más reducido, mucho más cruel, un mundo que además me costaba mucho comprender.

Recuerdo con nostalgia los tiempos que paseaba con mis amigos por Coslada y era ajeno a la llegada de Carmen a casa y de todo lo que me tendría que suceder. Aquellos tiempos que se rompieron y junto a ellos también se rompió la ilusión de un niño para siempre. Ahora pienso que mi padre nunca tuvo que marcharse de casa, que mis padres tenían que haber intentado encauzar el carácter de cada uno; aunque sólo hubiera sido por nosotros. Una familia desestructurada siempre son los sueños rotos de los más débiles de la casa, los niños.

Me despedí para siempre de mis amigos de la infancia y dejé atrás el mundo de niño para adentrarme en otro mundo que no debía haber pisado, no tenía edad para pisarlo. Mientras hacía la compra recordaba las palabras del arconte y pensaba en ellas, yo el Mesías, qué gracioso.

CAPÍTULO VIII EL FUTURO

—Quiere decir que en el futuro según ese demonio inventarás un sistema económico, y que ese sistema económico será definitivo, para siempre —repuso Francisco.

—Sí, eso me dijo, como si en el universo no hubiera algún sistema económico o como si Dios hubiera hecho una obra inacabada y que él mismo no supiera cuál es el sistema económico que más nos conviene al hombre. Es como si Dios estuviera experimentando con nosotros. Que necesitara de nosotros para acabar su obra.

—Eso parece, por sus palabras parece como si Dios hubiera creado algo que todavía está por hacer y que no sabe muy bien lo que ha hecho.

—Pero si es así, entonces ha hecho algo imperfecto, somos parte de un experimento, somos sus cobayas de laboratorio…

—Y como es natural no te dijo de qué sistema económico se trataba, en qué consistía…

—No, no me dijo nada.

A estas alturas de la conversación Francisco, mi maestro, no podía sino tener cada vez más curiosidad y yo la verdad, una vez empecé con mi relato, pues tenía ganas de seguir, ya me entoné, parece que confesarse es como el rascarse, al principio cuesta; pero cuando te pones no quieres y no puedes parar.

Si digo la verdad estaba deseoso de encontrarme aquella noche con el arconte, de una figura a la que temía había llegado a ser alguien casi amigo. Parece como que podíamos entablar una amistad, por lo menos conmigo era amable y me respetaba y había llegado a empatizar con él después de ver el dolor que sentía, quizá fuera eso; pero si había hecho algo en la vida por lo que se convirtió en demonio pues tenía que redimirse, digo yo. Tendría que saber con el tiempo qué es lo que había hecho para estar allí de esa forma.

El arconte llegó a su hora, una vez que la casa estaba a oscuras y el resto de la gente durmiendo se presentó a través del pasillo con su andar pausado. Sólo escuchaba el movimiento de su túnica por el rozamiento al andar.

—¿Has hecho lo que te dije anoche? —le pregunté.

—Sí.

—Y qué pasa en el futuro… —le dije ansioso.

—En un futuro has muerto en Irán.

—¡En Irán! Y qué hago yo en Irán…

—Estarás en una guerra contra esa nación y morirás allí, te convertirás en una especie de leyenda.

—Vamos que no pararé de dar guerra, salgo con los chinos y me meto con los iraníes. Sigo siendo un general norteamericano, supongo.

—Sí. Irán está fuera de control.

—¿Cómo que está fuera de control? No te entiendo.

—Irán cayó en nuestras manos a Jomeini lo subimos nosotros al poder, sin embargo, ahora está fuera de control, no lo controlamos, como tú has dicho en el futuro: "Habéis creado un monstruo y el monstruo ahora habla con voz propia".

—¿Entonces Irán en el futuro será un gran problema? —pregunté.

—Sí, quieren armas nucleares y destruir a Israel. Tú invadirás Irán y morirás allí. La invasión de Irán será un fracaso, morirá mucha gente. Los soldados norteamericanos se desmoralizarán, es una carnicería muy grande. Lo peor a lo que os estáis enfrentando es a los suicidas, cualquier niño, hombre o mujer puede ser un suicida con bombas adosadas a su cuerpo, nadie se puede acercar a la población civil. Irán está destruido, no queda nada allí, están muriendo por millones y el mundo está conmocionado.

—Me estás dejando sin palabras, cómo podré soportar todo lo que me estás contando.

—No lo soportas, te expones mucho en el combate y parece que estás buscando la muerte.

—Qué futuro más duro —repuse bajando la cabeza—. No quiero ese futuro, me voy a ir contigo.

—¡Si, ven con nosotros y lidéranos! —contestó ansioso el arconte.

—O sea que ahora estamos unidos porque tenemos un enemigo común que es Irán. Y qué si quieren armas nucleares —dije dándome la vuelta y mirando por la ventana las luces de la ciudad de Coslada—. Eso acaso os afecta mucho a vosotros…

—Puede haber una guerra nuclear —repuso el arconte.

—Bueno, mejor para vosotros, así acabaréis con la humanidad o no es eso lo que queréis…

—Nosotros no queremos acabar con la humanidad y una guerra nuclear nos afecta como a vosotros.

—Que os afecta como a nosotros los vivos… Pues no lo entiendo.

—Nosotros queremos recuperar nuestros cuerpos, no podremos vivir en un ambiente nuclear, si la tierra es destruida por armas nucleares nosotros tampoco podremos habitarla. Nosotros no queremos acabar con la humanidad, no podemos acabar con nuestra comida.

—¿Qué quieres decir…? ¿Que nosotros somos vuestra comida…?

—Sí… Vosotros sois nuestra comida, nuestra deliciosa comida —dijo ansioso el arconte.

—Qué pasa que sois caníbales…

—Comemos carne; pero no nos gusta mucho, sólo si no hay otra cosa, nuestro alimento es vuestra energía.

—Nuestra energía… Os alimentáis de nuestra energía… ¿Cómo puede ser eso?

—En el momento de la muerte, cuando vosotros expiráis es cuando más irradiáis esa energía… Está tan deliciosa… Ese es nuestro mejor alimento. También nos saciamos de vuestra adrenalina, de vuestras emociones.

—¿Y cómo lo hacéis? ¿Estáis en cada vez que muere alguien a su lado…? No te entiendo muy bien…

—No hace falta, organizamos festines que vosotros mismos nos ofrecéis. En la antigüedad nos tomabais por dioses y nos ofrecíais sacrificios humanos. También podemos estar en donde se acumulan gran cantidad de personas para escuchar música o practicar deporte. Allí las emociones son muy fuertes muchas veces y la comida está muy buena.

—Ya, como hacían los aztecas en México antes que llegaran los españoles, que ofrecían sacrificios humanos a los que ellos consideraban dioses.

—Así es, vosotros los españoles nos quitasteis nuestro alimento cuando llegasteis.

—Pero en la antigüedad también se ofrecían animales a los dioses.

—También comemos su energía de terror cuando mueren; pero no es lo mismo, lo comemos si no tenemos otra cosa, para nosotros lo exquisito es la energía de los seres humanos porque tienen conciencia, en realidad es nuestro único alimento.

—Vosotros los españoles… Entonces qué pasa que tú no eras español cuando estabas en vida, me dijiste que viviste en la antigüedad, hace dos mil quinientos años, supongo que en Grecia o en Roma, lo digo por lo que me has contado, ¿no es cierto?

—Sí, viví en Grecia. No te puedo dar más pistas, no preguntes más sobre mí, aquí el importante eres tú no yo. Yo sólo soy un emisario para hablar contigo.

—Algo tengo que saber de ti, necesito saber algo de ese emisario para poder confiar en él. ¿Fuiste importante cuando vivías?

—Sí, fui importante.

—Por eso te manda el diablo para hablar conmigo, porque fuiste influyente e importante.

—En el universo hay muchas razas, Lucifer tiene a sus generales de cada raza y elige a los más importantes de cada una de ellas, yo soy un general suyo que represento a la raza humana.

—¿Y tiene más generales de la raza humana aparte de ti? —pregunté.

—Sí, uno más.

—¡Sólo uno más! ¿Y quién es?

—Hitler.

—Vaya… ¿Eso sí me lo puedes decir…?

—Él quiere hablar contigo.

—¡Que Hitler quiere hablar conmigo! —dije sorprendido— ¡Y qué tiene que decirme Hitler a mí, a un niño de doce años!

—Cuando venga lo sabrás.

—Vaya… Va a venir… Qué noticia más… Más… No se cómo calificarla… Más…

—Vendrá.

—Bueno hablando de ti. Si eras importante supongo que la historia todavía te recuerda —dije volviendo a querer saber más sobre el arconte.

—Sí la historia humana todavía me recuerda como un gran personaje.

—Bueno, ahora quizá estoy más cerca de saber quién eres. Dime, me he quedado con la duda sobre lo de vuestra comida, sobre lo que coméis energía cuando nosotros morimos o cuando estamos de fiesta. Antes, los hombres hacían sacrificios humanos porque os tomaban por dioses; pero eso ya no ocurre. Ahora, ¿cómo lo hacéis para comer nuestra energía en esos festines que dices que os dais? ¿O sólo os alimentáis cuando estamos de fiesta?

—Todavía quedan algunas tribus en África que nos toman por dioses. Cada arconte es el dios de una tribu y nos sacrifican a sus hijos para obtener poder, sobre todo los brujos, los que están elegidos para ser futuros sacerdotes. Cada rey tiene uno o varios brujos a su servicio y nos sacrifican gente de la tribu para seguir en el poder y nos piden por él y su descendencia, para que sus descendientes sigan siendo reyes.

—¡Qué horrible! —dije espantado—. Pero supongo que eso será muy poco para vosotros, os conformáis sólo con unas pocas tribus que quedarán en África… Supongo que pasará algo de eso en alguna tribu; pero no creo que sean muchas.

—Tienes razón no son muchas.

—¿Entonces? ¿De dónde sacáis el alimento ese que tanto os gusta? ¿Me estás escondiendo algo que no me quieres contar? Me dijiste que tú decías la verdad.

—No sé si debo contártelo.

—Debes. Si quieres que os lidere debo saber quiénes sois vosotros, cuáles son vuestras costumbres, a qué os dedicáis cuando os aburrís vamos… —dije intentando persuadirlo.

—Hay gobiernos que nos ofrecen sacrificios a cambio de poder —dijo el arconte después de una pausa en la que parecía dudar.

—¿Qué hay gobiernos…? Gobiernos de Europa, de Asia, de América…

—De todos los sitios.

—Y el gobierno español, ¿también os hace sacrificios?

—No exactamente el gobierno.

—No exactamente el gobierno qué quiere decir…

—Hay gente en el poder en España que sí los hace, aunque no directamente el gobierno, no puedo decirte más.

—¿Quién os hace más sacrificios o banquetes o como quieras llamarlo?

—De Estados Unidos, Israel y Gran Bretaña recibimos muchos banquetes.

—A cambio de qué…

—De poder ya te lo he dicho.

—Y cómo os lo hacen, secuestran a la gente y os la ofrecen en un altar o algo así…

—Hay secuestros y otros son atentados que organizan los propios servicios de inteligencia de esos países. También hay granjas en bases bajo tierra, muchos los sacan de las granjas.

—Vamos a ver… —dije contrariado— Vamos despacio que es mucho lo que me estás contando. Hay secuestros, eso lo he entendido, secuestran a la gente para después matarla en ceremonias que vosotros lo llamáis banquetes; pero eso de los servicios secretos y las granjas de humanos no lo capto muy bien, ¿me lo puedes explicar mejor?

—Colaboramos con los espías de algunos países y ellos nos ofrecen sacrificios y nosotros les ayudamos en lo que nos piden.

—Y qué os suelen pedir, ya sé poder; pero algo más concreto.

—Dominar a otra nación o al resto de naciones.

—O sea que estáis implicados en operaciones con los servicios secretos, quién lo diría... ¿Y cómo os hacen los sacrificios los espías?

—Organizan atentados masivos en su propio país y después le echan la culpa a la nación contra la que quieren ir para dominarla o atacarla.

—El refrán de mi abuela que decía que "bueno es que haya ratones para que no se sepa quién se ha comido el queso", es cierto. Y los atentados son vuestra comida.

—Sí, ese refrán lo dirás mucho en el futuro. Sí, los atentados son nuestra comida... Está tan rica... Sobre todo, la de los jóvenes —contestó ansioso y como si se le hiciera la boca agua al arconte.

—Os gustan más las personas más jóvenes, su energía es mejor para vosotros...

—Sí, cuanto más joven está más rica, es más pura, más limpia, la de los niños es la mejor.

—¿Y os ofrecen muchos niños?

—Sí, nosotros se los pedimos, es el mejor manjar.

—Ahora he entendido algo, y lo de las granjas humanas... Eso qué es...

—Hay bases secretas que están debajo tierra. Allí hay muchos humanos encerrados. También en la Antártida hay bases. Hay muchos niños enjaulados como si fueran animales para experimentos, algunos experimentan con ellos y otros nos los ofrecen. Por eso nosotros les llamamos granjas.

Lo que me estaba contando el arconte superaba todo lo que un niño de doce años puede llegar a entender. En aquellos momentos no podía creer cómo podía ser el mundo en el que vivía tan cruel. Quién lo iba a decir. Yo vivía una vida supuestamente normal, no veía nada en la calle de lo que me estaba contando, tampoco los medios de comunicación decían nada de eso. En España hacía poco que había habido un mundial de fútbol y la gente estaba en eso, en ir al fútbol, al trabajo, al restaurante los domingos, no en pensar en humanos enjaulados en bases subterráneas que sirven como experimento o de comida para unos seres demoniacos.

—Has dicho la Antártida; pero dónde hay más bases de esas que llamas granjas...

—Por todas partes, aunque en Estados Unidos hay muchas. Te sorprendes lo que te estoy diciendo; pero ya descubrirás que los seres humanos no sois más que un experimento, sois comida y este planeta no es más que una gran granja. Nacisteis para ser esclavos.

—Que los seres humanos somos un experimento y nacimos para ser esclavos...

—Sí sois un experimento y nacisteis en un laboratorio.

—Los seres humanos fuimos creados por Dios —contesté.

—Sois un experimento —volvió a repetir el arconte—. Nacisteis en un laboratorio y sois los últimos que habéis llegado a este universo.

—No te creo, todo lo me lo dices es para que te siga y me suicide.

—Te estoy diciendo la verdad.

—Quién nos creó en ese laboratorio según tú.

—Una raza que no es humana, aunque parecida a vosotros.

—Parecida a nosotros… Te recuerdo que tú también fuiste humano, no sé por qué hablas como si a ti no te afectara — le respondí.

—Hace mucho tiempo que dejé de considerarme humano. Los hombres son malos.

—No creo que los hombres sean malos, que se equivocan sí. ¿Cómo es esa raza extraterrestre que nos creó?

—Algunos muy parecida a vosotros podrían confundirse entre la gente sin ningún problema, otros son gigantes.

—¿Gigantes? ¿Cuánto miden?

—Pueden llegar a medir tres metros o más. Algunos de esta Galaxia incluso más de diez metros.

—¡Más de diez metros! Entonces sí que son gigantes sí. Supongo que estarán aquí entre nosotros algunos, en bases… — pregunté.

—Sí —contestó el arconte de forma escueta—. Aunque no son muchos en la actualidad.

—Hay más razas de otros sitios.

—Sí hay más razas. Hay una raza especialmente hostil hacia los humanos, es una raza reptil con forma de lagarto, esta raza os mantiene también como su alimento y no os deja desarrollaros.

—¿Existe una raza reptil con forma de lagarto?

—En el universo existen todo tipo de razas con formas de animales. Hay razas incluso con forma de insectos —repuso el arconte.

—Qué mundo más extraño me ha tocado vivir. Creo que no conozco nada.

—Conoces poco del mundo real; pero yo puedo enseñarte.

—Y dime esa raza reptil que no nos deja desarrollarnos, ¿es muy fuerte?

—Son muy fuertes, son una de las razas más antiguas del universo, han sido siempre una raza de guerreros y son muy hostiles hacia los humanos. Tan sólo os consideran comida.

—¿Nos comen? Así literalmente…

—Sí. Aunque también os quieren para sus experimentos.

—¿También tenéis contacto con esa raza vosotros?

—También tenemos contacto; aunque de una forma diferente recurren menos a nosotros que los humanos.

—Y… ¿A quién servís más a esa raza reptil o a los humanos?

—No puedo contestarte.

—Por lo que me has dicho al parecer todos nos consideran sus gallinas…

—Algo así existe sí —contestó el arconte.

—¿Y qué debemos hacer los humanos para derrotarles? ¿Cómo se derrota a gigantes de diez metros?

—Tendré que mirar en el futuro para ver qué harás tú para derrotarles.

—¿Pero no dices que he muerto ya en Irán? ¿Cómo vas a mirar en el futuro si ya he muerto?

—Existen muchos futuros, tantos como nosotros queramos. Ahora mismo estamos trabajando para mejorar tu futuro adecuándolo a nuestros intereses. Vosotros lo llamáis universos alternos, líneas de tiempo o mundos paralelos. Iremos al pasado y al futuro tantas veces lo creamos conveniente para mejorar nuestros intereses.

—O sea que existe otro futuro en el que todavía no he muerto.

—Así es.

—Pues no lo entiendo, entonces cuál es el futuro válido, cuál es el mundo paralelo que sirve. Al final alguno tendrá que ser el bueno digo yo.

—Sí, al final todos deben de converger en uno solo y sólo uno es el válido.

—¿Y qué pasa con el resto de esas líneas de tiempo?

—Simplemente se diluyen, mueren.

—Se diluyen, mueren… Así… Sin más.

—Sí, así sin más.

—Qué extraño, ¿podrías ir al futuro y decirme qué hago para derrotar a esos extraterrestres?

—Iré ahora, para mí serán años, pero cuando vuelva para ti sólo habrán pasado unos minutos.

—De acuerdo entonces, aquí te espero.

Y el arconte salió con su paso pausado de mi habitación hacia el pasillo dispuesto a cumplir la orden que le había dado. ¿Qué me depararía el futuro…? Qué podría hacer yo en el futuro para derrotar a unos alienígenas que según el arconte sólo le servíamos como alimento y cobayas para hacer experimentos… Qué mundo tan extraño, cómo podía vivir en un mundo así… Es que acaso Dios no existe…

Mi maestro Francisco estaba a estas alturas conmovido por mi relato. De manera muy especial le había afectado el saber que existen niños en bases subterráneas, que están enjaulados y sirven como comida y experimentos.

—Y esos niños me podrías decir dónde están, en qué punto exacto se encuentran… Se lo preguntaste al demonio ese…

—En bases por todo el planeta, aunque al parecer existen muchas y muy importantes en Estados Unidos.

—Bueno, tu relato hay que reconocer que es muy interesante. He de admitir que jamás había escuchado nada igual y lo puedo creer o no eso es indiferente; pero hay cosas que dices que son muy creíbles… Atrayente es el relato desde luego. Sigue contando, volvió el demonio ese del futuro como te dijo…

—Sí, volvió. Y volvió de una forma que no me esperaba, nunca le había visto tan nervioso y era la primera vez que le veía perder el equilibrio que hasta entonces había mantenido conmigo.

—Estoy dispuesto a seguir escuchándote -dijo Francisco recostándose en su asiento.

CAPÍTULO IX LOS HIJOS DE CORTÉS Y PIZARRO

El arconte volvió más rápido de lo normal y no porque tardara mucho en hacerlo. Esta vez sus pasos no eran pausados como de costumbre sino acelerados. En menos de cinco minutos, tal y como dijo, estaba allí otra vez.

—¿Cómo se derrota a los Hijos de Cortés y Pizarro? —dijo el arconte nada más llegar y alzando su voz.

El tono de voz de aquel demonio parecía bastante nervioso, cosa muy rara en él. Hasta ahora siempre se había mostrado como un ser tranquilo y seguro de sí mismo, todo lo contrario que parecía ahora.

—¡Los Hijos de Cortés y Pizarro! ¿Qué es eso…?

—Cómo se les derrota, te he preguntado… —dijo el arconte evidenciando su nerviosismo.

—Vamos a ver… Vamos por partes… —repuse—. Primero me tienes que decir que es eso de los Hijos de Cortés y Pizarro. Si no sé ni lo que me estás contando cómo te voy a decir cómo se les derrota…

El arconte se quedó mirándome un buen rato fijamente, creo que en ese momento no sabía bien si creerme, su mirada parecía investigarme, como querer llegar hasta mis entrañas con su mirada. Yo creo que pensaba sinceramente que yo tenía las respuestas a lo que él me dijera, aunque no supiera qué demonios iba a hacer yo en el futuro.

—Es una unidad militar que has creado —dijo después de la pausa, esta vez parecía que intentaba controlarse y volvía al tono de voz normal que había mantenido hasta ese momento.

—¿Una unidad militar? ¿De aviación?

—No de infantería.

—De infantería… —dije extrañado— Y qué nombre más raro tienen… Los Hijos de Cortés y Pizarro…

—Los llamarás así porque estarán formados por mestizos.

—Pues vaya, se ve que en el futuro no me voy a quedar quieto…

—Y ahora dime cómo se les derrota.

—Un momento —repuse—, me estás diciendo que te diga cómo se derrota a una unidad militar que yo supuestamente crearé en el futuro; pero si la voy a crear en el futuro como voy a saber ahora con doce años cómo se les derrota…

—Solo tú puedes saberlo —repuso aquel demonio.

—Bueno… —empecé a hablar por salir del paso— Dime al menos como son, qué características tienen.

—Son una especie de orden militar del futuro. Son medio monjes, oran a cada instante, sobre todo antes de comenzar los combates. En el futuro son muy poderosos y se han convertido en los guardianes del universo.

Para mí sin duda una buena noticia todo lo que me estaba contando. Me había hablado tanto de que los seres humanos no éramos más que animales de una gran granja que casi me había quitado toda esperanza en el futuro de la humanidad. Si esos monjes guerreros que supuestamente yo crearé en el futuro se convierten en los guardines del universo, entonces quiere decir que los seres humanos sobreviviremos y saldremos de este planeta colonizando otros.

—Bueno no es tan malo, por qué debería destruir algo bueno que he hecho en el futuro… —dije al arconte— Hemos colonizado el universo por lo que me cuentas.

—Los Hijos de Cortés y Pizarro no son buenos, matan a niños de otras razas.

—Que matan a niños… —dije con sorpresa.

—Sí, son brutales, no tienen piedad.

—De qué razas matan a niños…

—Reptiles.

—Pero vamos a ver, esos niños cuando se conviertan en mayores serán los que nos coman. Vamos que seguro que cuando nos cogen los padres le dan a comer un humano a esos niños reptiles.

—¡Pero son niños!

—Muy bien son niños en eso estoy de acuerdo, y qué más hacen.

—Quieren exterminar a toda una especie.

—¿Cuál especie?

—Los llaman los grises.

—Pues sí que son malos por lo que me cuentas… —repuse.

—Cómo se les derrota… —volvió a preguntarme.

—No lo sé —volví a contestar— ¿Cómo quieres que lo sepa? Podéis ir de nuevo al pasado y hacer otra línea de tiempo, otro mundo alternativo en donde los Hijos de Cortés y Pizarro no sean creados…

—Ya lo hemos hecho y los Hijos de Cortés y Pizarro están en todas las líneas de tiempo.

—O sea que por lo que me cuentas, los seres humanos hemos sido los últimos que hemos llegado a este universo y los que lo vamos a colonizar, vamos que seremos conquistadores.

—Sí, habéis sido los últimos que habéis llegado y los que conquistaréis el universo.

—Pues vaya… Quién lo diría, pues entonces el futuro de la humanidad es magnífico, ¿no estarás tan ofuscado porque hemos dejado de ser tu comida o la comida de esos lagartos?

—¡Te estás riendo de mí! —dijo gruñendo y visiblemente enfadado el arconte.

—No en absoluto —repuse intentando calmarlo—. Bueno, dime algo más de esa unidad militar, ¿cómo visten, por ejemplo? ¿Cuáles son sus símbolos?

—Sus colores son el negro y el rojo… Visten de negro y usan unas bandas rojas que se ponen cruzando su pecho o en la cintura.

—¿Todos usan esas bandas rojas?

—No, sólo los oficiales.

—Bien, y qué más, que tipo de gorro usan.

—Usan boina roja con una borla amarilla colgando.

—La boina de los Carlistas —dije— ¿Cuál es su símbolo o bandera?

—Una cruz roja con aspas y cruzada.

—La Cruz de Borgoña, la que era la antigua bandera de España —afirmé seguro de mi respuesta.

—Sí, la Cruz de Borgoña —reafirmó el arconte.

—Dónde han sido creados... ¿En Estados Unidos también? Como dices que en el futuro seré un general norteamericano...

—En una línea de tiempo han sido creados en Estados Unidos en otras en España.

—En España... —dije pensativo— Bueno, es más razonable que sean creados aquí. ¿Tienen algún himno?

—Sí, usan el himno antiguo de los tercios españoles.

—No lo conozco —dije—. Podrías decirme su letra... Así sabemos más de ellos y a lo mejor puedo decirte cómo derrotarlos.

El arconte me recitó el antiguo himno de los Tercios Españoles que combatieron por todo el mundo durante siglos pasados. Es evidente que después a la mañana siguiente tuve que buscarlo en los libros de historia, ya que no podía quedarme con la letra con tan sólo una vez que me lo recitara. Tengo que decir que no lo encontré, sólo años después circuló por Internet un himno que se le atribuye a los Tercios y que recordé era el mismo que el arconte me recitó. Lo que sí puedo decir es que en ese momento me impresionó profundamente. A continuación, lo pongo para dar una idea clara del mismo.

HIMNO DE LOS TERCIOS
"Oponiendo picas a caballos,
enfrentando arcabuces a piqueros,

con el alma unida por el mismo clero,
que la sangre corra protegiendo el reino.

Aspa de Borgoña flameando al viento,
hijos de Santiago, grandes son los Tercios.
Escuadrón de picas, flancos a cubierto,
sólo es libre el hombre que no tiene miedo.

Lucha por tu hermano, muere por tu reino
vive por la paz en este gran imperio.
Nunca habrá derrotas si nos hacen presos,
sólo tras de muertos capitularemos

La gola de malla, chaleco de cuero,
peto y espaldar me guardaran del hierro.
Levantad las picas con un canto al cielo,
nunca temeré si va en columna el tercio."

—Eso dicen —dije pensativo e impresionado—, que no habrá derrotas… Que sólo tras de muertos se rendirán…

—Sí —contestó el arconte algo más tranquilo y mirándome fijamente como esperando mis respuestas y reflexiones.

—Sólo es libre el hombre que no tiene miedo… —seguí meditando— Sólo es libre el hombre que no tiene miedo… —repetí pensativo.

—¿Te gusta esa frase? —preguntó el arconte.

—Sí, me gusta, es muy significativa. Por eso quizá en el futuro elegí esa letra para el himno de los Hijos de Cortés y Pizarro.

—Y tú, ¿tienes miedo? —me preguntó el arconte.

—Ahora no, no tengo miedo —le contesté.

—¿Sabes ya cómo derrotarlos? —volvió a preguntar el arconte.

—No —dije simplemente—, no sé cómo derrotarlos. Vosotros que os gusta volver al pasado tanto podíais saberlo.

—Eso haremos.

—Por cierto, ¿los Hijos de Cortés y Pizarro han servido para pacificar las guerras que hay en la Tierra?

—No. Los Hijos de Cortés y Pizarro sólo combaten fuera de la Tierra o contra otras razas no humanas.

—Y eso, ¿por qué?

—Tú no quieres que sean usados para intrigas internas, por eso nunca combatirán contra otros seres humanos.

—Vale, lo comprendo. Dime más cosas que haré en el futuro aparte de los Hijos de Cortés y Pizarro —dije intentando cambiar un poco la conversación que me estaba llegando a molestar.

Cómo iba decirle cómo se derrotaban a los Hijos de Cortés y Pizarro… Aunque lo supiera no se lo hubiera dicho, de ser una granja que sólo servíamos como alimento a conquistar el universo va una diferencia.

—Crearás una universidad elitista.

—Elitista dices, me extraña, eso no va conmigo. O sea que crearé una universidad para ricos.

—No es así de forma exacta.

—Entonces qué quieres decir con eso de elitista, yo entiendo eso, un sitio para la gente con más dinero.

—Irán los estudiantes más preparados del planeta.

—¡Ah eso es diferente! Ahora puedo reconocerme un poco. Y quién pagará esa universidad, los estudiantes…

—No, los gobiernos.

—Explícate.

—Los gobiernos enviarán a sus mejores estudiantes a esa universidad y les pagarán los estudios.

—Ya, o sea, que a los estudiantes y sus familias no les costará nada.

—No.

—Entonces sí —dije aliviado—, entonces sí me creo lo que me dices. Es que me dices unas palabras que me confundes, dices elitista y creía que sólo era para ricos. ¿Y dónde va a estar esa universidad?

—En Madrid. Será una réplica aumentada del antiguo Alcázar de Madrid.

—El que se quemó…

—Sí.

—Pues he tenido una gran idea, así la raza humana no sólo avanzará en lo militar, también en lo científico, si reúno a los mejores en un solo punto y hago que trabajen y estudien juntos… Pues que tuve una gran idea, seguro que saldrán las mejores ideas e inventos de esa universidad.

—Sí, salen grandes ideas de ese sitio —dijo el arconte algo ofuscado.

—Lo dices con tristeza —apunté.

La verdad es que pensaba que se entristecía porque lo iba a dejar sin su comida favorita; pero no me atrevía a decírselo.

—Los hombres no me agradan.

—Tú fuiste hombre.

—Sí lo fui; pero ya no lo soy, me desprendí de mi parte humana hace tiempo.

—Dime qué cosas más haré.

—Esas son las más importantes.

—¿Esas son las más importantes? ¿Quiere decir que hay más?

—Hay muchas más; pero son menos relevantes.

—Bueno, dime alguna y te diré si es relevante o no —le dije.

Relevante o no para mí era importante y muy interesante saber qué iba a hacer en el futuro. Puede que para el arconte no fuera trascendente para mí sí y entendía de la importancia del momento.

—Invadirás más países —dijo el arconte.

—¿Y eso no te parece algo relevante? —dije de forma irónica— Dime qué países invadiré.

—Países del África negra.

—No me extraña, esos países están tan mal. ¿Cómo estará el África negra en el futuro?

—Igual que ahora y algunos países incluso peor.

—Pues qué poca esperanza das. Y que más, no sé… Dime un país exótico que invadiré.

—Birmania.

—¡Birmania! ¿Y qué hay en Birmania?

—En Birmania hay una dictadura. Los militares tienen a una mujer encerrada en su casa que será la futura presidenta del país. No saldrá hasta que tú no vayas a liberarla.

—Qué curioso… Qué cosas dices que haré de mayor y todo eso lo haré yo. Y dices que nadie me conocerá…

—Al final de tu vida sí se te conoce. Y también tendrás ayuda.

—Ayuda de quién…

—De pensadores, de otros generales, especialmente de uno con un nombre griego. Con él pacificarás Iraq y Afganistán.

—Que pacificaré Iraq y Afganistán… Cuántos generales me ayudarán.

—Habrá varios.

—¿Españoles o norteamericanos?

—Habrá españoles; pero principalmente norteamericanos.

—¿Y qué pasa en Iraq y Afganistán es que están en guerra en el futuro?

—Sí, Estados Unidos invadirá esas dos naciones.

—¿Y España participará en esas invasiones?

—En parte sí. Irán después a pacificar.

—En parte sí… ¿Qué cuerpos irán a esos países…? ¿La Legión?

—Irá La Legión y también irá la Guardia Civil.

—¿La Guardia Civil? ¿Y qué hace la Guardia Civil en Iraq y Afganistán si son policías?

—Son también militares. Tú les dirás cómo pacificar esos países con la Guardia Civil.

—Qué cosas más extrañas me cuentas. La Guardia Civil en Afganistán, eso es ciencia ficción.

—Eso ocurrirá —dijo de forma pausada y siempre seguro de sí mismo el arconte—. La Guardia Civil se convertirá en la policía mundial.

En este punto yo ya no sabía qué pensar, lo reconozco, la Guardia Civil como policía mundial. Me imaginaba que el mundo alguna vez tendría que unirse, sobre todo para expandirse por el universo y conquistarlo y también suponía que al final tendría que haber una policía a nivel mundial que se coordinara en todos los países por igual. En cierta forma el arconte no decía nada descabellado; pero imaginar a la Guardia Civil en Afganistán superaba mis expectativas.

—¿Y qué papel jugará La Legión en Afganistán? ¿Son importantes?

—Asegurarán el terreno como otras unidades. La Legión combatirá fuera de la Tierra, es lo más importante que te puedo decir de ellos.

—¿Cómo que combatirán fuera de la Tierra, en otros planetas?

—Sí, en otros planetas, junto a los Hijos de Cortés y Pizarro.

—Y también otras unidades militares de otros países supongo yo…

—No, principalmente ellos dos. Los mandos de La Legión serán los que entrenen a los Hijos de Cortés y Pizarro.

—¿Serán sus entrenadores? Los que los formen…

Qué mundo más extraño era el futuro, era tan diferente a lo que en aquel año del 83 estaba viviendo que se hacía difícil creerlo. ¿Tanto cambiarían las cosas en el futuro? España debía de cambiar mucho para que sucediera todo lo que me contaba aquel demonio y lo peor es que no sabía si quería vivir en ese mundo y en esa España.

—¿Habrá Tercera Guerra Mundial alguna vez en la Tierra? — pregunté preocupado al arconte.

—Ya me has hecho esa pregunta antes.

—Ya, pero como dices que hay mundos alternos…

—En todos los mundos paralelos hay guerras de exterminio en la Tierra. Sobre todo, las guerras vienen causadas por la superpoblación. Pero desde la creación de los Hijos de Cortés y Pizarro esas líneas de tiempo se han diluido. No, no habrá Tercera Guerra Mundial. Habrá muchos conflictos localizados; pero el mundo no estará en guerra.

—Guerras de exterminio… Y seguro que vosotros no tenéis nada que ver con ello… —dije de forma irónica.

—¡Eran nuestros mundos! Nosotros provocábamos esas guerras sí. No nos conviene que haya tantos seres humanos porque puede llegar el momento que no podríamos controlarlos; pero del exterminio se encargaban los propios seres humanos de matarse entre ellos. Un alimento delicioso en esas guerras, un gran banquete que con los Hijos de Cortés y Pizarro ya no podremos saborear.

—A ver si lo entiendo. Cuando hay excedente de producción en la granja hay que eliminar ganado.

—Así es. Hay que eliminar ganado.

—Pero no os conviene exterminarnos porque os quedaríais sin comida, sólo quitar el excedente.

—Veo que lo has entendido.

Me iba acercando a la lógica de los arcontes. Esos seres demoniacos nos estaban manejando como una auténtica granja. Era evidente que no nos querían exterminar como raza porque se quedaban sin su juguete y sin su alimento, sólo eliminar los excedentes. Entonces como un resplandor me vino a la cabeza los planes que tenía la ONU para controlar a la población mundial y hacerla "sostenible", el auge de los ecologistas, el aborto y de todas las organizaciones que se dedicaban a expandir esas ideas de sostenibilidad del planeta.

—¿Estás seguro que sólo mediante guerras intentáis exterminarnos? Ahora recuerdo de los planes que dice tener la ONU cuando habla de sostenibilidad del planeta, el aborto, los ecologistas. Que está bien cuidar el medio ambiente y es necesario; pero no a base de impedir el desarrollo del ser humano. Eso a mi padre se lo he escuchado decir mucho.

—Eres inteligente y comprendes muchas cosas, aunque sólo tengas doce años, por eso estoy aquí. La ONU está en nuestras manos, trabaja para nosotros. Como tú mismo dirás en el futuro "este es nuestro territorio". Y tenemos muchas más cosas preparadas centrándonos en la ecología como el cambio climático, el terrorismo, la muerte del amor entre el hombre y la mujer. Todo lo estábamos planeando para no dejaros salir nunca de este planeta; pero los Hijos de Cortés y Pizarro dieron con todos nuestros planes al traste.

—No sé qué es eso de matar el amor entre el hombre y la mujer, no creo que eso suceda nunca, si sucediera sería el fin de la especie. Ni tampoco entiendo cómo mediante el terrorismo podéis impedir que la raza humana se expanda. Lo del cambio climático, ¿qué es? ¿Cambiará el clima del planeta en el futuro?

—Subestimas nuestra capacidad de influir en la conciencia humana, sabemos cómo matar el amor entre el hombre y la mujer y convertirlo en una máquina sin sentimientos a nuestro servicio. El clima siempre está cambiando en este planeta, nunca es estable; pero nosotros aprovecharemos para decir que es a causa del hombre, pondremos impuestos a nivel mundial e implantaremos políticas para que la gente tenga menos hijos o no los tenga.

—¿Convertir al ser humano en una máquina sin sentimientos? ¿Eso cómo se hace? Bueno, pensándolo bien, quizá sí que tengas razón y que os he subestimado. Si hay niños abortados es porque hay falta de sentimientos. En realidad, estás hablando de deshumanizar. Pero si deshumanizáis la calidad de vuestra comida disminuirá, es decir, os alimentáis de las emociones, de las sensaciones.

—Lo tenemos todo pensado. No disminuirá la calidad de nuestra comida, porque la sensación de terror a la muerte y al ser asesinados seguirá presente en el ser humano siempre.

—Pues te digo la verdad. Si los seres humanos llegan a deshumanizarse de esa forma merecen acabar como los marranos en el matadero. Es decir, se han labrado su propio destino por dejarse engañar y convencer; pero no creo que al final ocurra eso.

—¡Sí, se merecerán su destino!

—Lo dices como deseo o porque realmente ocurrirá; porque yo no lo veo nada.

El arconte calló y no quiso decir una palabra más sobre el asunto. Pude entender que, a lo mejor, había hablado más de la cuenta y ahora intentaba reconducir la situación con su silencio. Después, con el tiempo, siendo ya mayor pude entender todas esas palabras. Comprendí que existen otras palabras que se llaman: propaganda, ingeniería social, drogas, modas. Y, desgraciadamente, también pude comprender que era posible acabar con el amor entre el hombre y la mujer. Como podría decir cualquier clásico "sólo las modas pasan de moda". El buen gusto, la cortesía y los buenos hábitos de una sociedad jamás pasarán de moda; aunque muchos se empeñen en arrinconarlos.

También me había sorprendido mucho en aquel entonces que el arconte dijera que la ONU trabajaba para ellos. Con el tiempo y llegando a comprender cómo trabajaba esta organización tampoco me pareció nada extraño. Una organización ineficaz, injusta y contraria a cualquier interés humano de equidad y prosperidad, eso sin citar la profunda corrupción que cualquiera que se acerque a estudiarla puede adivinar en unos instantes.

—Entonces dices que los Estados Unidos y la Unión Soviética no se pelearán nunca —dije cambiando la conversación y queriendo romper su silencio.

—No, no se pelearán nunca de forma directa como ya te dije. En el futuro las amenazas nucleares que sufrirá la Tierra vendrán de Irán y Corea del Norte.

—Y lo de esas dos naciones estáis trabajando en ello para que no suceda nada…

—Estamos haciendo todo lo que está en nuestra mano para que no haya ataques nucleares, puedes creer en mi palabra.

—Intentaré creer en ti. Al menos sé que os conviene tan poco una guerra nuclear como al resto.

—No nos conviene nada, puedes estar seguro.

—Por lo menos en eso estamos unidos — dije aliviado—. Aunque a ti no te guste yo estoy aliviado que existan los Hijos de Cortés y Pizarro, al menos sé que la humanidad seguirá adelante y que superará sus conflictos.

—¿Entonces no me vas a decir cómo se les derrota?

—No sé cómo se les derrota y te estoy diciendo la verdad. Me estás contando que en el futuro crearé una especia de monjes guerreros guardianes del universo, ahora con mi edad no puedo responderte por lo que se supone que yo he hecho en el futuro, no tengo esa capacidad. He creado algo que no sé cómo se le vence, acepta eso, no puedo decirte más.

—Ahora soy yo el que no sabe si creerte.

—No puedo decirte más. Y dime, esos mestizos que son los Hijos de Cortés y Pizarro, ¿son de América?

—Son de todas las partes del mundo; pero principalmente de América Latina. En el futuro los latinoamericanos serán muy importantes, saldrán muchos hombres importantes de ellos. Su mezcla con vosotros les va a favorecer mucho con el cambio de la era de Acuario se activará en su cuerpo parte de su genética que es muy importante y que les hará tener una conciencia superior.

—La era de Acuario… No me digas que crees en el Horóscopo y que lo lees por las mañanas en el periódico —dije sarcástico.

—No creo en el Horóscopo eso es falso. El universo tiene sus tiempos, la alineación de las estrellas nos influyen, eso es cierto. Tenemos un tiempo hasta que la energía que nace del centro del universo nos apague, esa energía es la que va a activar células importantes en muchos de vosotros.

—Y los latinoamericanos serán importantes en qué campos: en las letras, la ciencia…

—En todos los campos saldrán hombres muy relevantes para la humanidad.

—Y todo por la era de Acuario… Me tienes que contar más cosas del universo.

—¿Qué deseas saber?

—En realidad, todo —le respondí.

¿Y quién era capaz de saciar la curiosidad de un niño? Y ahí en frente de mí tenía un ser que podía darme respuesta a todo lo que me había preguntado hasta ahora, o por lo menos todo lo que una persona con doce años de vida puede llegar a preguntarse.

—Pero mejor otro día —seguí diciendo—. ¿Sabes? Estoy preocupado por lo que puede suceder en Irán y en Corea del Norte, así que, mejor nos vemos mañana y me cuentas qué solución le habéis podido dar. Hoy me has contado muchas cosas y estoy algo confundido, me tienes que dejar pensar.

—Estoy de acuerdo, te dejaré pensar —contestó el arconte de forma seca.

—Desearía que me contaras también mañana más detalles sobre mi vida en el futuro para saber si puedo reconocerme, para saber si soy realmente yo.

—Te contaré detalles para que sepas que no te miento. Todo lo que te estoy diciendo sucederá en el futuro.

El arconte se retiró por fin por esa noche y desapareció por el pasillo con su andar pausado. Yo me quedé solo mirando por la ventana de mi habitación, era de noche, como de costumbre cuando hablaba con el arconte, las luces de la ciudad al fondo me traían un aire de nostalgia. Qué mundo más extraño, pensaba, qué mundo más extraño es este; pero a la vez qué alivio al pensar que existía una esperanza para la humanidad. Para el arconte que existieran los Hijos de Cortés y Pizarro sin duda era lo peor que les podía pasar, se quedaban sin su comida que éramos nosotros; pero los humanos nos quitábamos las cadenas. Había estado muy asustado pensando que sólo éramos una granja y que nos criaban como las gallinas o los cerdos para que otros nos comieran y que no había posibilidades de escapar. Y si ese mundo era real… Entonces dónde quedaba Dios y los profetas, ¿cómo Dios permitía que los seres humanos viviéramos en un mundo así? Es por ello que a veces me costaba creer al arconte. Estaba confuso; pero a la vez estaba contento, el futuro de la humanidad estaba asegurado y aunque supiera cómo se derrotaba a los Hijos de Cortés y Pizarro, que no tenía ni la menor idea, tampoco se lo iba a contar.

CAPÍTULO X LA ENTREVISTA

Por la mañana me desperté después de haber dormido tan sólo unas horas con un panorama que no me esperaba. Mi madre, mi hermana y Carmen estaban metidas en el cuarto supuestamente recibiendo mensajes de Jesús. Yo a esas alturas sabía que los mensajes en, todo caso, de quienes los recibían era de los arcontes. Aparecían mensajes escritos en zonas extrañas de la casa y los leían. Yo, como siempre, me quedaba fuera, ajeno a lo que ocurría en el cuarto, tampoco me dejaban entrar así que estaba arreglando mis cosas en mi habitación. Además, ya tenía suficientes movidas por las noches con el visitante nocturno como para ocuparme de lo que estuvieran haciendo. En un momento dado mi madre salió del cuarto apresurada y con un rostro de preocupación evidente.

—¿Qué has hecho? —me dijo.

—¿Qué he hecho de qué? —dije sorprendido.

—¿Niño qué has hecho? —volvió a repetir entre la pregunta y la preocupación.

—¿Qué he hecho de qué? —volví a decir yo aún más sorprendido.

—¡Has destruido Irán!

—¡Qué! —dije aún más sorprendido— ¡Sales de la habitación para regañarme y me dices que he destruido Irán! ¡Creía que me ibas a regañar porque me había dejado algo sucio en la cocina o algo así!

Mi madre me miraba entre el estupor y la ira y yo sólo quería entender lo que estaba pasando.

—Por lo menos has dicho que vayan atendiendo a las personas heridas. Vete a tu cuarto, no sé qué hacer contigo.

—¿Que no sabes qué hacer conmigo…?

Estuve en el cuarto hasta que llegó la noche. Es evidente que enseguida relacioné la actitud de mi madre con lo que me había dicho el arconte la noche anterior. Esperé a que llegara la noche con ansiedad, tenía que saber lo que había pasado y qué habían hecho esta vez. No me fiaba nada de ellos como es evidente. Cuando llegó la noche el arconte apareció como de costumbre, con su andar pausado, sosteniendo una vela a través del pasillo oscuro de la entrada de mi casa en Madrid.

—¿Qué ha pasado en Irán? —le dije de forma inmediata en cuanto entró en el cuarto. Al arconte lo vi en ese momento dubitativo e incluso nervioso.

—En Irán… —dijo como dudando si contarme la noticia o no.

—Sí en Irán, dime qué ha pasado, mi madre ha salido del cuarto como una fiera esta mañana, qué le habéis contado —le dije.

—Es difícil de contar…

—¡Cómo difícil de contar! ¡Dime qué ha pasado! —le dije ya como una exigencia.

—Irán… Irán ha desaparecido —dijo titubeante el arconte.

—Cómo desaparecido… Eso no puede ser… Qué pasa, se ha esfumado del mapa…

—No… Ha desaparecido… Por las armas nucleares.

—Explícate mejor demonio —dije evidentemente enfadado, esta vez debo de reconocer que me daba igual lo que ese ser era, quería saber qué es lo que había pasado.

—Ha habido una guerra nuclear en Irán... Irán ha desaparecido.

—Desaparecido, eso no podía ocurrir, ¿recuerdas...?

—Nadie puede habitar Irán. La tierra es radioactiva por la guerra.

—¡Y cómo ha sucedido eso! ¡Cómo ha podido suceder si me prometiste que ibais a hacer todo lo posible por desactivar una guerra nuclear!

—Han sido terroristas, han tirado una bomba nuclear en una ciudad de Europa.

—¿Qué ciudad es esa?

—No puedo decírtelo. Lo tengo prohibido.

—¿Es española?

—No, no es una ciudad española.

—¡Y cómo han conseguido terroristas una bomba nuclear, eso no se va al mercado y se compra! ¿Quién se la ha dado?

—El mundo le echa la culpa a Irán, aunque tú sospechas que ha sido Israel.

—Y quién ha sido, Irán o Israel...

—No puedo decírtelo...

—Si no me lo dices jamás iré con vosotros a ninguna parte —dije.

—Por cada ciudad europea que desaparezca, desparecerá una nación árabe. Eso es lo que has dicho.

—¡Qué locura! ¿Qué pasa con los árabes? ¿Es que todos los problemas que tengamos van a venir de allí?

—Habrá una revolución árabe a partir de un vendedor ambulante en Túnez que se quemó vivo. Habrá guerras y revoluciones por todo el mundo árabe.

—¿Y qué países más importantes estarán involucrados en esas guerras o revoluciones?

—Siria, Irán, Egipto, Libia.

—Quiero que volváis al pasado y solucionéis el tema de Irán como sea. Cuánto tiempo estará Irán sin poder habitarse…

—Cientos de miles de años… quizá…

Cuando dijo aquello tengo que reconocer que me enfureció y bastante… ¿Acaso no eran ellos los que tenían la culpa de lo sucedido jugando a ser dioses? Ellos volvían una y otra vez al pasado, cuando no les convenía o simplemente pensaban que lo podían haber hecho mejor abrían otra línea de tiempo volviendo de nuevo al pasado, así que ellos eran los responsables y no podía haber nunca una guerra nuclear en Irán y tendrían que solucionarlo sí o sí.

—Volved al pasado y no vuelvas por aquí hasta que no arregléis el tema de Irán y me da igual como lo arregléis Irán no puede quedar desierto por una guerra nuclear, ¿lo has entendido? —dije desafiante.

—Otra línea de tiempo quizá nos pueda perjudicar… —dijo titubeante el arconte.

—¿Más que no poder habitar una tierra nunca? —pregunté.

—Está bien… —dijo después de una pausa— Volveré.

El arconte se fue de la habitación, esta vez lo hizo con paso ligero, más de lo habitual y como en la otra ocasión volvió en unos minutos. Ya me imaginaba que, aunque para mí habían sido tan sólo unos minutos, para el arconte habían transcurrido quizá hasta medio siglo, quién sabe.

—Ya está —dijo el arconte conforme entraba en mi habitación.

—Habéis arreglado lo de Irán…

—Sí.

—Eso espero.

—Tengo que decirte algo importante.

—Dime.

—Lucifer quiere hablar contigo, tienes que acompañarme.

—Yo no voy a acompañarte a ningún lado —dije sorprendido, hablar conmigo Lucifer, qué tontería y qué quería de mí.

—No te pasará nada y además no hace falta que salgas de casa. Sólo tienes que acercarte al pasillo.

En ese momento tengo que reconocer que no tenía ni idea qué decir ni qué hacer; pero no podía responderle que no me fiaba nada de él. Salir de la seguridad de mi cuarto, aunque tan sólo fuera para salir al pasillo me parecía algo bastante peligroso. Eran tan sólo unos pasos lo que me separaba; pero unos pasos que no estaba muy seguro si debía de dar.

—Tan sólo aquí en el pasillo, no verás nada, no debes preocuparte por nada yo te diré todo lo que está ocurriendo.

—No sé si debo acompañarte, para qué quiere hablar conmigo Lucifer.

—Quiere hacerte una oferta de forma personal.

—Y no puede hacérmela por ti…

—Quiere que estés presente.

—Bueno… Iré… —dije después de un tiempo pensándomelo— ¿Dónde tengo que ir?

—Ven junto a mí al pasillo, yo te indicaré todo.

Salimos los dos, el arconte y yo al pasillo de casa y justo antes de llegar a la puerta el arconte se paró y me hizo una indicación con la mano para que parara también.

—Aquí es.

—Ya está… —dije.

—Sí, está aquí delante nuestra —dijo el arconte.

—Yo no veo nada —dije.

—No podemos darte pistas, por eso tú no ves nada, yo te diré todo lo que está pasando. Están llegando los generales de diferentes partes del universo cuando estén todos comenzaremos.

Lo que yo entendí que estaba pasando en ese momento es que ellos mediante la conciencia podían comunicarse sin importar dónde estuvieran.

—¿Está Hitler? —pregunté.

—Sí, está a nuestro lado, como representante de los seres humanos.

—Entonces sólo estamos los tres como representantes de los seres humanos…

—Sí —dijo el arconte—. Ya están todos, ya vamos a empezar. Voy a empezar hablando yo. ¡Ha nacido un salvador! —exclamó el arconte a la asamblea que para mí era invisible.

Yo no veía ni escuchaba nada, para mí estaba y seguía en el pasillo de mi casa. El arconte fue diciéndome lo que estaba pasando y lo que estaban hablando a continuación.

—¡Dime qué está pasando! ¿Qué están hablando? —le dije al arconte con curiosidad.

En estos momentos voy a intentar poner de la forma más fidedigna posible lo que el arconte me iba relatando de su voz sobre lo que estaba pasando en esa asombrosa asamblea del reino del mal.

—Todos estábamos esperando una respuesta de Dios —dijo Lucifer. ¿De dónde es ese salvador?

—Es un ser humano, es un español —dijo el arconte.

—¡Un español! ¿Y cuál es ese pueblo de los españoles? —preguntó Lucifer.

—Es un pueblo de conquistadores que se enfrentan a bestias para demostrar su valor —respondió Hitler.

—¡El diablo no sabe quiénes somos los españoles! —dije asombrado al arconte.

—¡Un conquistador! ¡Dios nos envía a un conquistador! ¿Eres tú el salvador? —me preguntó directamente Lucifer.

—Yo soy Pablo Romero de Coslada, aunque toda mi familia es de Chozas de Canales un pueblo que hay en la provincia de Toledo —dije sorprendido ante la pregunta.

Hoy que lo pienso fue una ridícula respuesta; pero es lo que me salió en ese momento. Quise matizar lo de Chozas de Canales y lo de Toledo porque si no sabía quiénes éramos los españoles por lo menos para situarlo un poco mejor en el mapa cuando lo estudiara, eso es lo que pasaba por mi mente.

—¡Ni siquiera se reconoce! —dijo entre risas Lucifer— ¿Te has enfrentado ya a alguna bestia? —me preguntó.

—Todavía no, mi padre quiere soltarme algún becerrillo en algún tentadero —respondí.

—Una cría pequeña —puntualizó el arconte a Lucifer.

—¡Tu padre! ¡Yo soy tu padre, yo he creado todo lo que ves, yo soy la luz, antes de mí no había nada, yo soy a quien rezas!

—¡Tú no eres mi padre ni eres Dios! —dije sorprendido y enfadado.

—Promocionaremos a un conquistador en otro mundo que sea sanguinario y muy cruel para desacreditarlo —dijo Lucifer.

—Lo haremos. Este es el creador de los Hijos de Cortés y Pizarro —intervino Hitler—, los guardianes que nos harán tanto daño.

—¿Y no sabes cómo derrotarlos? —preguntó a Hitler Lucifer.

—Son demasiado poderosos —puntualizó Hitler.

—¿Ninguno de los dos sabéis cómo derrotarlos…? Son de vuestra misma especie —dijo Lucifer.

—¿Has podido sacarle algo para tener alguna pista sobre cómo derrotarlos? —preguntó Hitler al arconte.

—No. Dice que no puede saber de algo que hará en el futuro y que todavía no ha creado, ni su espíritu tampoco me ha dado ninguna pista —respondió el arconte.

—No ha querido decírtelo, los españoles son los únicos latinos con cojones —puntualizó Hitler.

—Atacaremos a los españoles —dijo el arconte.

—Quiero su genética diluida hasta su desaparición, atacad sus tradiciones, los vientres de sus mujeres, su lengua, todo lo que pueda recordarlos —ordenó Lucifer.

—¡Atacar el vientre de sus mujeres! ¿Cómo vais a hacer eso? —dije al arconte sorprendido.

—Convenceremos a las mujeres para que aborten —me respondió el arconte—, de eso me encargaré yo.

—¿Y cómo vas a convencer a las españolas para que aborten? Eso así suena imposible.

—No es imposible. Lo he hecho ya en otros sitios, con ideas que introducimos en sus cabezas, lemas, mensajes.

—¿Cómo lo importante es participar que me repiten constantemente en la escuela?

—Sí, como lo importante es participar que te repiten a ti, esa frase es mía, yo invento esas frases que se repiten y entran en vuestra mente hasta que lo hacen un comportamiento. Con ese lema hemos convertido a muchos campeones en gente mediocre.

—Si luchas a mi lado, te ofrezco mi trono, mi reino, yo mismo me pondré a tus órdenes, dirígenos —dijo Lucifer dirigiéndose a mí.

—Piensa bien lo que vas a decir —me susurró el arconte— lo que te está ofreciendo es mucho.

—No quiero tu trono ni tu reino —dije respondiendo a Lucifer sin pensarlo dos veces.

—¿Pertenece a alguna familia noble, con sangre real? —preguntó Lucifer al arconte.

—En lo que he estudiado no, aunque no lo puedo afirmar, tendríamos que estudiar sus antepasados —respondió el arconte.

—Por lo que sabemos —siguió diciendo Hitler—, no pertenece tampoco a ninguna sociedad secreta, ni él ni su familia, aunque buscaré todo lo pueda saber de él.

—Y si no pertenece a ninguna sociedad secreta, ¿Cómo sabe que en la era de Acuario el universo favorecerá la genética de los mestizos americanos? —preguntó el arconte a Hitler.

—Tiene que haber algún plan guardado por los españoles que él está siguiendo, no encuentro otra explicación —puntualizó Hitler.

—Yo no estoy siguiendo ningún plan —dije en ese momento al arconte.

—Él no es consciente —puntualizó el arconte a Hitler.

—Entonces tienen que haberlo dejado al espíritu, tiene que haber un plan diseñado por alguien, ¿pero por quién? —respondió reflexionando Hitler.

—Habría que investigar los reyes hispanos. ¿Por quién crees que fue diseñado este plan, tienes alguna pista? —preguntó el arconte a Hitler.

—Sólo pudo ser diseñado por alguien con sangre noble que conocía los misterios arcanos, pienso en Fernando el Católico el mejor estratega de su tiempo, no encuentro a otro. El salvador sólo tendría que seguir las huellas del camino que él mismo dejaría. Si hubo alguna sociedad secreta fundada por Fernando desde luego ha quedado borrada en la historia, y quizá estaba diseñada para ser borrada y vuelta a aparecer en el momento justo, en el momento del cambio de era de Piscis a Acuario. Ahora lo importante es saber si entre los antepasados de este niño existe sangre real hispana —respondió Hitler.

—Él no sabe nada —dijo el arconte seguro de sí mismo, yo simplemente me encogí de hombros en un gesto de aprobación de lo que acababa de decir el arconte.

—Ya sabemos que él no es consciente; pero se hará consciente llegado el momento, se activará su genética, tenemos que estar muy atentos a todo lo que dice y hace para que su espíritu nos vaya dando las pistas que necesitamos. Es alto para la edad que tiene y eso puede ser una señal de que su genética no es como las demás, puede tener realeza —observó Hitler.

—Desearía hablar con el salvador —dijo Hitler a Lucifer.

—Puedes hacerlo —dijo Lucifer— Investiga todo lo que puedas, quiero saberlo todo sobre él. Este es un combate a muerte.

—¡Ha dicho a muerte…! —dije preguntando al arconte.

—Sí, el combate entre el reino del bien y el reino del mal es un combate a muerte. No existe otra forma, uno de los dos en el final de los tiempos debe morir para siempre. En todo caso, somos nosotros los que queremos dialogar y llegar a un acuerdo, por eso fui a verte.

—Hemos terminado, cuando tengáis algo volveré a convocaros —dijo Lucifer.

En ese momento el arconte se dirigió a mí y me indicó que ya podíamos volver al cuarto. En todo esto puedo decir que yo no vi nada, todo me lo iba relatando el arconte tal y cómo iba ocurriendo. Una vez en el cuarto el arconte y yo proseguimos hablando un rato más sobre lo que había pasado.

—No sabes lo que has rechazado te ha ofrecido su propio trono, nunca había hecho eso con nadie y no creo que nunca más lo vuelva a hacer.

—¿Para qué quiero su trono? Yo soy español, qué voy a hacer, traicionar a los míos… No quiero para nada su trono, yo estoy con el bien, no quiero alimentarme en el futuro con la energía de sacrificios como haces tú ahora, yo no soy así.

—Los hombres han elegido el mal —dijo el arconte.

—No —le respondí—, los hombres han elegido el bien, lo único que son ignorantes y no saben en el mundo en el que se encuentran; pero los seres humanos son buenos y han elegido el bien. Ha dicho que vais a atacar a España, ¿cómo lo vais a hacer?

—No podemos darte tantas pistas si al final no estás con nosotros. ¿Acaso tú si sabes en el mundo en el que vives? —me preguntó el arconte.

—Estoy empezando a aprender —le respondí.

Esto sí que era increíble, pero en los días que llevaba hablando con ese ser parecía que tenía unos momentos de madurez inusual para mi edad. Ahora quizá me doy cuenta que era mi espíritu el que se estaba revelando en aquellos momentos y estaba ocupando su lugar.

—Si sabes el mundo en el que vives dime cómo se vence a los agujeros negros.

—¿Cómo dices? —pregunté sorprendido.

—Veo que no sabes tanto. A través de los agujeros negros se va al mundo de la nada, del incognoscible, a lo antes de lo creado, se va a lo increado. El universo está en una lucha constante entre la materia que es el mundo de lo creado y el mundo de lo increado. Lo increado es a lo que tú llamas Dios. La materia es lo que vosotros llamáis la caída, para nosotros es la luz y así os lo ensañamos a través de la religión. Ahora dime cómo se vence a lo increado, a tu Dios.

—No entiendo nada de lo que me quieres decir —respondí—. Me estás hablando de cosas que están muy por encima de lo que ahora puedo llegar a entender.

Y no le estaba mintiendo, no tenía ni idea de lo que me estaba relatando. Ahora con más años desde luego que sí lo entiendo, cuando ya he podido comprender todas las mentiras de este mundo que me ha tocado vivir lo mismo que al resto. Pero en aquel momento mi respuesta fue totalmente sincera.

—Lo entiendo, sin embargo, en el futuro lo sabrás todo —dijo el arconte—. Sabrás que cada planeta está vivo y tiene su nombre.

—¿Qué quieres decir? ¿Que los planetas tienen conciencia…?

—Sí, tienen conciencia y una conciencia muy superior a la tuya. Cuando las personas mueren muchas se convierten en planetas, más avanzado en estrellas y también las Galaxias tienen su espíritu.

—Pues para no quererme darme información me estás instruyendo.

—Son cosas que sabrás en el futuro, sólo te estoy adelantando información, tengo que darte algo si quiero recibir —puntualizó el arconte.

—Estoy pensando… ¿Cómo es posible que el diablo no supiera quiénes somos los españoles?

—No tiene que saberlo todo, para eso tiene a sus generales.

—¿No tiene que saberlo todo? —dije preguntando y sorprendido— Estoy cansado, mañana puedo verte.

—Por supuesto, mañana nos veremos —contestó el arconte.

El arconte se fue por aquella noche y como siempre me quedé en mi cuarto viendo de noche la ciudad. El diablo no sabe quiénes somos los españoles… Sólo me preguntaba eso, cómo era eso posible, las escrituras… los evangelios no prevén un diablo que no sepa del mundo que dice querer ser su dueño. Es un mundo extraño sin duda el que me ha tocado vivir.

—Entonces él mismo te ofreció su propio trono… —dijo Francisco mi maestro que estaba escuchando atentamente mi relato.

—Sí, me ofreció su trono; pero lo más extraño es que no supiera quiénes somos los españoles.

—Eso también me ha parecido muy extraño, es un dato que creo es bastante importante para saber a quién nos estamos enfrentando. Ese ser demuestra tener lagunas importantes y necesita de sus lugartenientes.

—En todo caso lo mejor vendría después, a la noche siguiente, Hitler quería hablar conmigo y desde luego que lo hizo.

—No puedo nada más que seguir escuchándote —sentenció mi maestro.

CAPÍTULO XI HITLER

Que Hitler se había convertido en un general en el reino del mal era algo que el arconte me había dicho ya de antemano, se veía que el hombre había prosperado en la otra vida, así que a la noche siguiente estaba esperando ansioso el encuentro con el arconte. Quería hablar con Hitler, quería saber qué tenía que decirme y sobre todo aprender más de aquellos demonios, sobre cómo funcionaba su mundo, su reino. Así que estaba deseando que llegara la noche para entrevistarme con el arconte. Es cierto que me habían dicho cosas que no llegaba a comprender; pero eso no significaba que lo guardaba todo en mi cabeza y con el tiempo podría averiguar por qué me habían dicho cada una de ellas.

Muchos estaréis ansiosos de escuchar este relato, la verdad es que una entrevista con Hitler después de muerto no es nada baladí. Lo primero que tengo que decir es que Hitler no apareció en mi cuarto con uniforme militar ni nada de eso. Apareció arrastrándose… ¿Cómo? ¿Arrastrándose? Sí, arrastrándose y se arrastraba no por gusto sino porque se había convertido en un monstruo deforme al que le costaba andar. En ningún momento dejó que yo le mirara, apareció con una túnica blanca que lo envolvía todo. Es decir, no lo vi, solo vi un bulto deforme que se arrastraba, un bulto no muy grande, por cierto. Apareció junto al arconte, Hitler nunca me habló de forma directa, lo hacía a través del arconte y es que emitía unos sonidos extraños, parece ser que tenía dañada su capacidad de hablar, al final comprendí que se comunicaba con el arconte mediante telepatía y el arconte me trasladaba lo que quería decir. No me digáis cómo sabía que era el mismo Hitler si sólo veía un bulto deforme moverse en frente de mí, sabía que era él y punto, mi espíritu me lo certificaba. Hitler se puso en frente de mí y comenzó a hacer unos sonidos irreconocibles y extraños y el arconte me iba traduciendo. Voy a transcribir lo más fielmente que pueda la conversación que mantuve con él como si me hubiera hablado normalmente, sin olvidar que era el arconte el que me iba traduciendo durante todo el tiempo la entrevista que mantuve.

—He venido a darte las gracias, somos enemigos; pero lo cortés no quita lo valiente como tú sueles decir —me dijo Hitler.

—¡A darme las gracias! ¿Por qué? ¿Qué he hecho yo? —respondí.

—En el futuro me defenderás, dirás que conmigo nadie hubiera muerto de hambre. Tienes razón, conmigo y en el mundo que yo hubiera construido si me hubieran dejado nadie hubiera muerto de hambre. Eso sólo ocurre en el mundo de la usura que te ha tocado vivir a ti.

—Eso diré yo en el futuro sobre ti… —dije reflexionando— ¿Por qué vas tapado? ¿Tanto te has desfigurado? ¿Tienes vergüenza que te mire? Si es así no debes tener esa vergüenza puedes descubrirte.

—No me da vergüenza, me cubro para no darte ninguna pista —me respondió.

—¿Estás arrepentido de haber matado a tantos judíos? —le pregunté.

Es la primera cosa que se me ocurrió, cuando todos pensamos en Hitler pensamos inmediatamente en el Holocausto Judío y yo no era menos.

—Todo eso es falso, es inventado, yo no he matado a millones de judíos como te han inculcado. Los judíos que murieron, murieron como los demás por causas de la guerra.

—¿Es falso entonces las cámaras de gas? ¡Pues qué falsedad más bien montada! Yo he visto las imágenes donde cientos de personas son enterradas con excavadoras y los campos de concentración con las cámaras de gas.

—Todo falso, yo nunca mandé construir cámaras de gas y campos de concentración hubo en todos los bandos en guerra, es una causa natural de la guerra; pero a los prisioneros siempre mandé que se les tratara según las leyes de la guerra con sus derechos. Eran prisioneros de guerra, lo mismo que los aliados tenían campos en donde internaban a los prisioneros alemanes hasta que la guerra terminara. Una vez terminada, son libres. Sé perfectamente las imágenes a las que te refieres, son de Ucrania, no de Alemania, en Alemania bajo mi mandato jamás se asesinó en masa a la población, pudo haber excesos de soldados de forma particular; pero en ningún caso yo mandé que se asesinara a la población civil. Cosa diferente fueron los británicos que bombardearon ciudades alemanas matando a mujeres y niños.

—Tú también bombardeaste Londres —apunté en ese momento.

—¡Después de que ellos mataran a niños y mujeres alemanes! Y fue un error por mi parte del que ahora me arrepiento, no por el daño causado, sino porque si hubiera seguido concentrándome en bombardear sus fábricas y sus aeropuertos Gran Bretaña hubiera sido mía.

—Dime cómo sería el mundo de hoy si hubieras ganado la guerra, ¿qué hubieras hecho?

—Conmigo el mundo sería mucho más pacífico de lo que es hoy. Mira a tu alrededor, ¿no ves las noticias…? Hay guerra en todas partes, Estados Unidos no para de invadir otras naciones. Bajo mi mando hubiera respetado los asuntos internos de otras naciones. La humanidad hubiera dado un salto impresionante en tecnología. Ya estaríais fuera del Sistema Solar. De hecho, nosotros fuimos a la Luna mucho antes que los norteamericanos cuando enviaron su ridículo artefacto que parecía más una cafetera vieja. Mandan gente al espacio a cañonazos.

—¿Te estás refiriendo a la misión Apolo?

—Sí a la misión Apolo.

—¿Has dicho que vosotros llegasteis a la Luna antes que los norteamericanos?

—Mucho antes, antes de terminar la guerra fabricamos naves espaciales con una tecnología hasta entonces desconocida y con ellas llegamos a la Luna.

—¿Y si teníais esas naves espaciales y esa alta tecnología cómo es que no ganasteis la guerra? —pregunté.

139

—Era una tecnología demasiado novedosa y teníamos problemas para instalar ametralladoras y cañones en las naves, los aliados se nos echaron encima, muchas de nuestras bases subterráneas donde fabricábamos las naves quedaron más rápido de lo que preveíamos en terreno aliado. No dio tiempo a nuestros ingenieros a que pudieran adecuar las naves como armas de guerra. Nos faltó tiempo, sólo nos sirvieron en ese momento para viajar. Con un poco de más tiempo nuestros ingenieros hubieran conseguido convertir las naves en auténticas armas de guerra y entonces nada nos hubiera parado.

—¿Y dónde están esas naves ahora? —pregunté.

—Algunas cayeron en manos de los soviéticos, otras en manos de los norteamericanos. Otras se establecieron en la Luna construyendo una base en ella. Se repartieron nuestros inventos lo mismo que se repartieron a nuestros ingenieros.

—Qué dices, ¿que los nazis tenéis una base en la Luna? —pregunté sorprendido.

—Desde antes de terminar la guerra, por qué te crees que los norteamericanos no viajan a la Luna, se lo tenemos prohibido. Nosotros estamos allí, lo mismo que estamos en la Antártida y en la Tierra Hueca.

—¡En la Tierra Hueca! La Tierra no es hueca, es sólida y tiene un magma central…

—¡Tonterías! —interrumpió Hitler— Sólo repites como un loro lo que te han enseñado en la escuela, la Tierra es Hueca y dentro hay vida, incluso en muchos lugares de la Tierra Hueca se vive mejor y existe mejores condiciones para la vida que en muchos lugares del exterior. Sólo os enseñan mentiras y estupideces en las escuelas, en mis escuelas no hubiera pasado eso. Nosotros estuvimos buscando durante mucho tiempo la entrada a la Tierra Hueca y la encontramos. La Antártida es un lugar lleno de vida, os han dicho que sólo hay hielo allí, otra mentira. En la Antártida hay cordilleras y lugares libres de nieve y hielo. No os cuentan la verdad en nada, qué vergüenza de mundo vives.

—No sé, me cuesta creerte —dije sin saber qué contestar—. Es difícil para mí creerte cuando desde pequeño me han estado diciendo todo lo contrario. Entonces tú, ¿no moriste en el búnker? Si dices que tenías tanta tecnología y naves espaciales supongo que escapaste.

—Naturalmente que escapé. Estuve hasta el último momento dirigiendo las operaciones del ejército alemán en el búnker, hasta que prácticamente los soldados rusos estuvieron en la entrada, encima de mí. Escapé a través de galerías secretas que mandé construir, los españoles me ayudaron mucho en ese momento, tengo que estaros agradecido.

—¿Y dónde has vivido y cuándo has muerto? —pregunté.

—He vivido en América Latina en varios países, no quiero decirte más, en su momento lo sabrás, cuando seas más mayor. Y fallecer he fallecido hace apenas un año, he tenido una larga vida de la que no me puedo quejar.

—Bueno, esto último que me has contado es más creíble —le dije.

141

—Puedes creerte todo lo que te he contado, no te he mentido, no tengo por qué hacerlo.

—Entonces los norteamericanos y los rusos sabían que tú habías escapado…

—Por supuesto que lo sabían que había escapado, estando viviendo en América Latina me he entrevistado en muchas ocasiones con agentes secretos de las dos naciones que has dicho.

—¿Y cómo es que no te han llevado para juzgarte a un tribunal? No entiendo nada la verdad.

—Eres joven todavía y para ti vives en un mundo que no comprendes y es difícil de entender. Sobre todo, cuando te han contado tantas mentiras. ¿Cómo iban a juzgarme con toda la tecnología que habíamos desarrollado? Tanto los rusos como los norteamericanos competían por nuestros ingenieros y nuestros inventos. Querían saberlo todo. Ellos me usaron, fui usado, incluso recogieron esperma mío los soviéticos y con él realizaron experimentos. También tengo una hija que nació como un experimento soviético que la usarán en el futuro para someter a Europa. No me dejan en paz ni después de muerto.

—¡Que tienes una hija!

—Tengo una hija sí, que ha nacido por fecundación in vitro. De forma artificial.

—¿Y cómo van a usar a tu hija?

—La están educando para que llegue a lo más alto del poder en Alemania; pero está totalmente controlada, no va a luchar por Alemania, la destruirá, destruirá Alemania y también Europa, está al servicio de los usureros judíos. Está controlada por los mismos que intentaron controlarme a mí.

—Qué cosas, parece que todo lo que me estás contando es ciencia ficción... —dije sin saber qué decir.

—¿Qué esperabas cuando te dijeron que iba a venir a hablar contigo? Te estoy diciendo toda la verdad de lo que ocurrió. No hay nada de ciencia ficción, ciencia ficción es lo que te enseñan a ti en la escuela. Te voy a dar un último dato para que veas hasta dónde llega la manipulación de este mundo. Las dos bombas atómicas que estallaron en Japón eran alemanas.

—¿Cómo? —dije entre la pregunta y la sorpresa.

—Así es, la bomba atómica fue una creación de nuestros ingenieros, los norteamericanos las capturaron y las usaron contra el pueblo japonés.

—Y si tú tuviste la bomba atómica antes que los norteamericanos por qué no ganaste la guerra, por qué no la usaste...

—Si hubiera usado la bomba atómica contra otras naciones otras naciones la hubieran usado contra mí en cuestión de tiempo, para mí esa no era una opción. Si preferí perder la guerra antes de usar un arma tan destructiva, ¿crees que hice cámaras de gas para exterminar a todo un pueblo? Los norteamericanos que representaban a los usureros judíos no dudaron en usarla contra el pueblo de Japón, eso sí fue un crimen y qué pasó... A la vuelta los condecoraron, esa es la historia, la historia la escriben los vencedores, no es ecuánime.

—Me estás diciendo tantas cosas que ni me las había planteado… Que no sé qué contestarte ni si creerte, lo único que hago es escucharte. Dime una cosa, antes dijiste que has tenido una hija porque los espías soviéticos robaron tu esperma, tienes más familia entonces… Si has vivido tanto tiempo y has muerto hace poco, has tenido más hijos, supongo.

—Eso es una pregunta que no procede y que no te voy a contestar.

—Vale, otra pregunta, ¿fuiste judío?

—Soy judío, sí —contestó Hitler.

—Pues cada día entiendo menos —dije desorientado.

—Es normal que no entiendas nada, porque sólo te han enseñado un cuento para niños en la escuela. No conoces la historia real, la intrahistoria de la historia. Tu mundo está manejado por sociedades ocultas, la masonería, tendrías que ser un experto en ellas para comprender la historia en su toda su extensión. He estado estudiando sobre ti y no hayo que ningún familiar tuyo ni tú mismo tengan ningún contacto con sociedades ocultas.

—No sé lo que es eso, clubs privados exclusivos para ricos o algo así… Que yo sepa en mi familia nadie pertenece a algo así…

—¿Eres de Madrid?

—Yo sí soy de Madrid, de Coslada, aunque toda mi familia es de un pueblo de Toledo, de Chozas de Canales, hasta que yo recuerde todos son de allí, mi abuelo, mi bisabuelo, mi tatarabuelo…

—Eres alto, es posible que tengas sangre real, muchas veces la genética se manifiesta a la cuarta o la quinta generación —dijo Hitler.

—Es posible, quién sabe, y es posible que también tenga antepasados judíos, la mitad de la población española está mezclada.

—También es una posibilidad, los judíos conversos que no expulsasteis —pensó Hitler—. Tengo que seguir indagando en tu pasado, quizá por tu apellido sabré si vienes de un judío converso.

—Quién sabe… —dije no dándole importancia al hecho—. Si volvieras atrás en la historia qué cambiarías… —estaba delante de un personaje histórico, quizá de los más influyentes que haya habido en la historia de la humanidad y no iba a dejar la oportunidad de seguir preguntándole.

—Abrir antes los ojos, me faltó tiempo, fui confiado, creí que los ingleses querrían la paz, sólo me faltó un poco de más tiempo, con sólo cuatro o cinco meses más hubiera sido suficiente, nuestros ingenieros hubieran hecho armas contra las que nadie hubiera podido luchar y mucho menos derrotarnos. ¡Yo hice libre a Alemania! ¡De qué voy a estar arrepentido! De no haberlo hecho antes, de eso me arrepiento. Alemania estaba dominada por la usura, por el poder de los bancos, yo la hice libre, yo hice que los trabajadores alemanes levantaran la cabeza y se volvieran a sentir orgullosos de su país. En el futuro tú también te tendrás que enfrentar a la usura, intentarán llenar de deuda a España, tendrás que saber cómo se la combate.

—Explícame eso… Es algo que me interesa… Qué dices, que atacarán a España con la usura —dije interesado.

—Endeudarán a España para controlarla, no sólo se controla una nación mediante los ejércitos, la deuda y la usura han sido un arma poderosa que se ha usado para dominar naciones. Alemania la intentaron dominar así y a España en el pasado también. Recuerda que expulsasteis a los judíos por usureros, intentaron hacerse con el control del estado mediante los intereses de la deuda.

—¿Y cómo debo combatir a los usureros? —pregunté.

—Los bancos no poseen divisiones acorazadas, no tienen nada que hacer frente a gobernantes que no se dejan corromper por su dinero. Yo no me dejé corromper, luché por Alemania, me negué a reconocer y a pagar su deuda, por eso me declararon la guerra.

—Pero ellos sí te vencieron —puntualicé.

—Me vencieron otros gobiernos que sí se dejaron corromper por la usura judía, eran todos contra mí.

—Entonces lo que dices que tengo que hacer es no pagar.

—Así es, no pagar, si te prestan sabiendo que estás en niveles de endeudamiento que hace imposible que lo devuelvas es que te están estafando, esa deuda es ilegítima, como también es ilegítima la deuda adquirida con dinero sin respaldo, que no viene directamente del rendimiento del trabajo, tan sólo de haberle dado a la máquina del dinero. Primero se tiene que investigar la procedencia del dinero, después quitarle los intereses que es la usura y después se debe de revisar el tratado en sí por el que te han dado el dinero y todo su proceso y sus garantías de devolución, es decir, con qué intención se hizo. Si la intención era dolosa de cargar a la nación con deuda e intereses imposibles de devolver entonces ese contrato es nulo. Es más, sería un delito por el que presta debe de pagar y enfrentarse a la justicia. Si quitas todo eso te darás cuenta que, en los países que en tu mundo de hoy están endeudados, en realidad no deben nada y es toda una gran estafa. Lo importante es saber quién maneja la máquina del dinero, quien tenga la máquina de emitir el dinero tiene el poder y es imprescindible que esa máquina esté bajo la soberanía del pueblo y que sea el pueblo el que de valor a su trabajo y al dinero, no los bancos. En Alemania usábamos el patrón trabajo, ni si quiera el patrón oro y jamás tuvimos ningún problema con la economía, nuestra economía estaba saneada y crecía cada vez más y más.

—Patrón oro, patrón trabajo… No sé qué significa eso, me estás hablando de cosas que no tengo todavía los conocimientos suficientes para entenderlas. Pero me conformo con escucharte y grabarlo todo en mi memoria.

—Es cierto, que en la escuela sólo te enseñan ciencia ficción, pues son estos los tipos de cosas que deberían enseñarte. Para saber cómo acabar con los usureros debes saber la procedencia del dinero y cómo se fabrica. De todas formas, todas estas cosas las aprenderás en el futuro.

—Dime una cosa… ¿Por qué me intentas ayudar si empezaste diciéndome que éramos enemigos?

—Es algo personal —dijo Hitler.

—Ya, quieres vengarte de alguien… —puntualicé.

—No puedo decirte más; pero puedes imaginártelo—respondió Hitler—. Ya he hablado contigo, tengo lo que quería, tengo que seguir trabajando. Adiós.

Y sin más preámbulos Hitler se dirigió arrastrándose hasta la puerta de mi habitación y desapareció. Creo que jamás he tenido una entrevista tan asombrosa en mi vida con alguien, o quizá sí; pero eso lo contaré más adelante. El caso es que Hitler me dejó muy pensativo. En aquel tiempo ni qué decir tiene que yo estaba completamente influenciado por lo que me habían hecho estudiar en la escuela; pero Hitler había abierto una brecha de duda en todo lo que había creído hasta entonces. Me había contado cosas tan asombrosas que toda la visión de la historia que había tenido hasta ese momento se estaba tambaleando, ya no sabía en lo que creer, no sabía dónde estaba la verdad, en aquellos momentos estaba realmente confundido. Sobre todo, lo de las naves espaciales me había dejado más que perplejo. Nazis colonizando el espacio, ¿entonces no estaban todavía derrotados como nos lo habían hecho creer?

—No sé si creerlo, estoy algo impresionado —le dije al arconte que seguía delante de mí y que me había traducido toda la conversación.

—Te ha dicho la verdad —afirmó el arconte—. ¿Qué es lo que más te ha impresionado?

—Lo de las naves espaciales. Que ha estado vivo hasta hace poco en América Latina, bueno, eso es creíble, mucha gente dice y sospecha que Hitler no murió en el búnker; pero lo de las naves espaciales y la Tierra Hueca, eso sí que me ha dejado muy impresionado.

—Muchas naves que veis en el espacio y que decís que son OVNIS son naves nazis —dijo el arconte.

—No puedo creerlo —dije ante algo que, sin embargo, muy probablemente en el futuro sabía que se podría confirmar.

Y desde luego que se confirmó, después con los años pude ver multitud de información en la red que confirmaba los hechos que muchos años antes, cuando yo apenas tenía doce años, ya me habían contado. Cualquiera puede poner en internet OVNIS nazis y puede disfrutar de gran cantidad de información con los proyectos más conocidos. Estas naves existieron y los nazis las usaron y si, como Hitler me dijo, muchos de sus proyectos cayeron en manos de los aliados los norteamericanos y soviéticos también estaban al corriente de la súper tecnología espacial nazi. Es decir, que lo que nos enseña por televisión la NASA es tan sólo una cortina de humo, una persiana, los verdaderos programas espaciales de las diferentes naciones no los vemos.

Sólo vi una vez más a Hitler. Fue una noche que paseaba por el salón y vi un bulto abriendo cajones y revolviendo documentación que mis padres acostumbraban a guardar. En seguida supe que era él por la forma de caminar arrastrándose y el tamaño de aquel bulto que se movía en la oscuridad. "¿Qué estás haciendo ahí?", le pregunté en voz alta. Emitió unos sonidos chirriantes ininteligibles, entonces tampoco estaba el arconte para que me dijera lo que quería decir y simplemente se fue. Esa fue la última vez que lo vi... al menos en esta vida.

—Entonces si Hitler me ha dicho que naves espaciales nazis cayeron en manos de los aliados... Los soviéticos y los norteamericanos también tienen esas naves... —pregunté al arconte.

—También, muchos OVNIS que se ven en este tiempo son norteamericanos y soviéticos —me confirmó el arconte.

—¿Y España participa? —pregunté.

—Todas las naciones participan en proyectos espaciales que no ve la gran mayoría de la gente —me confirmó el arconte.

Estaba claro que no sabía en el mundo en el que vivía. Pero es que si era verdad todo lo que me estaban contando pocas personas en este mundo saben realmente en el mundo en el que viven. Hablé muchas más cosas con aquel demonio, tenía muchas preguntas para él: sobre personajes históricos como Jesús, sobre religión y mucho me temía que, si las cosas seguían con la tendencia de hasta ahora, las respuestas iban a ser muy diferentes a lo que en ese momento quizá hubiera deseado. De todas formas, todo lo que viví con él superó todas las expectativas y puedo decir que aún estábamos empezando.

CAPÍTULO XII BONIFACIO V

Bonifacio V estaba realmente satisfecho de todo lo que había conseguido. Se sentaba en el sillón de su despacho real mirando los cuadros de sus predecesores: Bonifacio I, Bonifacio II, Bonifacio III y Bonifacio IV y no podía sino emitir una media sonrisa llena de orgullo y satisfacción. El camino no había sido fácil, eran muchos los que ambicionaban su trono y muchos a los que había tenido que dejar en la cuneta... En la cuneta o criando malvas, bajo tierra, según por dónde se mire. Lo principal era tener el apoyo de Estados Unidos y se lo había ganado. Si había que ser el mejor amigo de los Estados Unidos para ser rey de España él era su mejor alumno, el alumno aventajado. Recuerda cómo los familiares suyos más cercanos habían sido su principal obstáculo para llegar al trono. Algunos podrían llamarlo traición, él lo llamaba ser prácticos. Para que disfruten otros el trono lo disfruto yo. Su padre siempre le había dicho que no veía en él aptitudes de rey y eso le había molestado sobremanera toda su vida; pero qué tonterías dice... A Bonifacio V no le gustaba leer, nunca le había gustado y ridiculizaba a la gente que se dedicaba en exceso a secar su mente con libros de derecho y cuestiones sociopolíticas. Para reinar no hacía falta nada de eso, sólo hacía falta tocar las teclas adecuadas, pulsar los botones correctos y ¡olalá! Todo se convertía en un camino de rosas. De rosas... Bueno... No tan de rosas, cuando los aliados se ponían pesados Bonifacio se ponía también de los nervios. Estaba un poco harto de tantas exigencias para su Nuevo Orden Mundial; pero bueno, no tanto por sus exigencias, sino por sus prisas. Querían las cosas y las querían ya. Por el camino no sólo había tenido que eliminar a gente de su propia familia, para eso se encargaban bien la gente de la CIA, qué gente más profesional, por cierto, siempre lo hacen lo más parecido a un accidente, sino también había tenido que estar como promotor y cómplice de algún que otro magnicidio y golpe de estado. Eso le ponía nervioso, realmente nervioso; pero su trono era lo primero y había que proteger su máximo bien costara lo que costara, al precio de lo que fuera.

Ni qué decir tiene que después de unos cuantos "accidentes" de sus principales competidores por el trono de España, el resto, o bien se habían ido del país o bien habían firmado su renuncia expresa a reclamar cualquier tipo de derecho sobre el trono.

Bonifacio V esa mañana se había levantado algo aturdido. Tenía el ojo morado, esas malditas limpiadoras por qué son tan buenas en su trabajo, limpian los cristales de una forma que los dejan como una patena, transparentes vamos, podrían poner una pegatina o algo para avisar. Después de la borrachera de la noche anterior y de la juerga con las fulanas que le habían contratado no se había dado cuenta de abrir la puerta acristalada del jardín y por poco la traspasa del tirón. El golpe fue morrocotudo y le había dejado un ojo a la virulé y la nariz como un tapón de alberca. Lo peor de todo es que tenía audiencia con no sé quién presidente del Congo Belga o de la Conchinchina que se llamaban Pongotongo y a saber de los cojones, no se acordaba quién le tocaba recibir e iba a tener que ir con todo el ojo morado como un farol de grande. Lo peor era la prensa que tenía que estar presente para la recepción e iba a registrar el suceso. Bueno, de peores hemos salido, pensaba, a disimular toca y a tirar para adelante, la prensa estaba controlada, quien se atreviera a decir algo en contra de él ya levantaría el teléfono para que ese no volviera a trabajar más de periodista en su desgraciada vida.

Lo malo eran las fulanas, siempre iban al mismo sitio a contratarlas, al puticlub ese que regentaba el actorcillo de turno de moda en el país en el centro de la capital. Qué buen material solían tener, lo malo es que al final para callarles la boca a las fulanas siempre había que buscarles un sitio fijo donde ganar dinero, en la televisión o que les dieran papeles importantes en películas. Aunque casi siempre preferían la televisión, es normal era un puesto fijo, lo de ser actrices es muy bonito; pero que te llamen para una película podía ser o no ser en el futuro y la vida es muy larga. Lo malo fue lo de aquella chica tan linda, la que dejó preñada, qué lástima y mira que era guapa, veinte añitos y su carrera truncada, con lo bien que se lo pasaba con ella. Pero la vida es así y ser monarca no siempre es fácil. Tener un hijo con ella sería una competencia para su trono y para su descendencia oficial. Tuvo que mandar a la gente de la inteligencia y todo pareció un accidente, como siempre, muerto el perro se acabó la rabia y aquí paz y después gloria. Había que tener más cuidado sin duda, las fulanas pueden llegar a ser un juego muy peligroso. Había otras que no se conformaban ni con papeles en el cine ni con trabajo fijo en alguna cadena de televisión estatal, había que untarlas directamente con dinero; pero bueno, para eso están los fondos reservados, dinero opaco y secreto al que nadie controlaba, que pague el estado que para eso él es un problema de estado. Él sólo tenía unos cuantos vicios, entre ellos el de las fulanas y a cambio le daba al país estabilidad, así que los pequeños vicios se los tenía más que merecidos.

Bonifacio V era un hombre precavido, por eso siempre le había gustado hacer sus "negocietes" con las principales empresas del país, sobre todo con empresas del petróleo, los saudíes principalmente eran muy buenos haciendo negocios rentables y con ellos había adquirido una fortuna considerable con comisiones del petróleo que se vendía a España. Tenía miles de millones en los paraísos fiscales de la reina británica, al final todo queda en familia, no hay nada cómo confiar en ella. Favor por favor, tú me guardas mi dinerito bien en tus paraísos fiscales "por si las moscas" y yo no te molesto con otras cuestiones espinosas de estado. Los "negocietes" de Bonifacio V no eran muy legales; pero quién iba a osar en el país a decir una palabra mal dicha sobre él... Al contrario, los periodistas de los principales medios nacionales, los pelotas palaciegos y demás morralla del reino sólo hacían adularle: qué buen rey es usted majestad, qué sapiencia y buen hacer, con qué maestría ha manejado la situación, inigualable su majestad, qué control de los tiempos, admirable majestad y etc., etc., etc. La mayor parte de las veces ni sabía exactamente cuánto medían de estatura porque siempre entraban en su despacho arrastrándose.

Lo malo también es que a veces había que corromper a la gente que quería estar arriba. Había que asegurarse que nada quedara al azar, todo tenía que estar bien atado. Pero para eso había varias formas: primero el dinero, desde luego, participar en la tarta. Los impuestos son ingresos seguros, se podía recaudar más o menos dinero según la situación económica del país; pero es una fuente que nunca se acaba. Tener el control de los impuestos es tener el control no sólo del poder, sino de la vaca lechera que asegura el futuro, el personal y el de toda la familia. No había nada como prometerle a alguien participar de la tarta de los impuestos, de un puesto fijo en el estado o en las principales empresas estratégicas del país, mano de santo, nadie se resiste al reparto de ese pastel. Bueno, nadie, nadie... Algún verso suelto podía fallar... No era lo normal, bien es verdad; pero podía ocurrir. Para ello había métodos más sofisticados para callar bocas. Uno de los que más gustaba a los espías del reino era el del pacto de sangre. ¿Qué es eso? Nada del otro mundo... O sí, según por dónde se mire. El caso es que es bien fácil, se coge a todo el que se quiera corromper, se le invita a una fiesta o cacería, las cacerías funcionan de escándalo en estos casos, siempre en un lugar apartado, se les da bebida y se contrata a unas fulanas. El sitio donde se celebre la fiesta ni qué decir tiene estará plagado de cámaras que grabarán todo lo que ocurre y después con el material recogido se les extorsiona llegado el caso.

Para los más resistentes hay un método aún más infalible. Se realiza otra cacería o fiesta en lugar apartado. Se contrata a un conseguidor, un tipo de bajos instintos y peor calaña, lo peor de la calle que consiga o rapte a un par de chicas jóvenes. Después de la fiesta o cacería a los invitados se les pide que bajen a una pequeña tertulia. En esa tertulia y en vivo un par de encapuchados violan y asesinan a las niñas raptadas mientras las cámaras lo graban todo, incluidas las caras de todos los presentes en el acto, nadie se atreverá a hablar, mano de santo, se convertirán todos en obedientes borreguitos al servicio del poder y más todavía si alguno de los presentes tiene hijas o hijos, que suele ocurrir en la mayoría de los casos, y saben que pueden acabar como las desgraciadas que han visto. Esto se puede hacer con altos cargos de la policía, jueces y demás puestos que pueden ser clave en un momento determinado. Todo está bajo control, no se puede escapar nada. Y si se atrevieran a hablar o a contradecir ya saben lo que les espera, algo parecido o peor que lo que les pasó a las chicas que vieron en directo asesinar.

A algunos se les corrompía rápido a otros no tanto. Había muchos que pedían niños, estaban demasiado degenerados y las redes para suministrárselos había que tenerlas bien controladas. Los orfanatos son siempre los mejores sitios para conseguir este material. Niños a los que nadie iba a reclamar era el material perfecto para los más desviados y pervertidos. Algunas veces las cosas se habían hecho mal y se había secuestrado a niños o niñas con familia y era todo un latazo. Los padres acudían a los tribunales y los medios de comunicación y se ponían pesados con eso de hacer justicia y las contradicciones que encontraban en el proceso. A algún padre de estos habían tenido que eliminar también por pesado. De todas formas, que las víctimas tuvieran familia siempre era un riesgo, se hacía demasiado ruido y había que callar demasiadas bocas con dinero. No es que el dinero importara mucho, ya que se pagaba a los conseguidores y a otros por su silencio con el dinero de los impuestos de la gente, es que el dinero deja un rastro que para quien investigue siempre es fácil seguir y eso sí es peligroso. Cuantos menos riesgos se corran mejor. Qué idiotas, pensaba Bonifacio V, ellos mismos nos pagan con sus impuestos para que matemos y violemos a sus hijos.

Estaba claro que había que tener un caladero de niños para los sacrificios, además, esos necromantes siempre pedían los niños de más corta edad para sus sacrificios a los arcontes. Mi trono está más que asegurado pensaba Bonifacio V. Un estado corrompido y pillado por todos los lados que no puede rebelarse, unos "funcionarios de confianza" que harán todo lo que les digamos y que están en los puestos clave. No hace falta corromper a toda la administración, sólo con corromper o promocionar a los que se dejen querer en los puestos de decisión y claves es suficiente. Magos negros a nuestro servicio que tienen controlado el más allá y lo de acá. Por tener asegurado tenía asegurado hasta la reencarnación, los arcontes se lo aseguraban a cambio de los sacrificios. Volver a reencarnarse en alguien poderoso para poder seguir disfrutando de los placeres de dirigir a esa granja humana. A esos seres confiados e ignorantes a los que fácilmente se les engaña con unas cuantas palabras. Sólo hace falta decirles lo que les gusta escuchar, comerles la oreja, como se suele decir. Seres serviles con el poder, corruptos, que merecen su destino. Nosotros los mejores estamos destinados a dirigir los destinos de unos seres que no saben de dónde vienen y mucho menos saben a dónde van. Han nacido para servirnos a nosotros, los

157

vencedores de este mundo luciferino en donde el grande siempre termina por comerse al pequeño.

Todo estaba controlado, qué podía salir mal, quién iba a imaginar lo que se cocinaba tras la trastienda. Nadie lo creería, lo tomarían por loco y aunque hubiera gente que lo creyera los medios de comunicación están a nuestras órdenes. ¿De qué le serviría? Y si todo fallaba, siempre quedaba la eliminación física. Un accidente y aquí paz y después gloria. Así es el poder, el que vale, vale y el que no para plebeyo, carne de cañón, a joderse toca y a pagar impuestos que para eso naciste ignorante.

Sí, Bonifacio V se sentaba satisfecho en su despacho real contemplando los cuadros de sus antecesores en el trono. Pensaba que sí había merecido la pena las traiciones, las insidias, todo por su trono. Sólo los tiburones sobreviven en este mundo, los que están dispuestos a comer, sin escrúpulos ni remordimientos, los psicópatas. Y ahora… ¿Qué podía salir mal…?

CAPÍTULO XIII LA NUEVA FAMILIA

Después de la entrevista con Hitler el arconte se quedó conmigo durante el resto de la noche, no se retiró hasta casi el amanecer. Y es que aquella noche yo tenía muchas cosas que preguntar. Tenía tantas cosas que preguntar... Y es que no siempre se tiene a un visitante de cuarto que te puede responder sobre las cosas de aquí y también las del más allá; pero también el arconte tenía cosas que decirme sobre mi futuro. Al parecer no habían dejado de ir al pasado y hacer de las suyas, cambiando y alterando los mundos según les convenía.

—Hay una reina —me dijo el arconte.

—¿Una reina? —pregunté extrañado— Hasta ahora no me habías hablado de ella, ¿quién es?

—Tu mujer.

—Vaya... con que al final me casaré en el futuro. Qué pasa, que con quien me case será reina...

—No, sólo ella es reina.

—¿Cómo se llama?

—María.

—De dónde es...

—De Bilbao —respondió el arconte.

—O sea que me casaré con una bilbaína. Y dónde la conoceré...

—La conocerás en Bilbao.

—¡En Bilbao! —dije sorprendido— ¿Y qué hago yo en Bilbao?

—Has ido a trabajar.

—Pues sí que me ha cambiado la vida, de Madrid a Bilbao. Qué pasa es que en Madrid no hay trabajo…

—Allí acabarás con ETA.

—¡Que yo acabaré con ETA! ¿Y eso cómo se hace? Vamos que en el futuro no me voy a quedar quieto ni un momento. Ahora he ido a Bilbao para acabar con ETA. ¿No ha podido acabar antes la policía con ETA?

—Es complicado desde el pasado decir cómo ha pasado todo en el futuro; pero se darán las condiciones necesarias para que puedas acabar con ETA. Irás al norte y trabajarás de guardaespaldas de la gente amenazada por ETA.

—¡De guardaespaldas! ¿Eso seré de mayor? Pues no me imagino, claro que si sigo siendo tan alto de mayor por eso me quieran para ese trabajo. ¿Tendré algún percance haciendo ese trabajo? Porque me imagino que es bastante peligroso.

—Estando en la estación de Bilbao intentarán quitarte el arma.

—Con que intentarán quitarme el arma… ¿Y qué pasará?

—Forcejearás con el agresor; pero no conseguirá quitártela. Nosotros te lo enviamos.

—O sea que vosotros me enviareis a un etarra para que me quite el arma.

—No será uno de ETA ni siquiera será vasco.

—¿Y qué será entonces?

160

—Un árabe.

—Estaré preparado. Estoy viendo que no hacéis nada más que ir al pasado para cambiar las cosas que no os convienen y pienso que me ponéis demasiadas piedras en el camino para que tropiece. Veremos a ver cómo acabo en esos mundos alternos que me habéis preparado... Por cierto, cuántos años tiene ella, María... Es de mi misma edad... Nos llevamos mucho de diferencia...

—Ella tiene diez años menos que tú.

—Diez años menos... Quiere decir que ahora tiene... Dos años...

—Sí.

—Y qué tal como está ella ahora —dije interesado, no podía creer que la que será mi futura esposa ahora tenía tan sólo dos años, qué pensaría ella si llegara a saberlo...

—Está sufriendo, su vida no es fácil.

—Por qué...

—Su madre es alcohólica —dijo el arconte.

—Vaya tendré que rezar mucho por ella, sí que lo siento, espero que no le haga daño —dije preocupado— ¿Cómo es ella?

—Es morena y grande como tú, un poco más baja que tú, sólo un poco.

—Pues menuda mujerona debe de ser.

—Sí, es grande —dijo escuetamente el arconte—. Sólo la conocerás durante dos meses.

—¿Cómo? ¡Dos meses! ¿Qué quieres decir? No te entiendo.

—María estará con otros dos hombres a la vez cuando tú la conozcas, sólo podrás estar con ella dos meses. Habrá un teniente del ejército que se interpondrá entre los dos.

—Que habrá un teniente… Del ejército… ¿De qué cuerpo?

—Eso no puedo decírtelo.

—¿Y qué pasará?

—Parece que la enamorarás; pero tendréis problemas.

—O sea que sólo tengo dos meses para estar con ella y que me reconozca como su esposo…

—Sí —contestó el arconte—. Hemos estado probando mundos alternos, hay diferentes opciones.

—Me lo imaginaba, dime qué habéis hecho, es mi vida, quiero saberlo.

—Como te he dicho hay diferentes mundos. En unos podéis estar más tiempo juntos que en otros. Hay un mundo alterno en el que tú estarás también con otra mujer y la dejarás a ella.

—Dime cómo es ese mundo.

—Tendrás un accidente de circulación, estarás en el hospital y las dos mujeres irán a pelear por ti al hospital.

—Pues qué bien, dos mujeres peleando por mí. ¿Y qué he decidido? —dije escéptico.

—Has decidido estar con la reina, con María. Hay más mundos alternos, estamos viendo simplemente en cuál te dejamos.

—Pues lo que sea; pero dejadme en uno —respondí inquieto—. ¿Quién morirá antes ella o yo? —pregunté.

—Ella vivirá más que tú, reinará muchos más años.

—¿Y de qué morirá María?

—De vieja, muy mayor ya —contestó el arconte.

—¿Y de qué moriré yo en esos mundos alternos que me habéis preparado?

—De diferentes formas; pero en la mayoría morirás también de viejo. Vas a tener un hermano espiritual —dijo repentinamente.

—¿Un hermano espiritual? Aclárate.

—En el mismo tiempo que conocerás a María conocerás también a un hermano espiritual.

—¡Ah sí! ¿Cómo se llama? —dije entusiasmado.

—Le llaman el Hombre Yeti.

—¡El Hombre Yeti! —dije sorprendido— ¡Qué es eso! —dije entre sorprendido y riéndome— ¿Cómo se puede llamar así alguien?

—Es un apodo.

—¿Y de dónde es ese Hombre Yeti? —pregunté.

—Es de Zaragoza, en el futuro será importante, bueno, más que él sus hijos.

—¿Por qué sus hijos?

—Sus hijos conquistarán planetas en el futuro.

—Vaya, entonces sí que es importante. ¿Qué edad tiene él ahora?

—Tenéis la misma edad.

Iba a tener un hermano espiritual de mi misma edad y yo ya lo sabía y él a cientos de kilómetros, en Zaragoza, no lo sabía, un chaval que vivía ajeno de lo que el futuro le iba a deparar. Y sobre María, qué misterio, me impresionó mucho conocer a la que debería ser mi esposa tan temprano, y más me impresionó, esto me entristeció mucho saber que vivía en una familia que no le iba a proporcionar muy buen ambiente.

—¿Tendrá muchos hijos el Hombre Yeti?

—Sí, tendrá muchos hijos.

—¿Y de qué morirá? —pregunté.

—Morirá como tú mayor, fuera de España.

—¿Fuera? ¿Dónde?

—No sé si debo contarte esto tampoco.

—Cuéntamelo y después veremos —le dije.

—Está bien, morirá en la India.

—Pues sí que se ha ido lejos a morir mi hermano.

—No estaréis mucho tiempo juntos —siguió contándome el arconte.

—¿Por qué?

—Tiene un carácter que te pondrá muy nervioso.

—¿Tan malo es su carácter para no poder soportarlo?

—Es un poco raro, sí.

—Y tan raro —dije sorprendido—, con ese apodo sí que debe de ser raro.

La verdad es que puedo decir que en aquellos momentos me hacía mucha ilusión saber que iba a tener un hermano espiritual, yo sólo tenía una hermana y la idea de tener un hermano y compartir con él los juegos y vicisitudes en la vida me hacía una ilusión extraordinaria. Lo que no sabía es lo que me iba a deparar el futuro; pero eso es otra cuestión que explicaré en otro momento.

—Y dime, ¿cómo está mi hermano ahora? ¿Tiene una buena familia que le trata bien?

—Sí, él está bien, su familia es una familia acomodada de Zaragoza.

—Me alegro. Una cosa menos de la que preocuparme. ¿Cómo se llama él de nombre?

—No me está permitido decírtelo —contestó el arconte.

"No me está permitido decírtelo", esa era una respuesta que te dejaba a medias y te hacía tener una incertidumbre ante el futuro. ¿Cómo iba a reconocer a mi mujer y a mi hermano en el futuro? ¿Cómo iba a saber que eran ellos? Creo que el arconte jugaba a confundirme más de lo que estaba, me contaba cosas del futuro; pero me dejaba siempre a medias.

—Bueno, en el futuro ya sé que voy a tener a mi esposa, un hermano espiritual… ¿Voy a tener más familia?

—Tendrás también a una madre.

—¡A una madre! —dije sorprendido— Ya tengo una madre.

—Esa no es tu madre —dijo el arconte.

—Sí lo es —volví a reafirmarme.

—¿Es que no te acuerdas? —preguntó sospechosamente el arconte, me pareció que estaba intrigando y no me equivoqué.

—¿De qué me tengo que acordar? —pregunté.

—Siendo más pequeño… Veo que no te acuerdas… Te está protegiendo.

—¿De qué me tengo que acordar? ¿Quién me está protegiendo?

—Tu madre te violaba —dijo el arconte como una bomba.

En ese momento intenté hacer memoria de algo de lo que me estaba diciendo el arconte. ¿Mi madre me violaba? Eso es imposible, yo no recordaba nada, el arconte estaba intrigando, me estaba mintiendo y haciéndome una de sus jugadas, una jugada de demonio.

—Yo no recuerdo nada de eso, me estás mintiendo —dije.

—No te miento —respondió el arconte—. Ahora no te acuerdas; pero ya lo recordarás, te están protegiendo.

—¿Quién me está protegiendo?

—Tu Dios te protege. No quieren que recuerdes algo que ahora no te conviene, lo recordarás cuando tengas la suficiente edad para afrontarlo.

—No, yo no recuerdo nada de lo que me dices y no deseo a otra madre, quiero a la que tengo. ¿Quién es esa otra madre que dices que tengo?

—Es Helen Clark —respondió el arconte.

Esta vez sí me dijo su nombre, no dudó un momento en decírmelo ni me dijo aquello de "no me está permitido".

—¡Helen Clark, la mujer del presidente norteamericano Billy Clark!

—Sí.

—¿Y qué tengo yo que ver con ellos? —pregunté.

—Recuerda que serás un general norteamericano, Helen Clark en el futuro será presidenta de los Estados Unidos, tú estarás con ella en los Estados Unidos formando los Hijos de Cortés y Pizarro.

—¿Pero no iba a formar a los Hijos de Cortés y Pizarro en España? Me estás haciendo un lío.

—Son mundos alternos —respondió el arconte.

—¿Y cómo será Helen Clark de presidenta de los Estados Unidos, lo hará bien? —pregunté.

—Sí, lo hará bien —dijo el arconte—. Incluso se cambiará la Constitución de los Estados Unidos para que tenga un tercer mandato. Será la primera mujer presidenta de los Estados Unidos.

—¿No la habréis puesto vosotros ahí? —pregunté intrigado— Lo digo porque como dijiste que ponéis y quitáis presidentes… También pusisteis a Jomeini.

—Es algo que no puedo decirte. Todo lo que nosotros hacemos sólo lo sabrás cuando te decidas a venirte con nosotros. Lo que sí te puedo decir es que es bruja y te lo digo porque sé que él te lo va a decir.

—¿Él? ¿Quién es él?

—Tu yo futuro.

—Explícate no te entiendo.

—Tu yo futuro vendrá a hablar contigo.

—¿Mi yo futuro? ¿Pero eso se puede hacer?

—Se puede.

—¿Cuándo va a venir?

—Todavía no, más adelante, cuando estés a punto de decidirte.

Esto sí que era increíble. ¡Iba a verme a mí mismo en el futuro! Yo mismo hablando conmigo mismo, eso sí que es insuperable. Estaba realmente impresionado, si eso era verdad al menos podría saber si el arconte me estaba contando toda la verdad de lo que me iba a pasar en el futuro o no. Podría despejar muchas dudas; pero cómo iba a saber que era yo mismo… ¿No sería también una trampa de esos demonios que me estaban tendiendo para que me confiara?

—Por eso me lo cuentas, porque lo que no me cuentes tú lo hará él cuando venga…

—Así es, por eso no te miento, no puedo mentirte, te estoy diciendo toda la verdad, puedes confiar en mí.

—Y dime, ¿por qué dices que es una bruja? ¿Qué hace para que sea una bruja?

—Sacrifica niños a cambio de poder.

—¿Cómo? ¿Es una de los que os procuran el alimento? ¿Cómo puede ser esa mi madre? ¡Ni de coña! —dije enfurecido.

—Está manipulada.

—¿Manipulada por quién? —pregunté.

—Organizaciones poderosas que hay en Estados Unidos.

—Es una de las vuestras —dije.

—No, está manipulada —dijo de nuevo el arconte—. Es un robot genético.

—¡Un robot genético! ¿Acaso eso existe? ¿Qué son los robots genéticos?

—Son personas que sólo obedecen a su genética, que han perdido su voluntad.

—¡Madre mía qué futuro más increíble! —contesté sin salir de mi asombro— Es que me estás contando un mundo que no reconozco: lagartos que nos comen, seres humanos que venimos de un laboratorio, alimento para demonios y ahora robots genéticos... es que todo eso existe... Al parecer vivo en un mundo que no conozco si no es que me estás mintiendo.

—No te miento, vuelvo a repetírtelo, a lo mejor vives en un mundo que no conoces, esa es la mejor respuesta. De un presidente español en el futuro dirás que es un robot genético.

—¿De qué presidente?

—Del presidente Zapata.

—¿Habrá un presidente en España que se llamará Zapata?

—Sí y muchos piensan que destruirá España, entre ellos tú.

—¡Dios mío! ¿Qué será de España? —dije pensando en el futuro— ¿Quién es el jefe?

—El jefe de quién... —dijo el arconte.

—Todas las organizaciones tienen un jefe, ¿quién es el jefe del mal en esta tierra? Antes dijiste que sólo somos animales, comida, quién es el jefe en esta tierra y no me respondas Lucifer. Lucifer lo será en la otra vida, quién es el jefe aquí. ¿Quién nos creó? ¿Quién manda en esta tierra?

—El jefe se llama Lord Marduk.

—¡Lord Marduk! ¿Ese es el jefe? Tiene nombre extranjero, no español. Parece un personaje de la Guerra de las Galaxias. ¿Quién es Lord Marduk?

—No es humano.

—¿Entonces qué es extraterrestre?

—No es de esta tierra. Su inteligencia es superior a la de un humano, ha vivido cientos de años, aunque tiene forma humanoide, se podría confundir entre la gente.

—¿Cómo se lucha ante esto? —me preguntaba en voz alta mientras miraba por la ventana las luces de la ciudad.

—Cuando seas mayor lo retarás.

—¿Querré combatir con él?

—Sí.

—Lord Marduk... —repetía en mi mente. Es como si me hubiera dado la clave sobre a quién debía de ir a pedirle explicaciones de este mundo de locos, de esta granja humana.

—Lo felicitas todas las Navidades.

—Qué detalle por mi parte y cómo lo voy a felicitar si no puedo verlo...

—En el futuro habrá medios en el que podrás poner anuncios y mensajes y lo verá todo el mundo —ahora, con los años, sé que en ese momento estaba hablando de Internet.

Aquella noche estaba siendo fructífera, había hablado con el mismísimo Hitler, me había informado que tenía una madre diferente que no sabía que tenía y encima que era una bruja y además tenía un hermano espiritual. Me preguntaba quién estaba en el futuro, si era yo o era otra persona porque había tantas cosas en las que no podía reconocerme... ¿Cómo iba a estar con una mujer que se dedicaba a sacrificar niños para darles de comer a esos demonios o lo que fueran? Pero, sobre todo, ¿dónde estaba Dios? ¿Cómo había podido permitir que nos sucediera a los seres humanos todo eso? ¿Cómo

170

podía ser que fuéramos una granja para unos seres superiores que nos crearon para servirse y alimentarse de nosotros? ¿En qué clase de mundo vivía? Por lo menos ahora tenía la esperanza de saber que mi yo futuro iba a venir a verme, quizá con él podría despejar todas las dudas que se abrían ante mí y que no tenían una explicación lógica. De todas formas, no iba a desaprovechar la oportunidad de seguir preguntando al arconte no fuera a ser que lo de mi yo futuro fuera una trampa. No me fiaba de él, por algo era un demonio.

—¿Cómo puede Jesucristo permitir que nos pase todo esto? Por eso no te puedo creer, Jesucristo vino a salvarnos.

En ese momento la religión, Jesucristo, era lo único que podía darme algo de seguridad, algo en lo que podía buscar una explicación. Sin embargo, el arconte también se empleó concienzudamente en desmontarme todo en lo que creía.

—Jesús no existe —sentenció el arconte.

—Eso sí que no me lo creo.

—Puedes creerme o no, sólo te digo la verdad. Lo más cercano a lo que llamáis Jesús fue un zelota que fue sacrificado en la cruz por los romanos. Un rabino judío le dio un brebaje para simular su muerte. Después lo descolgaron y volvió a la vida. Terminó muriendo en Masada en el cerco militar que le hicieron los romanos.

—Sigo sin saber si creerte, es que me lo desmontas todo, todo lo que digo tienes una historia alternativa… —dije quejándome.

—Te digo la verdad.

—¿Entonces el Vaticano? ¿Qué es del Papa? ¿Qué pensaré yo en el futuro de todo eso?

—En el futuro la Iglesia Católica dejará de existir.

—¡Cómo! Cada vez me dices cosas más increíbles. Si Dios existe seguirá existiendo la religión y seguirá existiendo la Iglesia Católica.

—En el futuro no habrá religiones.

—¿Entonces qué habrá?

—Existirán los Guardianes de la Palabra.

—Otra cosa nueva... —dije exasperado— ¿Y esos quiénes son?

—Son sacerdotes encargados de guardar las palabras, todo lo que ha ocurrido mientras tú vivías.

—¿Y quién será su jefe? ¿Dónde estarán?

—En Roma.

—O sea que serán los mismos, el Vaticano.

—Ocuparán el mismo espacio, aunque ya no serán católicos.

—O sea que en vez de Iglesia Católica se llamarán Guardianes de la Palabra —apunté.

—Así es.

—Entonces habrá algo parecido a una religión, aunque no lo quieras llamar así —dije.

—Algo parecido así es. No es exactamente una religión, es espiritualidad, nada más.

—Y los Guardianes de la Palabra enseñarán esa espiritualidad, supongo...

—Sí, enseñarán esa espiritualidad en sus monasterios, conventos e iglesias.

—No comprendo cómo puedes decir que dejará de existir la religión y después me dices que una nueva espiritualidad será enseñada en los antiguos templos de la iglesia.

—Hay muchas cosas que pasarán en el futuro que ahora mismo quizá no puedas comprender —respondió el arconte—. Pero en el futuro habrá mucha espiritualidad y mucha gente alcanzará estados elevados, mucho más que hoy en día.

Estaba empezando a amanecer, el arconte se retiró y yo me quedé otra mañana mirando cómo salía el sol. Me gustaba la brisa de la mañana, sobre todo en verano, una brisa que anuncia un día caluroso y hay que aprovecharla para disfrutarla antes que venga el calor. Y mientras disfrutaba esa brisa de la mañana pensaba y guardaba en mi memoria toda la conversación que había tenido con el arconte. Lo que sí estaba claro es que en las próximas noches no iban a faltar emociones fuertes y cosas interesantes que iban a pasar. Había que tomarlo con paciencia, al fin y al cabo, estaba hablando con un demonio. ¿Qué había de verdad y qué había de mentira? Al menos sabía que al final iba a poder vislumbrarlo, ya que dijo que mi yo futuro vendría en las próximas noches para hablar conmigo. Era tan fascinante todo lo que me estaba ocurriendo… Bueno, fascinante ahora que lo pienso, en aquella época con tan sólo doce años estaba siendo una experiencia aterradora. Sobre todo, porque me estaba hablando de un futuro que yo quizá no quisiera vivir. Era tan diferente el mundo que me estaba contando a lo que vivía en aquel momento, que no sabía si quería vivir en ese mundo futuro de Guardianes de la Palabra, robots genéticos, Hijos de Cortés y Pizarro y guerras espaciales contra extraterrestres. Mi único consuelo era quizá saber que la humanidad, al fin y al cabo, iba a salir adelante. De una forma u otra tendrá que salir adelante, aunque Jesucristo no existiera.

CAPÍTULO XIV LA SAGRADA FAMILIA

Francisco seguía interesado por mi relato, desde que había entrado en su habitación había seguido todo lo que le había contado cada vez con más expectación. Preguntaba, le daba vueltas a cada frase, le gustaba recordar cada momento del relato, parecía que lo estaba viviendo. Esa actitud de Francisco me ayudaba mucho, la verdad, pensaba que al poco tiempo de comenzar me iba a cortar y me iba a señalar la puerta de salida, tanto de su despacho como de la orden de los Jesuitas. El relato era tan increíble... Parecía tanto todo de ciencia ficción... Pero a veces la realidad supera muchas veces a la ficción, es un dicho que solemos recordar y es la pura realidad. Quizá porque era un relato tan increíble pensó que no podía estar inventándomelo, que tenía que haber algo de realidad en lo que le estaba contando.

—Entonces dices que habrá una reina —dijo Francisco—. Es como si en el futuro la monarquía seguiría existiendo, yo pensaba que con el tiempo los monarcas dejarían de existir.

—Según parece no es una monarquía al uso, como la conoces ahora lo que habrá en el futuro, sino una monarquía por el espíritu. Es decir, habrá gente que nazca ya con el espíritu de ser rey, no será algo que se herede por la sangre automáticamente.

—¿Y cómo se sabrá quién es rey?

—Pues según creo y lo que pude entender será el propio espíritu quien lo revele, el mundo futuro será un mundo regido por el espíritu más que por la sangre, se sabrá simplemente —contesté—. Los hijos del Hombre Yeti serán reyes.

—Curioso, qué nombre tan raro. ¿Has conocido ya al Hombre Yeti? —dijo sarcástico Francisco.

—No, no sé quién es. Estuve una vez en Zaragoza; pero fue de peregrinación para visitar El Pilar.

—De todas formas, lo que más me ha inquietado hasta ahora de todo tu relato son los niños que dices que están en esas bases subterráneas y que sirven como experimento y alimento de esos seres extraños o demonios o lo que sea.

—Sí, la verdad es que a mí también me impresionó profundamente... Cuántos habrán muerto desde entonces... Y cuántos quedan por morir hasta que se pueda hacer algo... Y uno lo sabe y no puede hacer nada, tan sólo rezar por ellos.

—Ahora comprendo un poco más tu vocación religiosa— apuntó Francisco—. Estoy deseando que me cuentes la entrevista con tu yo futuro para ver qué es lo que dice.

—¿Y lo de Jesucristo no te ha sorprendido? Decir que nunca existió...

—Si sigues con nosotros aprenderás muchas cosas de Teología —contestó Francisco.

Parecía que eso no le había impresionado e incluso que le daba veracidad, con el tiempo y con los estudios de Teología supe del porqué.

Pero el relato sigue aún con más intriga y con más sorpresas. Hasta llegar a la entrevista con mi yo futuro quedan cosas incluso más sorprendentes e importantes que contar. La siguiente noche no fue menos interesante e impresionante que la anterior, parecía que cada noche se superaba a ver quién da más. El arconte llegó esa noche también a un paso acelerado, es decir, algo importante había ocurrido en el futuro o al menos algo importante para ellos, los arcontes.

—¡Lo has hecho! —me gritó el arconte nada más llegar aquella noche a mi cuarto.

—¿El qué he hecho? —pregunté yo sorprendido.

—¡Lo has hecho! —volvió a repetir.

—¿El que he hecho? —volví a repetir contrariado— Si no me dices lo que he hecho no te puedo contestar.

—¡Has derribado la Sagrada Familia!

—¿Cómo? Me lo repitan…

—La Sagrada Familia de Barcelona la has destruido —dijo sosegándose un poco, hasta ahora no lo había visto tan nervioso al arconte.

—¿Y por qué tendría que destruir la Sagrada Familia de Barcelona?

—Estás en contra del aborto.

—¿Y destruyendo la Sagrada Familia de Barcelona voy a conseguir que las mujeres dejen de abortar?

—Es un paso para llamar la atención hacia ti.

—Pues no te entiendo.

—Nadie te conocía hasta entonces, ahora se te busca y tu nombre está en todos los medios.

—Pero, ¿qué he hecho para destruirla? ¿Cómo una persona sola puede destruir la Sagrada Familia? ¿Qué pasa le he puesto una bomba atómica debajo?

—No —dijo escuetamente el arconte quedándose en silencio y mirándome fijamente como estudiándome. Cuando contestaba tan escuetamente me tocaba a mí sacarle las palabras.

—¿Entonces que he hecho?

—No has hecho nada, ha sido tu espíritu.

—Como no te expliques mejor… Lo primero, ¿ha muerto alguien?

—No, no ha muerto nadie, incluso tú has sacado gente herida de debajo.

—¿Cómo? ¿Dónde estaba yo en ese momento y qué hacía allí?

—Trabajabas como operario conduciendo un tren en unas obras que se harán debajo de la Sagrada Familia.

—O sea que seré conductor de trenes en el futuro.

—Será uno de los trabajos que harás. Habrá obras para llevar un tren de alta velocidad a Barcelona y tú trabajarás en las obras.

—Y ese túnel por el que debería pasar ese tren pasa justo por debajo de la Sagrada Familia y por eso se ha hundido… ¿Es eso?

—Sí, así es.

—¿Entonces qué culpa tengo yo?

—Físicamente no has tenido que ver; pero la ha derribado tu espíritu. Incluso avisaste que el templo se derrumbaría.

—Y si avisé que se derrumbaría… ¿Por qué no se puso remedio?

—No te hicieron caso.

—No me hicieron caso... Bueno, si no ha muerto nadie y sirve para que las españolas dejen de abortar está bien destruida —sentencié de forma casi espontánea.

—¿Cómo? ¡Cómo puedes decir eso, es un monumento histórico!

—Sólo un niño abortado vale más que toda la Sagrada Familia. Además, para qué quieren los españoles del futuro la Sagrada Familia si no creen en ella y abortan a sus hijos...

—¿Cómo puedes decir eso es un monumento?

—Creo que tú sólo piensas en comer la energía de esos niños abortados, no en los niños ni en el monumento. A mí me da igual el monumento si con eso consigo salvar a los niños. Claro que me da pena que un monumento histórico se derribe; pero para qué lo quieren... Si con eso se salvan vidas derribaría no una sino mil Sagradas Familias. Y dime, físicamente por qué se cayó, cuál ha sido la causa.

—El túnel estaba mal hecho simplemente y además pasaba justo por debajo del monumento. El problema que tenemos con el aborto es que los niños son muy grandes, así es más difícil convencer a todo el mundo. Estamos trabajando para que las mujeres aborten cuanto más temprano mejor, así se notará menos.

—Se notará menos que es un niño... Para que el aborto sea al final como quitarse una muela. Y dime, ¿ahora dónde estoy? ¿A dónde he ido? Me has dicho que me estaban buscando para detenerme... Supongo.

—Has cruzado la frontera con Francia andando campo a través. Ahora te protege el presidente francés.

—Pero dime una cosa, ¿por qué he huido si no he hecho nada?

—Los servicios secretos te conocen y serían los primeros en echarte la culpa.

—Claro, la culpa nunca es de los políticos cuando ocurre una desgracia, siempre es los trabajadores, eso ya se lo escuché decir a mi padre en alguna ocasión. ¿Quién es el presidente del gobierno en España?

—Zapata.

—Vaya con el tal Zapata —dije—. ¿Y cómo es que me conocen los servicios secretos?

—Habrá un gran atentado en Madrid antes de unas elecciones y tú resolverás parte de la trama. En el futuro serás Detective Privado.

—¿También seré Detective Privado? ¿Pero cuántas cosas voy a ser? Lo que no entiendo es por qué siendo Detective Privado me meto a conducir trenes…

El arconte guardó silencio durante un momento, un silencio cómplice. Esos silencios que parecía que estaba pensando lo que me iba a contestar hacía que no me fiara mucho de él, por mucho que me jurara y perjurara constantemente que me estaba diciendo la verdad.

—Te pagan bien —terminó diciendo después de una pausa.

Como siempre me contestó de forma muy escueta, esas respuestas ni qué decir tiene que no me convencían del todo y me preguntaba qué me podía estar escondiendo del futuro que no le convenía revelarme.

—¿Dónde está María, mi mujer? Si dices que he escapado a Francia qué ha sido de ella...

—Se ha quedado en España y Zapata intenta chantajearte con ella.

—¿Y qué he hecho?

—Tú también has amenazado que no se les ocurra tocarla. Francia se ha metido por medio, está intercediendo para que no le ocurra nada a María. La situación política en España es muy mala, Cataluña se ha independizado.

—¿Cómo dices? ¿Cataluña independiente? Ni en sueños... Pero si Cataluña es más española que la sopa de ajo, que me digas que se independiza País Vasco a lo mejor lo creería con todo el tema de ETA; pero Cataluña...

—Cataluña estaba en un proceso de independencia y con el derribo de la Sagrada Familia el proceso se ha acelerado.

—Pues sí que ha cambiado España en todo este tiempo, no la reconozco en nada.

—Las autonomías perjudicarán mucho a España —sentenció el arconte.

—Ya veo ya. Pues ahora dicen los políticos que son la panacea y lo mejor que nos hemos dado los españoles en la historia.

—En el futuro serán fatales para la economía de España y su unidad.

—Entonces si se independiza Cataluña también se independizará País Vasco.

—No. El País Vasco no se independizará nunca de España.

—Me parece extraño, ¿y qué dice el rey Bonifacio? No creo que permita que Cataluña se independice.

—Al rey sólo le importa su trono. Ahora mismo está lejos, en Málaga, en un chalet privado.

—¿Y qué hace allí?

—Está con mujeres.

—Se ha ido de putas vamos, menudo futuro nos espera con este personaje. Pues si eso es así… No nos espera un buen futuro a los españoles con este rey —dije pensativo.

—No es muy bueno. España se endeudará mucho y perderá su soberanía.

—Y el rey qué hace entonces... Aparte de lo que ya sabemos…

—A Bonifacio sólo le importa conservar el trono. Si las naciones extranjeras lo apoyan traicionará a España.

—No puedo creer que nuestro rey haga eso… Que nos traicione… —dije pensativo.

—Bonifacio te ha ofrecido a sus nietas para que te cases con una de ellas.

—¿Pero cuántos años tendré yo? Si son sus nietas quiere decir que aún no han nacido.

—Cincuenta años mayor.

—Eso es mucho. ¿Y qué diré?

—Dirás que no.

—Lógico, además ya tengo una reina —contesté.

—Bonifacio está intentando chantajearte.

—¿Qué me chantajea el rey de España? ¿Cómo y por qué?

—Guarda unas cintas tuyas privadas que ha conseguido en donde tú estás con una mujer. Teme que le quites el trono. Esas cintas serán importantes en el futuro.

—¿Cómo de importantes?

—Por eso no querrás darte a conocer, no aceptarás el chantaje. Quieren que digas sólo lo que ellos quieran.

—Ya, quieren tenerme controlado para no molestarles a ellos.

—Sí, así es.

—No creo que engañe a la reina, ¿cómo han conseguido esas cintas?

—Han contratado Detectives Privados y te ponen micrófonos y cámaras. No, a la reina no la has engañado, nunca engañarás a ninguna mujer, eso fue antes de conocerla.

—Han contratado Detectives Privados y yo seré Detective Privado en el futuro. Qué ganas tengo de complicarme la vida... La verdad —dije irónicamente—. Entonces... En cuanto a España ¿Yo qué haré? Algo tengo que hacer para evitar eso... Que pierda su soberanía, que se endeude.

—No podrás hacer nada por España, ahora estás en Francia y no puedes volver a España, te apresarían, te has hecho francés.

—¿Qué me he hecho francés? No creo que no pueda hacer nada por España. ¿Puedo salvar al resto y no puedo salvar a España? Hitler me dijo lo que tengo que hacer cuando me enfrente a los usureros. Si a España la endeudan es porque le han tendido una trampa. Habéis sido vosotros… ¿Verdad?

—Yo cumplo las órdenes que me dan —dijo el arconte.

—Con que tú has tenido que ver en toda la conspiración contra España.

—Tú mismo lo escuchaste cuando hablabas con Lucifer y lo que mandó hacer —contestó el arconte.

—¿Y lo de Cataluña también te lo mandó hacer? —pregunté.

—Cataluña estará muy poco tiempo separada de España, después se volverá a unir, la división será un desastre. Ni siquiera la mitad de Cataluña está a favor de la independencia.

—¿Quieres decir que no llegan a la mitad los catalanes que están a favor de la independencia y termina independizándose? ¿Qué clase de gobierno tenemos en España?

—España carece de gobernante. Son corruptos y degenerados. Tú estarás a favor de la independencia de Cataluña.

—¡Que yo estaré a favor de la independencia de Cataluña! ¡Pues cuánto voy a cambiar en el futuro! Me parece imposible todo lo que me estás contando. De todas formas, ¿no decías que iba a ser un general norteamericano? ¿Qué hago yo en Francia?

—En Estados Unidos ha ganado las elecciones un musulmán y has dicho que no vas a ir a Estados Unidos.

—¿Un musulmán presidente de los Estados Unidos? El futuro será un mundo de locos, cada vez te superas más en cada locura. ¿Y por ser musulmán no voy a ir o hay algo más? ¿Lo habéis puesto vosotros?

—Sí.

—Pues qué lucidez tengo en el futuro. ¿Y cómo sé en el futuro que lo habéis puesto vosotros?

—Para ti es fácil saberlo.

—No sé cómo.

—Aprenderás a diferenciarlos.

—Pero dime una cosa: ¿Cómo ponéis y quitáis a un presidente? ¿No se supone que estáis en otra dimensión? ¿Cómo lo hacéis?

—Colaboramos, damos información que sólo nosotros sabemos, vamos al pasado y al futuro. Ellos contactan con nosotros...

—No me digas más... Os ofrecen niños y sacrifican gente para daros de comer, eso ya me lo sé.

—Sí. Pero no nos están saliendo bien las cosas. Sólo nos salió bien la bancarrota de un banco norteamericano, a partir de ahí, cada vez que vamos al pasado se vuelve en contra nuestra.

—No me digas que también sabéis de negocios.

—Nosotros lo sabemos todo. Mucha gente de poder en los negocios nos consulta. Es difícil tener poder en esta tierra sin contar con nosotros o sin que nosotros lo consintamos. Pero esta vez, cada vez que volvemos al pasado es cada vez peor, nos salen cada vez las cosas peor.

—No decías que el presidente de Estados Unidos sería una mujer... Helen Clark...

—Por esta vez no será ella, será la próxima.

—Entonces ahora estoy en Francia y no en Estados Unidos porque habéis cambiado el futuro yendo al pasado. ¿Y cuántas veces vais a hacer lo mismo? Lo digo porque al parecer no os están saliendo muy bien las cosas. También lo digo para ver cuándo me vais a dejar en paz en un mundo.

—En cuál quieres estar, en qué mundo alterno.

—Me da igual; pero dejadme en uno.

El arconte se quedó en silencio, uno de esos silencios que más parecía que estaba estudiando la situación. Me miraba fijamente para ver por dónde podía atajarme. Esos silencios los hacía demasiado a menudo. Se ve que en vida fue una persona bastante reflexiva. Yo le di la espalda y me dirigí hacia la ventana y contemplaba las luces de la ciudad, una ciudad ya quieta, de madrugada. Sólo el arconte y yo rompíamos ese silencio.

—¿A qué me dedico en Francia? ¿Qué hago allí? —dije después de un rato contemplando la ciudad.

—Te han hecho general del ejército francés —contestó el arconte.

—Vaya, se ve que no paro en el futuro. ¿He invadido alguna nación?

—Sí. Con los franceses estás dirigiendo bastantes operaciones en diferentes países del África negra.

—¿Y qué hago allí? ¿Cuál es mi labor exactamente?

—Derrocas gobiernos corruptos y proteges a la población de la guerra. Eres recibido por la gente como un salvador.

—Seré recibido como un salvador… —dije pensativo.

—Recientemente has entrado por la fuerza en el palacio presidencial de una nación africana y te has atrincherado con todo su gobierno. Diriges una compañía de legionarios franceses.

—O sea que he dado un golpe de estado en esa nación.

—Sí. Te han tenido rodeado.

—¿Y de cuántos hombres he dispuesto?

—De unos dos cientos hombres.

—¿Y cuántos había fuera rodeándonos?

—Miles.

—¡Miles! ¿Cuántos miles?

—El resto del ejército de la nación. Unos veinte mil.

—Doscientos contra veinte mil…

—¿Por qué he dado el golpe de estado?

—Era un gobierno corrupto.

—¿Y qué ha pasado al final? ¿Nos han matado a todos? ¿He muerto en ese mundo alterno?

—No. Has salido con vida. Has negociado. Desde Francia el presidente te ha apoyado y ha intercedido por ti ante todas las naciones.

—Ya veo que no me voy a quedar quieto ni un momento. Supongo que le habré encontrado alguna solución al África negra…

—Haces lo que puedes, para ti el África negra es irredimible, quieres crear a un mestizo como en América.

—¿Esa es la solución que he buscado? ¿Un mestizo?

—Sí, esa es tu solución que has buscado.

—Como los Hijos de Cortés y Pizarro... Tengo ganas de hablar conmigo mismo —dije casi de forma sarcástica—. Hay tantas cosas que no entiendo...

—Puedo ayudarte en lo que esté en mi mano.

—¿Qué hace ese presidente musulmán norteamericano para que yo no lo apruebe?

—Está en contacto con Arabia Saudita y extiende el islam y el terrorismo.

—¿Los saudíes extenderán el terrorismo por el mundo en el futuro?

—Sí y financiarán muchas operaciones terroristas con el dinero del petróleo y construirán mezquitas por toda Europa para expandir el islam.

—Supongo que están con vosotros.

—Sí. Están con nosotros. El islam es una herramienta muy útil para nuestros planes. Las religiones en general nos son muy útiles.

—Por eso las habéis creado según me dijiste. ¿Pero cómo os sirven? ¿Cómo os puede servir por ejemplo la Iglesia Católica cuando anuncia a Jesucristo?

—La Iglesia Católica nos es muy útil.

—¿Cómo?

—Te lo voy a decir porque te lo dirá él cuando venga a hablar contigo, así verás que te digo la verdad en todo lo que te he contado. La Iglesia Católica anuncia que el infierno es eterno y no se puede salir de él. Así manejamos a las almas que llegan a nosotros después de la muerte.

—¿Y el infierno no es eterno?

—No, no es eterno.

—¿Y cómo se sale del infierno?

—Eso te lo dirá él cuando hable contigo, yo ya te he dicho bastante. Él se puede enfadar conmigo, debo ser diplomático. No puedo decirte más.

—Él es mi yo futuro... Supongo.

—Sí.

—¿Entonces en el futuro el islam será un peligro para el mundo...?

—Sí. Desean expandirse y eso creará conflictos por todo el mundo.

—Y en todo eso dónde entráis vosotros, no lo entiendo, no llego a entenderlo, quizá no me lo explicas bien o yo todavía no tengo la capacidad para entenderlo.

—Quizá todavía no lo entiendas. Sigues pensando en otro Dios, en tu Dios. El verdadero Dios es Lucifer, el creador del universo y las religiones monoteístas adoran a Lucifer a mi Dios no al tuyo. Habrá unos Juegos Olímpicos en Londres que estarán muy amenazados por grandes atentados terroristas.

—¿Y habrá atentados en Londres durante esos Juegos?

—No, tú avisarás de ello.

—¿Me quieres decir que el creador del universo no es Dios sino el Ángel Caído?

—Si así lo entiendes, así es. Dios no existe. O, mejor dicho, tu Dios no hubiera creado nunca el universo, la materia, sólo Lucifer lo ha creado y sólo él es el señor del universo y al que adoran las religiones de este mundo.

—Es difícil de entenderlo para mí. Decirme que Dios es el malo o que no existe. Sí es muy difícil de entender. Existir debe de existir porque si no, ¿quién ha creado todo esto? Pero tú me dices que quien lo ha creado todo es Lucifer.

La noche se alargaba, el arconte me estaba hablando de nuevo de cosas que escapaban mis conocimientos de entonces. Quería explicaciones; pero explicaciones que pudiera entender. De las cosas que más me habían fascinado de aquel demonio o lo que fuera era su capacidad de viajar en el tiempo. Parece que él no lo apreciaba mucho; pero ya me hubiera gustado a mí ver acontecimientos históricos del pasado para explicarme muchas cosas. Sería el hombre más sabio del mundo y ellos lo hacían, podían hacerlo, lo sabían todo, todo lo que había pasado, toda la historia humana. Ese conocimiento era sin duda lo que les daba poder a aquellos demonios. Quería explicaciones y quería viajar en el tiempo como lo hacía el arconte. El arconte tenía que enseñarme. Quizá si viajaba en el tiempo podría encontrar explicaciones a todas mis dudas.

CAPÍTULO XV VIAJES EN EL TIEMPO

Desde que el arconte me había dicho que podía viajar en el tiempo le había envidiado. ¿Qué tal si pudieras ver los principales acontecimientos históricos en directo, tal y como fueron? Sería la leche, la repera limonera. Pues ese pequeño lujo estaba dispuesto a permitírmelo, no quería pasar la oportunidad de estar hablando con ese ser sin intentar realizar uno de esos de viajes y esa noche podía ser el momento apropiado para intentarlo. El arconte estaba allí esperando sólo una cosa: que yo me suicidara y me fuera con ellos. Pero tenía claro que yo no estaba dispuesto a hacer nada de eso sin haber estrujado y sacado cada gota de esa situación. ¿Qué trampas me podía esperar de aquel ser demoniaco? Por su aspecto era un demonio, aunque conmigo era amable e incluso se había formado un cierto lazo entre los dos. Y es que el roce hace el cariño, como solía decir mi abuela Dolores. El caso es que tenía a aquel ser que decía podía viajar en el tiempo delante de mí desde hacía ya varias noches. No se le podía decir que fuera muy locuaz, a veces había que sacarle las palabras una a una, con sacacorchos; pero eso sí, sus silencios me inquietaban, eran silencios reflexivos, midiendo cada palabra que iba a pronunciar la vez siguiente. Silencios en donde callaba; pero se quedaba fijamente mirándome como buscando cualquier gesto mío que delatara sorpresa, miedo o cualquier otro sentimiento y eso desde luego era inquietante. Estaba seguro que lo hacía para atacarme, para atacarme a mí o a mi yo futuro con lo que tenía que tener cuidado yo también con lo que decía.

—Me gustaría viajar como tú lo haces —le dije al arconte—. ¿Por qué no puedo hacerlo?

—No tienes muy desarrollada la conciencia, no es el tiempo… Todavía.

—Para ti es fácil verdad… Viajar en el tiempo digo…

—Sí para mí es fácil.

—¿Hay alguna otra forma por la que pudiera viajar en el tiempo? Quisiera verme en el futuro, quiero comprobar todo lo que me dices. Tú mismo me dijiste que me ayudarías en lo que pudieras…

—Podría ser. Podrías viajar conmigo.

—¡Estupendo pues vamos! —dije entusiasmado.

—Pero para qué quieres viajar, cuando regreses no te acordarás de nada.

—¿Por qué no me acordaré de nada?

—Tu mente no está preparada, lo olvidarás todo.

—Bueno, no pasa nada, aunque lo olvide todo por lo menos el momento lo disfruto.

El arconte se quedó un momento en silencio meditando, después de un rato se decidió.

—Está bien. Me acompañarás a uno de mis viajes al futuro. Podrás verte cuando seas mayor.

—¿Puedo ver también a María?

—Si eso es lo que quieres podrás verla también.

—¡Qué ilusión! ¿Dónde tenemos que ir? Te acompaño.

—No hace falta que vayamos a ningún sitio, ponte a mi lado. Te advierto que viajar en el tiempo no tiene ningún interés.

—Eso lo dices tú porque estarás harto de hacerlo; pero para mí es una experiencia extraordinaria.

Acto seguido me puse al lado del arconte y no hizo falta más. De repente me vi en el descansillo de una entreplanta junto al arconte. Por lo que veía tenía que ser un edificio un poco antiguo, las paredes estaban pintadas con un color ocre de pintura plástica. Arriba y abajo se veían en cada planta dos puertas una enfrente de la otra. Cada planta sólo tenía dos viviendas.

—¿Dónde estamos? —pregunté algo excitado por el momento al arconte.

—Ahora mismo estamos en Bilbao, en el piso que has alquilado.

—Es un poco oscuro, me extraña, a mí me gustan los lugares soleados. ¿Esto lo has hecho tú con tu conciencia?

—Sí.

—¿Y yo dónde estoy?

—Espera un poco ahora aparecerás, estás abriendo la puerta del portal y subes por las escaleras.

En esos momentos pude verme subir las escaleras. Qué puedo decir sobre la sensación de verme a mí mismo. No puedo decir más que fue una de las grandes cosas que me han ocurrido en la vida, aunque en ese momento no pudiera apreciarlo. Verme de mayor, tan grande…

—¡Ese soy yo! —dije entusiasmado— ¡Y esa de detrás es María!

—Sí, es María.

—¡Qué grande es!

Subiendo las escaleras detrás de mi yo futuro iba María, una mujer morena un poco más baja que yo. Era una mujer muy guapa y sobre todo con una altura considerable para tratarse de una mujer, media seguro más que la media. Me emocionó ver a aquella mujer que era la niña de dos años por la que rezaba desde que supe que era mi esposa. Qué misterio es esta vida… Pensaba… Hacia dónde nos conduce y por qué estamos realmente aquí. ¿Están nuestros destinos marcados o quizá sólo seamos un juguete en manos de los dioses? Ahora puedo decir que en aquella época viví experiencias que sin duda me marcaron para toda la vida. He de reconocer que a cualquiera hubiera marcado vivir las cosas que experimenté en aquellos momentos. Experiencias además inconfesables, ¿a quién le iba a decir que había viajado al futuro y que me había visto a mí mismo y a mi futura mujer?

—Vamos a chocar, apartémonos —le dije al arconte que veía que mi yo futuro y María iban a pasar por el mismo sitio en donde estábamos.

—No chocamos no te preocupes —dijo impasible el arconte.

Y efectivamente mi yo futuro y María pasaron por al lado nuestra rozándonos; pero sin llegar a chocar con nosotros, es como si se hubieran apartado de manera intencionada; pero no podían saber nada, saber que nosotros estábamos allí, observándolos. Subieron hasta el piso y mi yo futuro sacó las llaves para abrir la puerta de la izquierda que justo teníamos en nuestro lado, miró hacia nosotros y sonrió.

—¡Nos ha visto! —exclamé.

—No, no puede vernos —contestó el arconte.

—¿Están ahí? —dijo María a mi yo futuro.

—Sí, están ahí —contestó mi yo futuro a María, acto seguido abrió la puerta y desaparecieron los dos en el interior de la vivienda.

—Sí nos ha visto —volví a repetir al arconte.

—No puede vernos, sabía que estábamos aquí; pero no puede vernos.

—¿Y cómo lo sabía entonces?

—Tengo que estudiar el porqué. Nos vamos.

De repente estábamos en Bilbao en el futuro y ahora nos encontrábamos de nuevo en mi habitación del piso de Coslada en Madrid.

—¿Te acuerdas lo que hemos hecho? —me preguntó el arconte.

—Claro, hemos viajado al futuro, hemos estado en Bilbao y he visto a María.

—Sigues acordándote…

—Claro que me acuerdo. Me ha decepcionado un poco.

—¿Por qué?

—Es cierto que es todo muy artificial, no he notado los olores, ni he sentido ni frío, ni calor, no sé, era todo como muy artificial.

—Así son los viajes en el tiempo.

—Pues no me extraña que no sean tan interesantes para ti, no tiene mucho aliciente ver así las cosas, sin poder sentir nada más.

—Así es. Ahora nos comprendes cuando queremos recuperar nuestros cuerpos…

—Sí, os comprendo algo más —dije.

—¿Quieres ir a otro sitio de tu futuro?

—Bueno, si me llevas encantado.

—Vamos.

Acto seguido nos encontramos de nuevo los dos en la acera de una gran ciudad. Era un día lluvioso, el cielo estaba muy gris y en frente nuestra había un supermercado de una marca conocida.

—¿Dónde estamos? —pregunté.

—Seguimos en Bilbao.

—Qué cielo más gris, nunca había visto un cielo tan oscuro.

—Aquí en Bilbao es normal, llueve bastante. Ahora es invierno y hace algo de frío, aunque ninguno de los dos podamos sentirlo.

—¿Y yo dónde estoy?

—Ahora mismo estás llegando en coche al supermercado. Trabajas ahí. Ganarás muy poco dinero ahí.

—Bueno el supermercado parece que es un sitio que está muy arreglado, yo lo veo bastante bien para trabajar. ¿De qué trabajo ahí?

—Eres la seguridad del supermercado.

Pude ver cómo aparcaba mi coche, un coche pequeño, no muy grande y salía de él dirigiéndome al supermercado e introduciéndome en él.

—Sí, en el futuro seré muy grande. Y tengo pelo. ¿No decías que en el futuro no iba a tener pelo?

—Te raparás la cabeza.

—Eso es otra cosa a no tener pelo; pero tengo pelo. Creo que me confundes.

En un momento nos vimos de nuevo en mi habitación en Coslada. Esa noche el arconte me había brindado dos viajes al futuro, había podido ver a María y me había podido ver a mí mismo. Había sido algo increíble. Aunque, el arconte tenía razón, los viajes en el tiempo no tenían mucho aliciente. Era como ver una gran fotografía que se movía, en ningún momento te sentías involucrado en la acción que se estaba desarrollando delante de ti. Sentir los olores, la brisa, el frío o el calor estaba fuera de nuestro alcance en esos viajes.

—A cualquiera que le diga que he viajado en el tiempo no se lo creería. Creo que será algo que no podré revelar en la vida.

—Es difícil. Vives en un mundo todavía atrasado en muchas cosas. Ahora te tomarían por loco, hace dos siglos te habrían juzgado por brujería.

—¿Y esto no es brujería? —pregunté.

—No, esto es ciencia.

—Y dices que lo has hechos con la conciencia… ¿Podré hacerlo yo alguna vez?

—Si la desarrollas podrás hacerlo, aunque en el tiempo en el que vives te costará mucho desarrollarla. En el futuro habrá mejores condiciones para desarrollar la conciencia.

—¿Por qué en el futuro habrá mejores condiciones y ahora no? ¿Qué diferencia va a haber?

—Os llegará energía desde el centro de la galaxia. Con esa energía vuestra genética podrá activarse. Os costará mucho menos desarrollar cualidades que ahora llamáis paranormales.

—O sea que en el futuro los seres humanos podrán hacer lo que hemos hecho con la conciencia.

—Muchos lo harán. Es cuestión de desarrollar las capacidades. Ahora mismo no os enseñan en las escuelas a desarrollarlas.

—No sólo no nos enseñan, sino que como dices nos tomarían por locos o brujos. Ahora comprendo por qué dices que la religión es aliada vuestra, porque impide desarrollar todo esto…

Más tarde cuando ya he sido adulto e investigando sobre estos temas y sé que la Física Cuántica ya contempla la posibilidad de alterar la materia a través de la conciencia. Es más, viene a decir que la materia es conciencia. Algo no tan descabellado ya que antes de fabricar una silla la silla está en la mente del carpintero, primero pasa por una mente que lo piensa y después lo plasma en algo físico real, muy parecido a como ha debido ser creado el universo. Si la mente puede alterar la materia y esto la Física ya lo contempla también podría alterar el tiempo y el espacio. Con el tiempo supe que el arconte me estaba dando claves que después la propia ciencia se está encargando de verificar.

—Y dime —seguí preguntando al arconte—, sobre qué fecha los seres humanos empezaremos a desarrollar más esas capacidades psíquicas, cuándo nos resultará más fácil.

—A partir del año dos mil doce se empezará a notar algo, aunque aún será muy temprano. Hay una fecha muy señalada en ese año.

—¿Cuál es esa fecha?

—El doce de diciembre.

—El doce, del doce del año dos mil doce —dije pensativo.

—Sí —contestó el arconte.

—¿Dónde estaré yo en esa fecha? —dije reflexionando.

—En el Cañón del Río Lobos.

—¿El Cañón del Río Lobos? ¿Eso dónde está?

—En Soria. Es un Parque Natural, allí hay una iglesia templaria. Estarás allí orando.

—¿Y eso es importante? ¿Orar en fechas señaladas?

—Sí, es importante.

—Dime más sitios dónde estaré en fechas señaladas.

—Irás a Covadonga a visitar a la Virgen que hay allí.

—A Covadonga... Eso sí sé dónde está, en Asturias. Allí comenzó la Reconquista Española contra los musulmanes. ¿Tiene algo que ver?

—Orarás para recuperar España y protegerla.

—O sea que cada vez que pida algo especial me dirigiré a un sitio emblemático en una fecha señalada.

—Así es —contestó confirmándolo el arconte.

—¿Y cómo sé los sitios a dónde debo ir en cada momento?

—Simplemente lo sabrás. No puedo decirte más.

—Entiendo... —o más bien mi deseo era entender.

—¿Quieres ir a algún sitio más en concreto del futuro? —me dijo el arconte cambiando repentinamente de conversación.

—Bueno, ya me he visto en el futuro y he visto a María. Puede ser que me gustara ver algún acontecimiento histórico del pasado. ¿Podría ser?

—Podría ser —contestó el arconte—. Dime algún acontecimiento que te interese.

—La muerte de Jesucristo en la cruz, me gustaría estar allí y orar.

El arconte hizo uno de sus silencios a los que me acostumbraba. No parecía muy convencido con el acontecimiento histórico que quería ir a visitar.

—Podría llevarte allí… Pero no es Jesucristo el que está clavado en la cruz. Es un zelota. Ya te dije que Jesucristo no existió. El zelota es lo más parecido a la leyenda. Si insistes te llevo; pero es muy probable que no sea lo que quieres ver.

—Pues si me vas a llevar a ver a un zelota crucificado no merece mucho la pena el viaje.

—No merece la pena —sentenció el arconte—. Mejor elige otro acontecimiento, sólo te llevaré una vez más al pasado. ¿Te sigues acordando de dónde hemos estado?

—Sí me sigo acordando —dije mientras pensaba dónde deseaba ir—. Quiero ir… ¡A Roma! ¡Sí, quiero ir a Roma! —dije ilusionado.

—¿A qué época exactamente de su historia?

—Pues… Exactamente cuando murió Julio César. Cuando dijo aquello de "Tú también Bruto".

—Podemos hacerlo, ponte junto a mí.

Dicho y hecho, me puso junto al arconte y aparecimos los dos en la Roma imperial. Como las veces anteriores no podíamos sentir ninguna sensación en cuanto a los olores que podían existir en aquella espléndida ciudad o la brisa. Sí puedo decir que el día que mataron a Julio César era un día soleado sin apenas una nube en el cielo. Me acuerdo que enfrente mía había unas columnas y estábamos viendo lo que parecía ser un atrio, no se veía mucho más. De repente aparecieron varios hombres de pelo cano, delgados y fibrosos formándose un tumulto y hablando en latín, en una lengua que, por supuesto, no comprendía.

—¡Es increíble, no es nada parecido a lo que había imaginado! —exclamé.

—Ya lo han matado —dijo el arconte.

—Con el tumulto yo no he visto nada, sólo un grupo de viejos alterados.

Efectivamente, todo fue tan rápido que prácticamente yo no vi nada, sólo un tumulto de ancianos. Cuando vas al cine y ves una película de romanos siempre ves hombres fornidos y musculosos, jóvenes y vestidos con excelentes ropajes y uniformes militares. Nada de eso vi, quizá por eso me decepcionó. Sólo vi un grupo de hombres canosos, ancianos, delgados y fibrosos, que formaban tumulto en torno a alguien que debía de ser el mismísimo Julio César. Iban vestidos con túnicas, unas blancas y otras en otros tonos como el rojo y el azul. Los colores de sus túnicas aparecían algo desgastados, no era un blanco polar puro, algunas túnicas incluso ajadas. Seguro que eran patricios, hombres de gran altura política en la Roma antigua y por lo tanto hacendados. Tenían dinero; pero se ve que no se cambiaban mucho de ropa, quizá tenían aprecio a sus túnicas.

Aparecimos de nuevo en mi habitación de Coslada. El viaje por la Roma imperial y los sucesos que llevaron a la muerte a Julio César había sido algo fugaz. En realidad, no me enteré mucho, aunque pude observar detalles que me sorprendieron. Nunca me hubiera podido imaginar que fuera así la muerte de ese gran militar que tanto había estudiado y leído historias sobre él.

—¿Te ha gustado el viaje? —me preguntó el arconte.

—Me ha sorprendido mucho —dije—. Nunca me hubiera imaginado que fuera así. Aunque te doy la razón que este mundo de hoy es mucho mejor que el mundo antiguo, seguro que se pueden hacer muchas más cosas y es un poco más civilizado.

—Sí, este mundo es más civilizado y esta época es mucho mejor que en la que yo viví.

—Lo que más me ha sorprendido ha sido que parecía una pelea de viejos, no sé… Cuando vas a ver al cine una película de romanos siempre te ponen hombres jóvenes y muy fuertes.

—Muchos eran jóvenes, antiguamente cuando yo vivía con cuarenta años ya se era viejo.

—Y dura que tenía que ser la vida entonces. Eran viejos; pero estaban fibrosos, no tenían nada de grasa —apunté.

—Así es, la vida en aquella época era muy dura, para todos. Es cierto que para los pobres era más dura todavía; pero para los nobles también. Los patricios romanos tenían que ganarse el respeto en el campo de batalla, eran soldados antes que nobles.

—Viendo algo de cómo era la vida antes te comprendo más que te hubiera gustado vivir más en esta época.

—¿Por qué has elegido la fecha de la muerte de Julio César? ¿No había otro acontecimiento histórico que te hubiera gustado más ver?

—¡Puf...! Muchos, pero tenía que escoger uno. Hay muchas batallas históricas que me hubiera gustado ver; pero no quería ver tanta muerte tampoco, por eso elegí a Julio César, es un personaje histórico lo suficientemente importante.

—Sí, es importante —respondió de manera escueta el arconte—. Debo de retirarme ya, está empezando a amanecer, volveré mañana.

—Antes de irte quisiera hacerte una pregunta más que no tiene nada que ver con los viajes que hemos hecho.

—Di.

—Me dijiste algo sobre mi madre, me dijiste que ella no era mi madre; pero no te he preguntado por mi hermana, qué será de su futuro.

—Tu hermana Inés fallecerá muy mayor, tendrá una vida larga.

—¿Le irá bien en la vida? ¿Se casará alguna vez? ¿Tendrá hijos?

—Sí, le irá bien, aunque no se casará ni tendrá hijos.

—¿Ella tampoco es mi hermana?

—Defenderá a su madre cuando llegue el momento. Aunque para ti Inés en el futuro será muy importante.

—¿Cómo de importante? ¿Qué hará para ser tan importante para mí en el futuro?

—Te ayudará en muchas cosas, será un gran apoyo para ti durante un tiempo.

—Mi hermana será muy importante para mí en el futuro…

—Tengo que marcharme, mañana volveré.

—Hasta mañana.

El arconte desapareció de nuevo en la oscuridad de la casa. Todas las entrevistas que hacíamos en mi cuarto las hacíamos a oscuras, el arconte en ningún momento quería que hubiera luz. No quería que viera cosas que pudieran darme pistas. Esa noche, cuando el arconte se fue, me dirigí a la habitación donde estaba durmiendo mi hermana Inés junto con mi madre. En la oscuridad del cuarto me quedé contemplando a mi hermana durmiendo durante un buen rato. "Serás muy importante para mí", meditaba.

CAPÍTULO XVI EL INFIERNO

A la noche siguiente el arconte vino temprano, justo a media noche, al parecer traía cosas importantes para hacer. Si las anteriores jornadas habían sido increíbles por las experiencias vividas esta iba a superar con mucho las anteriores. Parecía que cada noche se quería superar. Por las mañanas yo seguía una vida normal, en lo que podía, dormía cuando podía y por las noches las pasaba en vela hablando con aquel ser. Como siempre llegó en mitad de la oscuridad de la casa, con paso firme y pausado se dirigió directamente a mi habitación donde yo lo esperaba una noche más.

—Hoy traigo algo importante que debemos hacer —dijo el arconte nada más llegar.

—¿Y qué debemos hacer?

—Ahora mismo estás muriendo, te están esperando en el infierno. Hay una reunión de todos los generales con Lucifer. Sólo de manera muy excepcional nos reunimos todos los generales con nuestro líder y contigo ya van dos en poco tiempo.

—Ahora mismo estoy muriendo... Qué cosas... ¿Y qué quieres que haga?

—Debemos ir al pasillo de nuevo, ahí esperaremos al resto, hablaremos todos cuando tu yo futuro haya fallecido.

—Pues vamos —dije dispuesto.

Salimos de mi cuarto y nos colocamos en el pasillo de la casa a oscuras, tal y como lo hicimos la vez anterior. Después de un rato en silencio en donde el arconte no decía nada yo me empecé a inquietar un poco.

—¿Tenemos que esperar mucho? —pregunté.

—Están llegando ahora todos los generales. Yo te iré diciendo todo lo que pasa, lo mismo que la vez anterior.

—Vale —dije en voz baja, no sé por qué hablaba en voz baja, supongo que el momento me daba un poco de respeto—. ¿Cómo estoy yo? ¿He fallecido ya?

—Aún no.

—¿Puedes verme?

—Sí, puedo verte, todos podemos verte, menos tú.

—¿Y quién está a mi lado? ¿Está mi madre?

—No, no está tu madre.

—¡No está mi madre! ¿Y dónde está? Estoy muriendo y no está a mi lado. ¿Ella vive o ha muerto antes?

—No, ella vive, no ha muerto.

—¿Y qué hace que no está a mi lado?

—Está esperando como el resto, todo el mundo está pendiente del momento de tu muerte, el mundo guarda silencio. La gente está en la calle orando con velas encendidas y ahora justo fuera del edificio están los Hijos de Cortés y Pizarro para encargarse de tu cuerpo y velarlo en cuanto fallezcas.

—¿Y quién está a mi lado entonces?

—Está tu mujer María y amigos tuyos. Ya están todos los generales y Lucifer ha llegado ya también. Todos estamos esperando.

—¿Y qué digo? ¿Qué ocurre?

—Te vamos a dejar escuchar, aunque no verás nada.

—De acuerdo.

Después de un momento pude escuchar unas voces, ante mi sorpresa no se hablaba en español sino en otro idioma muy diferente.

—¡Pero si están hablando en inglés! ¿Pero dónde estoy? —dije sorprendido.

—Estás en Washington —dijo el arconte.

—¿Y qué hago muriendo en Washington?

—Después te lo explico; pero si prestas atención también escucharás hablar en español, los médicos que te atienden son hispanos y tus amigos están cerca de ti. También está Helen Clark a tu lado.

—Vaya, entonces comprendo, al final me he ido a Estados Unidos, me habéis cambiado otra vez, de mundo digo...

—No exactamente. Escucha ahora —respondió el arconte.

Me quedé callado por un momento tal y como dijo el arconte y comencé a escuchar voces que hablaban en español. En concreto eran los propios médicos los que creo que me estaban hablando.

—¿Cómo se encuentra? —preguntaba uno de ellos.

—Pues ya ve doctor muriéndome... —en ese momento escuchaba risas en la sala.

—¡No os riais coño que me estoy muriendo y esto es algo muy serio! ¡Ay qué malito estoy!

—¿Cómo va la cosa? —escuché decir a otra persona.

—Muy mal compadre la cosa no se anima, no voy a poder morir como yo quería, izando bandera, le tenía que haber picado el ticket a aquella gitana rubia en su momento. ¡Qué ojos más bonitos tenía! Una mujer de bandera, ya te lo digo yo que de banderas estoy puesto.

—Ya… Seguro que te fijaste en sus ojos… ¿Entonces no estás para trotes?

—No, no estoy para trotes —más risas en la sala—. Bueno señores, me voy para el otro barrio y ahora es el momento en el que se supone que debo decir algo para la historia… El caso es que no se me ocurre nada… Qué desastre… ¡Callaos, no os riais y dejadme pensar coño!

La verdad es que me imaginaba que mi muerte después de todo lo que me había contado el arconte iba a ser un poco más épica; pero por lo que se ve estaba siendo un cachondeo absoluto, algo que desde luego no me estaba gustando nada. Había que guardar algo de formalidad, digo yo…

—Esto es un cachondeo, ¿cómo me puedo comportar así en el momento de mi muerte? —comenté al arconte.

—Lo tienes todo calculado —respondió muy serio el arconte.

—¿Calculado? Pues no sé qué tengo de calculado. Por cierto, que es eso de la gitana y que no muero como yo quería.

—Hay un dicho en España que a ti te gustaba repetir que dice que quien se acuesta con una gitana muere con la picha tiesa.

—¡Y así es como yo quería morir! —dije sorprendido.

—Estate atento —volvió a repetirme el arconte para que guardara silencio.

Volví a guardar silencio y a poner atención a todo lo que escuchaba, entonces pude escuchar una voz reconocible, era la voz de María.

—¿Cómo está doctor? —preguntó María.

—Le queda poco, aunque con el ánimo que tiene nadie lo diría. Jamás he visto a nadie morir así, es el hombre más increíble que he conocido, sin duda es el mejor hombre de la historia.

—¡Quiero hablar con María a solas! —gritó mi yo futuro.

—Dejadme a solas con él —escuché decir a María.

Por un momento no pude escuchar nada más y no pude resistir la tentación de preguntarle al arconte qué estaba pasando.

—¿Qué pasa? ¿Qué pasa? No escucho nada…. —dije bajando la voz como no queriendo molestar.

—Estás hablando con María, le estás diciendo a solas algo al oído —contestó el arconte—. María te está dando un beso y se levanta.

—Dejadlo a solas —dijo María—. Está sintiendo el momento.

—¿Ha dicho sus últimas palabras? —dijo una voz que no pude reconocer, al parecer era un oficial de Los Hijos de Cortés y Pizarro.

—Sí las ha dicho y son para mí, no puedo reproducirlas ahora —contestó María.

—Está llegando el momento —dijo el arconte—, queda poco.

Estuvimos esperando en silencio durante un tiempo, yo instintivamente me puse a orar, estaba en el momento de mi muerte, qué podía hacer sino orar para que el tránsito fuera lo mejor posible y al menos sufrir lo menos que pudiera. Sólo se muere una vez, la muerte es el momento más sublime, el culmen de una vida, lo mismo que hay que saber vivir, hay que saber morir. La muerte se dice que nos iguala a todos: al rico y al pobre, al loco y al cuerdo, ante ella todos somos iguales. La muerte es despertar de un sueño para ver la realidad. Si piensas en la muerte en vida despiertas a la realidad. Todos los grandes santos, los grandes hombres de espíritu han meditado el momento de la muerte, la han tenido siempre presente, por eso han estado siempre despiertos y no se han dejado enredar por una vida superflua y engañosa. Han escogido lo importante, lo que de verdad cuenta.

—Ahora sabremos cuál es tu pecado —dijo repentinamente el arconte.

—¿Cómo dices? —dije.

—Cuando una persona fallece en su cuerpo se puede ver reflejado el pecado que tuvo en vida. Ya estás aquí.

—¿Ya estoy fallecido? ¿Me estás viendo?

—Sí, te estamos viendo todos.

—¿Y está Lucifer?

—Sí.

—¡Dadme una túnica! —gritó una voz de repente, era mi voz.

—Dádsela, ya hemos visto su pecado —dijo Lucifer.

—¡Ese soy yo! —dije.

—Sí —respondió el arconte.

—¿Y he pedido una túnica?

—Es lo único que tenemos aquí, una túnica blanca que nos dan para poder tapar nuestro cuerpo y nuestro pecado. Aunque no se la dan a todos, sólo a los más importantes, la túnica hay que ganársela.

—¡Entonces te has convertido en un monstruo!

—¿Quieres verte? —preguntó el arconte.

—¡No os lo permito que le dejéis verme! ¡No está preparado! —dijo con autoridad mi yo futuro.

—¡Te estábamos esperando! —dije a mi yo futuro al que sólo podía escuchar, no podía verlo.

—Lo sé —respondió él—. ¡Hombre si está aquí el subnormal! —dijo de repente— Qué pasa, como te va por aquí la vida subnormal… ¿De qué te ha servido dar tanto por saco como distes en vida? Aquí me parece que no te van a dejar celebrar un referéndum para la independencia.

—¿A quién le hablas? —pregunté al arconte.

—A un político que quería celebrar un referéndum para la independencia de una parte de España al que tú llamabas el subnormal.

Tal y como todo estaba sucediendo lo iré plasmando, sin necesidad de decir a cada instante que era el arconte quien me iba diciendo quién estaba interviniendo en cada momento en aquella reunión en el infierno tan peculiar.

—¡Dios es injusto! ¡Dios es injusto! —decía el político al que llamaba el subnormal.

—Pues a mí me parece que muy injusto no es —decía mi yo futuro—. Te mereces estar aquí, bien que te aprovechaste en vida de tu cargo.

—Como ves no tengo rabo, así que cuando estoy aburrido no mato moscas con él. Suelo aburrirme poco de todas formas —dijo Lucifer interviniendo.

—Ya veo —dijo mi yo futuro—. Ten cuidado con este subnormal que te puede formar aquí un referéndum para la independencia de parte del infierno.

—Aquí no existen referéndums —contestó Lucifer.

—¡Anda mira subnormal lo que dice tu jefe, que no te deja poner las urnas ni hacer consultas! ¡Tu jefe es un anti demócrata! —dijo mi yo futuro no sin mucha sorna—. ¡Pero si está aquí también el "Pelucas"! ¡Qué pasa "Pelucas"! ¿Cómo te va por aquí? ¡Menuda colección tienes aquí metida! ¡Lo que nos vamos a divertir! ¡Tienes a todos los políticos corruptos que bien robaron en vida a la gente trabajadora mientras decían que la defendían! De todas formas, esperaba veros por aquí, no era para menos. ¡Aquí no hay nada que rascar eh! Poco os vais a llevar de aquí. Ten cuidado y no te des la vuelta con esta gente que te la clava.

—Aquí están bien seguros —contestó Lucifer.

—Si pudiera avisaría a mis hijos para que se desprendieran de lo superficial —dijo el tal "Pelucas".

—Tus hijos han aprendido del sinvergüenza y del ladrón de su padre —dijo mi yo futuro—. La herencia que les has dejado ha sido la herencia para su condenación. De poco va a servir ahora que vayas tú a avisarles, les tenías que haber educado en vida. Que disfruten de las fincas y la colección de caballos que les dejaste porque cuando estén aquí de poco les van a servir. Este, otro que no trabajó en su vida y vivía de la charlatanería y se hizo millonario robando a los trabajadores y a los que decía que defendía.

—Son una buena colección de gente inútil sí —dijo Lucifer—, una banda de desesperados que no saben dónde ir a meterla. Por eso necesito gente como tú.

—Yo no me alío con perdedores —contestó mi yo futuro—. Por cierto, por dónde anda el desesperado ese que no sabe dónde ir a meterla, al que le dije esa frase en vida...

—Está por aquí, desesperado sigue.

—Os trata fatal Lucifer —dije en voz baja al arconte.

—Es siempre así —contestó el arconte—. Es nuestro jefe.

—¿A quién le dije esa frase? Lo del desesperado...

—A uno que fue novio de María.

—¿Puedo preguntarle? —dije al arconte.

—Pregunta.

—Pablo, ¿cómo es el momento de la muerte? Siento curiosidad sobre cómo es ese mismo instante en el que te separas del cuerpo. ¿Ha sido muy doloroso? —pregunté.

—Para mí ha sido el peor momento de mi vida, menos mal que sólo se pasa una vez. Y sí, sí ha sido doloroso; pero no te preocupes por ese momento, se te darán las fuerzas suficientes para soportarlo. Simplemente en el momento que expiré aparecí aquí —contestó mi yo futuro.

—Yo ni me enteré —dijo una voz que no llegué a reconocer.

—¿Cómo fue tu muerte sevillano? —dijo mi yo futuro. Se ve que estaba hablando con personajes que había conocido en vida.

—Fue en un accidente de circulación, ni me enteré de nada — contestó el sevillano.

—Ha dicho sevillano, es español, ¿es el Hombre Yeti? — pregunté al arconte.

—No, es otra persona que conociste en vida. Al Hombre Yeti le llamas maño, así llamáis en España a la gente de Zaragoza.

—¿Y de qué has muerto esta vez? —pregunté a Pablo tomando la iniciativa.

—Me salió una enfermedad de forma repentina. Todavía estoy por descubrir si fue de forma natural o no. Ya le dije a María que vigilara a Helen Clark y que no se fiara de ella.

—¿A tu madre? —le dije a Pablo—. ¿Esa que es bruja y hace sacrificios?

—Cuando yo la conocí estaba completamente controlada. No sé hasta qué punto sigue limpia o no, seguro que me lo vais a poder decir vosotros.

—Aquí no te diremos nada —dijo Lucifer.

—¿Entonces has muerto asesinado? —dije sorprendido— Dímelo, ¿he muerto asesinado? —pregunté dirigiéndome al arconte.

—No puedo decírtelo —respondió.

—Estuvieron todo el tiempo cambiando la historia y volviendo al pasado —dijo mi yo futuro—. Ya veis, no os ha servido de nada, cuanto más cambiabais el futuro más me favorecíais.

Eso de cambiar el futuro lo sabía yo también. Constantemente el arconte venía a mi habitación diciéndome cosas nuevas que habían ocurrido, cosas que habían cambiado porque no les gustaba cómo les había ido en sus manipulaciones. Se ve que mi yo futuro había sufrido todos esos cambios; pero al contrario de lo que los arcontes esperaban, eso precisamente le había concedido mucho más poder, así que… ¿De qué debía preocuparme?

—Dime una cosa —dije preguntándole al arconte— ¿Por qué antes Lucifer dijo que no tenía rabo? Parecía una ironía, ¿estoy perdiéndome algo?

—Hay un dicho en español que dice que "cuando el diablo está aburrido mata moscas con el rabo", tú lo dirás a modo de anécdota en muchas ocasiones, por eso te lo ha dicho.

—Ya, ahora entiendo, es que hablan de cosas que han pasado, por eso a veces me quedo fuera de juego.

—¿Tú es que nunca te rindes? —preguntó el arconte de repente a mi yo futuro.

—Eso podrías preguntárselo a él —contestó mi yo futuro refiriéndose a mí.

—¿Tú es que nunca te rindes? —me preguntó de forma directa el arconte.

—Pues no sé —dije desconcertado ante la pregunta—. Muchas veces, tengo un amigo en el pueblo, en Chozas de Canales que voy a verlo todos los veranos, cuando mis padres van a pasar una temporada al pueblo y es más fuerte que yo, así que cuando jugamos

215

juntos y me inmoviliza en el suelo le digo rápidamente "me rindo" y después le pego yo a él.

—¡Os estáis riendo de mí! —dijo enfurecido el arconte.

—Hazle caso, él te quiere —dijo mi yo futuro dirigiéndose al arconte.

—¿Tú me quieres? —me preguntó directamente el arconte.

—Me caes bien —contesté.

—Te caigo bien… —dijo observándome.

—Sí.

—¿Cuál es el peor momento que pasaste en la vida? —preguntó el arconte a mi yo futuro.

—Los peores momentos que he pasado han sido sin duda cuando he creído que había fracasado. Esos fueron los peores momentos. Con tantos cambios a lo que creía que debía pasar muchas veces pensaba que había fallado.

—Nosotros cambiábamos la historia —dijo el Arconte.

—Lo sé —contestó mi yo futuro.

—¡Un momento! —interrumpí— Antes habéis hablado de alguien al que llamabais "el desesperado" y que había sido novio de María. ¿Tú llegaste a conocerlo? Porque habláis de cosas que han ocurrido en el futuro y que yo no sé y me gustaría que me aclararais.

—Cuando conociste a María estaba con varios hombres a la vez, él era uno de ellos y sí, sí lo llegaste a conocer —dijo el arconte.

—Desgraciadamente sí, lo llegarás a conocer, justo tonteaba con él delante de mí.

—¿Y tú lo permitiste? —le pregunté a mi yo futuro.

—No, no lo vas a permitir. Tonteaba delante mí y además portando yo un arma; porque estaba trabajando en ese momento de guardaespaldas, se comportó de una forma bastante sucia, la verdad.

—¡Sí, eso lo provocamos nosotros! Quisimos ver hasta dónde eras capaz de soportar la humillación.

—Lo sé, que erais vosotros, a María la teníais completamente controlada, llevaba una vida bastante ligera en aquel tiempo, también llegó a tontear conmigo.

—O sea que estando con otros hombres también quiso entrarte a ti —dije haciendo una observación.

—Así es; pero no se lo permití —respondió mi yo futuro—. Si lo hubiera permitido me habría prostituido, hubiera caído en sus redes como un juguete más de sus fantasías.

—¡Estuviste a punto de caer! —dijo el arconte.

—Para nada —respondió mi yo futuro—. El momento más peligroso me acuerdo fue una noche, después de haber terminado nuestra jornada laboral, me llevaba en el coche hacia mi casa, en ese momento ella estaba saboreando un caramelo de esos con palo, en un momento dado se lo sacó de boca y me ofreció y yo lo rechacé. Ese fue quizá el momento más peligroso en el que hubiera podido caer, porque fue muy espontáneo por parte de ella.

—¡Ese caramelo lo saborearás tú también en el futuro! —dijo el arconte dirigiéndose a mí.

—No, no lo hará —dijo mi yo futuro.

—Sí, sí lo harás —volvió a decirme el arconte—, lo harás…

—Cuando llegue el momento sabrá lo que hacer y no lo hará —volvió a responder mi yo futuro.

—¡Saborea ese caramelo! —siguió insistiendo el arconte, es como si quisiera grabármelo en la cabeza para cuando llegara el momento— ¡Saboréalo!

—Mucho confías en mí —le dije a mi yo futuro.

—Como que eres yo mismo —respondió.

—Me ha contado muchas cosas del futuro que van a pasar, también me ha preguntado sobre los Hijos de Cortés y Pizarro, que no tenía ni idea que eso iba a existir y sobre niños que están enjaulados y los usan como experimentos y comida, sobre robots genéticos que no sé si eso existe, también me ha dicho que los seres humanos somos como un experimento, que nacimos en un laboratorio y estamos en una granja…

—¡Qué le has contado! —gritó mi yo futuro al arconte.

—Sólo lo imprescindible.

—¡No te lo voy a permitir, es un niño y no está preparado para saber ciertas cosas! —volvió a increparle al arconte mi yo futuro.

—También me ha dicho que de mayor iba a ser como una especie de monstruo, calvo con escamas…

—Te dice lo que le da la gana. Calvo… No vas a ser calvo, tendrás pelo. Te dice verdades a medias que son mentiras, en todo caso.

—Tendré pelo más más que menos o más menos que más… —pregunté.

—¡Ja, ja, ja! Más más que menos —me respondió riendo mi yo futuro.

—¿Qué es ese lenguaje? —preguntó Lucifer.

—Es un lenguaje secreto entre ellos —respondió el arconte a Lucifer—. Tenía que informarle de lo que iba a suceder en el futuro porque sabes que se le debe de preguntar y este es el momento —dijo el arconte dirigiéndose a mi yo futuro.

—De acuerdo, pregúntale —dijo mi yo futuro.

—¿Preguntarme? ¿El qué…? —dije desconcertado.

—Si quieres ser el salvador. En el futuro dirás que no se te preguntó, por eso debemos hacerlo, se te debe de preguntar. ¿Quieres ser el salvador, el mesías?

—Bueno… Dicho así… —dije sorprendido sin saber qué responder.

—¡Está dudando y tardando en responder! —dijo el arconte con cierta prontitud y euforia.

—Es que le estáis preguntando mal —intervino mi yo futuro—. Yo te lo diré de otra forma: ¿Deseas ser el primero para Dios?

—¿El primero para Dios? ¿Pero eso es posible? —dije.

—Sí, es posible —respondió mi yo futuro.

—¡Tarda en responder, se lo está pensando! —volvió a interrumpir el arconte de forma apresurada.

—¡Calla! —le gritó mi yo futuro al arconte— Está pensando porque no creía que eso podía ser posible, no porque no quiera.

—Si eso es posible… Claro que sí… Quiero ser el primero para Dios.

—Muy bien —dijo mi yo futuro—, has elegido la mejor opción. Ya se te ha preguntado.

—¡Yo soy el único Mesías, yo soy el único Salvador! —intervino de repente Lucifer que hasta ese momento había permanecido callado—. Yo soy el padre de todo lo creado, de toda la materia. No había nada antes de mí, yo creé el universo, todo lo que existe, soy el único. Yo soy tu padre, yo soy el padre al que rezabas todas las noches en nombre de los profetas. Veías a Dios como a un padre, porque te faltó en los momentos más importantes de tu vida. Yo soy tu padre.

—Como decía mi abuela: "Soñaba el ciego que veía y soñaba lo que quería". Me acuerdo que también decía que "en el país de los ciegos el tuerto es el rey". Tú no eres mi padre —respondió mi yo futuro—. No eres más que un demente que has creado un mundo de dementes en donde todo se come y se fagocita a sí mismo. Está bien que seas el padre de la mentira; pero que te intentes engañar a ti mismo es el colmo.

—¡Ja, ja, ja! ¡Se intenta engañar a sí mismo! —escuché que decían los allí reunidos entre risas sin identificar exactamente quienes eran, suponía que eran parte del resto de la corte de Lucifer.

—¡Callaos! —gritó Lucifer— ¿Os parece gracioso que estemos perdiendo la guerra?

—¡Es que hay que reconocer que tiene gracia! —se volvió a escuchar de entre la corte sin poder identificar quién era—. ¡Lo cierto es que nadie quiere tu reino!

Esta última frase de "nadie quiere tu reino" pude saber con los años por qué se dijo en ese momento. Quizá sea para contarlo más adelante; pero tiene su explicación, en el futuro ocurrirían cosas que explicarían del porqué de esa frase.

—Vosotros ansiáis mi reino y eso lo sé; pero ninguno lo tendrá, aquí o derrotamos al incognoscible o todos iremos al abismo, no hay vuelta atrás, nadie sale de aquí. Y tú tampoco saldrás nunca de aquí Capitán General Romero. O estás con nosotros o tu destino es quedarte aquí condenado por tus pecados hasta el final del tiempo.

—Entonces esperaré hasta el final del tiempo, hice una elección y la mantendré hasta el final. No me arrepiento de nada de lo que hice en vida. Este es un combate a muerte entre el bien y el mal y así será hasta el final —respondió mi yo futuro a Lucifer.

—¿Prefieres morir para siempre que unirte a nosotros? —volvió a preguntar a Lucifer.

—Prefiero condenarme para siempre y caer en el abismo antes que unirme al mal y verlo vencer —después de una pausa pequeña mi yo futuro se dirigió a toda la corte luciferina— ¡He visto cómo os trata Lucifer! ¡A todos! Y la verdad es que os trata mal, no es un buen líder, eso puede verse rápidamente. Sois una banda de perdedores. Vuestras esperanzas están todas puestas en una mentira. Una mentira que terminará por caer más temprano que tarde. A los que elijan el bien, como yo, puedo conducirlos a la victoria, yo seré vuestro líder.

—Intenta dividirnos —intervino el arconte.

—Sí, ya veo —dijo Lucifer—. Un reino dividido no puede subsistir; pero aquí todos estamos unidos, todos hemos hecho una elección como tú la has hecho. Así que tus esfuerzos son inútiles. Te dejaremos salir, aquí no haces nada, este no es tu sitio, vete.

—¡Te vas! —le grité a mi yo futuro de repente al escuchar que lo dejaban marcharse—. ¡Dime una cosa antes de irte que me sirva para el futuro!

—Que te sirva para el futuro… Sólo que eres muy bello y muy hermoso. Sí lo eres, te estoy viendo. Estoy viendo al niño que fui y cómo han querido abusar de ti. Estos miserables no se atreven con un hombre. Sólo te puedo decir eso, que eres extraordinariamente bello y hermoso.

—Que soy bello y hermoso… Pues no sé cómo esas palabras me pueden servir para el futuro —dije.

—Me marcho, este no es mi sitio. ¿Alguien más desea venirse conmigo? ¡Sevillano vente conmigo! —gritó mi yo futuro.

—Yo no me voy de aquí, este sí es mi sitio y ayudaré a derrotar al incognoscible.

—Te alías con perdedores sevillano, cómo les vas ayudar tú a derrotar al incognoscible…

—Tú eres paisano suyo —dijo Lucifer—, y viviste con él, nos puedes servir.

—Yo le derrotaba cuando jugábamos a juegos electrónicos y puedo derrotarle ahora.

—Sueñas sevillano porque crees que me ganabas a los juegos puedes derrotarme, estás hablando de cosas más serias.

—Dadle una túnica al paisano de Romero —dijo Lucifer.

—¡Paisano mío! Antes muerto que sevillano. ¡Hombre sevillano, fíjate ya te han dado una túnica, estás progresando en el infierno, siempre fuiste un oportunista, la verdad!

—¿Por qué dice eso de muerto antes que sevillano? ¿No es del pueblo de los españoles como él? —preguntó Lucifer.

—Los españoles entre sí tienen mucha rivalidad —intervino el arconte.

—Sí, siempre fui un oportunista —siguió diciendo el sevillano— y siempre me fue bien en la vida a no ser por el accidente que tuve…

—Tú mismo. ¿Alguien más quiere venirse? ¡Hombre fíjate si está aquí uno de los que fue amante de María, el policía vasco!

—¿Está hablando de otro? —pregunté al arconte— ¿Otro amante diferente?

—Sí, antes de conocerla tenía tres amantes —respondió el arconte.

—¡Puf! ¡Menudo trabajito me va a esperar! Poca ayuda voy a tener en el futuro me parece a mí.

—La enamorarás en apenas dos meses —dijo el arconte.

—¡Dos meses! —la verdad no sabía cómo se podía enamorar a una persona en sólo dos meses—. Es cierto que hay flechazos y que puede ser en tan sólo un día; pero difícil es, desde luego —apunté.

—¡Sí, yo estuve con la reina y eso queda para mí y lo disfruto yo para mí! —dijo el policía.

—Este se queda aquí con vosotros, está claro, que disfrutes también del infierno y del abismo —respondió mi yo futuro.

—¡Esperanza tú que haces aquí! —dijo mi yo futuro dirigiéndose a alguien que había encontrado.

—¿Quién es Esperanza? —pregunté al arconte— ¿Otra mujer que conoceré en el futuro?

—Sí, estuviste con ella —respondió el arconte.

—Me vi aquí cuando fallecí, no puedo decirte más —respondió Esperanza.

—Vente conmigo, vamos a salir de aquí —le dijo mi yo futuro.

—Tengo miedo, dónde vamos…

—A un lugar mejor que este, vamos vente Esperanza.

—Estás viendo mi pecado…

—Eso no importa… Vente conmigo, te quiero.

—Voy, espérame.

—¡Te vas con él! —le gritaban el resto de demonios— ¡Eres una traidora!

—Me ha dicho que me quiere —les decía Esperanza mientras acudía a la llamada de mi yo futuro.

—Vente Esperanza, nos vamos de aquí —le dijo mi yo futuro—. ¡Y vosotros mirad bien la cara de ese niño! —dijo interpelando al resto de la corte de demonios—. Porque esa cara será la última cara que veáis cuando él mismo selle las puertas del abismo para la eternidad en el final del tiempo.

—¿Qué está pasando? —pregunté el arconte.

—Te has ido con Esperanza.

—¡He salido del infierno!

—Sí.

—Nos vamos de aquí ya se ha ido todo el mundo —dijo el arconte.

El arconte y yo volvimos a la habitación. Estaba pensando todo lo que había ocurrido. Por algún motivo estaba algo decepcionado. ¡Sólo pude salvar a una persona del infierno! Y eso que decían que yo era el salvador, pues qué clase de salvador era... Para mí que tenía que haber arrastrado a la mitad del infierno para fuera.

—¡Sólo he podido rescatar a una persona! —le dije decepcionado al arconte en cuanto llegamos a mi habitación.

—Sí, sólo Esperanza ha salido contigo.

—¡Y no estaba mi madre en el momento de la muerte! ¡Qué desastre! ¡No me ha gustado, la verdad!

—No le guardas rencor a tu madre; pero no consientes que no haya visto a tu abuela, a su madre antes de morir.

—No me gusta mi futuro, cuántas cosas más extrañas pasarán. ¿Tanto cambiará este mundo y mi vida?

—El mundo no cambiará tanto, es sólo que no lo conoces —respondió el arconte.

—¿Y quién es ese incognoscible del que tanto habláis?

—Es tu Dios.

—Mi Dios... Pues no sé quién es mi Dios... La verdad... Habláis de cosas que no entiendo.

—Dime una cosa, ¿te sigues acordando que viajamos en el tiempo? —me preguntó el arconte.

—Sí, sí me sigo acordando —contesté.

—Esta noche han ocurrido muchas cosas, es mejor que me retire, estoy convocado para pensar lo que vamos a hacer en el futuro.

—Pensáis cambiar más el futuro… Seguro… Siempre hacéis lo mismo…

—Ya veremos lo que hacemos, mañana te lo diré.

—De acuerdo, hasta mañana.

Así me despedí de aquella noche tan asombrosa. En aquel tiempo no me daba cuenta de la trascendencia de todo lo que acababa de vivir. Con el tiempo lo he comprendido. Mientras que la religión nos ha enseñado que del infierno no se puede salir quitándonos las esperanzas, del infierno sí se puede salir. Esta fue la lección más importante de aquella noche. De todas formas, ¿no dicen que Jesucristo descendió a los infiernos y después resucitó? A Jesucristo lo llamaban El Hijo del Hombre, nunca nadie ha sabido por qué se le dio ese título, quizá por ser un prototipo de los hombres.

Pude comprender por qué el arconte me decía que la Iglesia Católico había sido un aliado importantísimo para ellos. No comprendía como una institución que anunciaba a Jesucristo, el máximo de la bondad humana podía ser su aliado. Si propagaba esa doctrina de que las llamas del infierno eran eternas y no se podía salir de ahí quitando la esperanza a los desgraciados que caían en la oscuridad de la muerte, entonces sí tenía sentido lo que el arconte me contaba.

Daba lo mismo que sólo hubiera rescatado a una persona, a Esperanza. Esperanza se convertía en todo un símbolo para el resto de seres humanos caídos en la mentira de esta tela de araña. Pronto el infierno se podía empezar a vaciar.

CAPÍTULO XVII MUNDOS ALTERNOS

Allí estaba mi maestro Francisco, mirándome. Mirándome fijamente, muy fijamente. Y allí estaba yo, enfrente de él, en su despacho, no sabiendo dónde esconderme porque creía que ya le había contado demasiado. Aunque su mirada de "pasmao" también podía ser aquella de alguien que está pensando "este tío se está quedando conmigo" o "me está vendiendo la moto"; pero como decía mi abuela: "Pájaro viejo no entra en jaula" y no creía que Francisco, un sacerdote con tantos años de experiencia no pudiera intuir quién le estaba mintiendo y quién no. De todas formas, podría tratarme por un loco, por un majara venido a menos o pasado de rosca, ya sabes, esas roscas que por más vueltas que le des ni abren ni cierran y nunca llegarás a ningún sitio con ellas. Al final terminas agujereando el tapón con un cuchillo o destornillador o lo primero que tengas a mano; pero, en definitiva, no creo que me tratara por un mentiroso. Y eso que todavía no le había contado lo peor, es más, no creía en ese momento que debiera contárselo.

—Entonces… Según dices… Sólo pudo sacar a Esperanza del infierno… Esperanza, que nombre más simbólico. Quizá esa mujer estaba destinada para ese momento, que fuera la Esperanza de todos nosotros —dijo Francisco después de un buen rato de silencio.

—No lo sé, es posible. El caso que es que sólo pude rescatar a una persona.

—Una, pero puede ser más que suficiente, por una se empieza. ¿Has conocido ya a Esperanza?

—No, no he conocido ni he estado con ninguna mujer que se llame Esperanza. ¿Estás creyéndome de verdad todo lo que te estoy contado Francisco?

—¿Por qué no? ¿Quién se iba a inventar algo así? Hay que tener desde luego mucha imaginación. Es un relato tan, tan increíble que puede ser real perfectamente.

—Bueno tú eres un sacerdote católico, la doctrina oficial de la Iglesia dice que la gente no puede salir del infierno.

—Una cosa es lo que diga la doctrina y otra la realidad, lo que dices no tiene por qué no ser real.

—Entiendo.

—Bueno como dices el arconte te dejó esa noche, dijo que tenía que reunirse con sus amigos o resto de demonios y decidir qué iban a hacer. ¿Conseguiste saber algo?

—Bueno... Conseguí saber algo sí... El caso es que el visitante nocturno no me visitó muchas noches más, aunque a la noche siguiente no faltó a su cita y sí, sí me contó algo de lo que habían decidido.

El arconte se presentó como de costumbre a la noche siguiente en mi habitación. Como siempre lo escuché llegar por el pasillo de mi casa por el roce de las ropas y su andar pausado. Siempre con la vela en la mano.

—Ya estás aquí —dije cerrando la puerta—. ¿Hay alguna noticia?

—Hay muchas noticias, han ocurrido muchas cosas.

—¿Cómo qué?

—Hemos decidido cambiar tu mundo, volver al pasado y cambiar muchas cosas que no estaban funcionando bien. ¿Te acuerdas que viajamos al futuro?

—Sí, claro.

—Por eso hemos cambiado muchas cosas, no deberías recordarlo.

—Suponía que ibais a ir al pasado, no dejáis de hacer lo mismo constantemente. ¿Y ahora ya os salen bien las cosas?

—No, tenías razón, cada vez que vamos al pasado y cambiamos algo es para peor. Te damos más poder. No nos estabas engañando cuando nos lo decías.

—¿Y qué habéis cambiado? Ayer estaba en Francia, era un general francés y de repente me llevaste al momento de mi muerte en Estados Unidos. ¿Qué pasó durante todo ese tiempo?

—Sí en ese mundo sí fuiste un general francés; pero después te fuiste a Estados Unidos para cumplir con tu destino y formar a los Hijos de Cortés y Pizarro allí. Los franceses no querían que te fueras; pero les dijiste que tenías que seguir tu destino.

—¿Y en esos nuevos mundos alternos que me habéis preparado que soy francés, norteamericano o qué soy?

—No, ya no irás a Estados Unidos, ni a Francia.

—¿Entonces qué pasa con los Hijos de Cortés y Pizarro?

—Los has formado en España.

—En España…

—¿Cómo sé que me estás cambiando el futuro? No sé, habéis hecho tantos cambios que ya no tengo ninguna referencia.

—Lo sabrás, ocurrirán cosas por lo que lo sabrás.

—¿Cómo qué? Ponme un ejemplo.

El arconte se quedó un tiempo callado pensando. Probablemente sabía muchos momentos; pero seguro que estaba buscando alguno por el que no me diera las suficientes pistas o sólo las pistas que a aquellos demonios les convenía.

—En una ocasión bajando un puerto de montaña con el coche estarás bajando y bajando sin llegar al final nunca.

—¿Cómo es eso?

—En un punto cuando estés cerca de finalizar el recorrido volverás a lo alto del puerto, así tres o cuatro veces consecutivas.

—Pues qué aventura más interesante, qué de cosas magníficas que me ocurrirán en el futuro.

—En ese momento para ti no será muy agradable, no sabrás qué está pasando y llegarás a tener miedo.

—Curioso… Y así sabré que el tiempo se está alterando…

—Será una de las señales.

—Pero supongo que habrá cosas que sucederán en todos los mundos alternativos que habéis estado preparando.

—Sí, hay cosas que no cambiarán.

—Dime alguna —dije con interés—. Cualquier cosa por simple que sea… Algún acontecimiento que ocurrirá. Por ejemplo… Quisiera saber si España ganará alguna vez un mundial de fútbol.

—Sí, ganará no uno sino muchos mundiales de fútbol, eso es algo que no cambia en ningún mundo futuro. Será la selección que más títulos mundiales gane de ese deporte; pero sólo ganará uno como España.

—¿Cómo que sólo ganará uno como España? ¿Eso qué significa?

—España se unirá con Portugal y se convertirá en una República Ibérica.

—¿Y yo aprobaré eso?

—Tú impulsarás esa unión. La selección ibérica será la que gane más mundiales de fútbol.

—¿Por delante de Brasil?

—Por delante de Brasil. Hasta que tú no les digas como hacerlo España no ganará ningún mundial.

—¿Qué yo les diré cómo deben hacerlo? ¿También entenderé de fútbol? Vaya por lo que se ve yo lo haré todo y sabré de todo. Acabaré con ETA, le diré a la selección española cómo debe de ganar los mundiales de fútbol… ¿Pero no decías que Cataluña se independizaba? Quiere decir que España no existirá…

—En muchos mundos alternativos se independiza; pero en todos termina volviéndose a unir con España y con la República Ibérica.

—¿Y los vascos?

—No se independizan en ninguno.

—Me parece lógico, son más españoles que la tortilla de patatas.

—En muchos mundos el vasco es el idioma oficial de la República Ibérica.

—¿Cómo? Explícame eso. Me imagino que, si hay unión entre España y Portugal, algo que a mí ahora me parece estupendo, el idioma sería el castellano que es el predominante en la península.

—No está claro que sea el castellano. Como no querían que ningún idioma se impusiera al otro se ha decidido que sea el oficial el vasco por ser el único idioma ibérico original.

—Vaya… El vasco idioma oficial… ¿Y yo hablaré vasco?

—Sabrás cosas del vasco; pero no del todo.

—Pues va a ser difícil que todo el mundo aprenda vasco…

—Será complicado sí. En principio sólo será el lenguaje de la administración. Tendrá muchas ventajas.

—¿Ventajas? ¿Por qué?

—El resto de los países no tienen expertos en vasco y eso jugará a favor de la República Ibérica, será más difícil para ellos el espionaje.

—Bueno, me imagino que en el futuro habrá todo tipo de aparatos electrónicos para superar esas cosas.

—Sí los hay; pero muchas veces no son suficientes.

—Sí, es cierto, al no tener raíz latina es más difícil de aprender que otros idiomas. O sea que por lo que me dices la propia España terminará hablando vasco, mientras que América sigue y adopta el castellano, porque en América el castellano es el predominante.

—Así es, en América el castellano es el predominante y con la creación de Los Hijos del Cortés y Pizarro será el idioma que domine. Los Hijos de Cortés y Pizarro rezan en castellano. El idioma se mantendrá por los tiempos.

—Será como el latín, que nunca desparecerá.

—Sí, algo así, nunca desaparecerá, siempre será estudiado y hablado, aunque no haga falta.

—¿Cuál será la capital de esa República Ibérica Madrid o Lisboa?

—Ninguna de las dos, será Toledo.

—Toledo… Qué curioso… Supongo que decidirían Toledo por lo mismo, para que no se impusiera ninguna de las dos: ni Madrid ni Lisboa.

—Así es.

—Dime más cosas del futuro que no cambiarán, por ejemplo, ¿quién será la próxima potencia mundial después de Estados Unidos?

—Será China.

—Los chinos… No es nada extraño, son muchos. Entonces, ¿será la raza predominante la amarilla?

—En número sí, será la raza amarilla y la árabe.

—¡Los moros!

—Sí.

—¿O sea que el mundo será de los chinos y de los moros? ¿Y qué pasará con la raza blanca?

—La raza blanca está llamada a extinguirse. Serán muy pocos y se diluirá.

—¿Por qué?

—No nacen hijos.

—¿Cómo que no nacen hijos? ¿Qué pasa en el futuro para que los blancos no tengan hijos?

—Es algo que no puedo decírtelo, quizá te lo diga el General Romero cuando venga a verte.

—Entonces, si la raza blanca desaparece... Qué será de España...

En este punto el arconte guardó silencio, no quiso contestarme. Es por ello que supe inmediatamente que algo me estaba ocultando, lo presentía, algo me ocultaba del futuro de España que no quería que supiera.

—¿Lucifer quiere exterminarnos verdad? Escuché cómo decía que se nos atacara y que se atacara nuestras tradiciones —dije después de un rato de silencio pesando qué me podía estar escondiendo.

—No puedo decirte nada más. España se endeudará mucho y no podrás hacer nada por evitarlo.

—Eso pasará de verdad o es lo que quieres que pase porque te lo han ordenado...

—Las dos cosas: me lo han ordenado y quiero que pase.

—Y yo no podré hacer nada... No te creo. El mundo será de los chinos y de los moros... —dije pensativo.

—Si no te gusta el futuro de la raza humana no merece la pena que luches por ella...

—Es la raza humana, me da igual si la humanidad sigue adelante independientemente de quienes sean las razas dominantes.

Lo que me parece muy extraño es que la raza blanca desaparezca, eso me desconcierta.

El arconte permaneció callado. Hizo de nuevo uno de sus silencios, esos silencios que me sacaban fuera de juego y me hacían desconfiar de él; porque sabía que algo estaba ocultando. Una verdad, una mentira o simplemente una verdad a medias que tenía que convertirse en mentira, en confusión. Mi mente buscaba cómo hallar la forma de truncar los plantes de aquel demonio. ¿Cómo influían en las personas? ¿Cómo conseguían conectar con ellas esos seres invisibles? Invisibles sólo cuando ellos querían, claro

—Por cierto, ¿cómo demonios influís en las personas? —nunca mejor dicho lo de demonios— ¿Cómo lo hacéis?

—Con la mente.

—Pues no lo entiendo.

—Ya te lo dije, le sugerimos ideas en la mente.

—Les sugerís ideas en la mente y la gente os obedece, ¿es eso?

—No siempre. Podemos dominar a una persona sin que ella se dé cuenta.

—Y lo de las posesiones… ¿Cómo lo hacéis?

—Eso nos permite disfrutar de los sabores, de los olores de nuevo. No siempre lo hacemos, también aprovechamos para crear confusión. Lo hacemos, pero de forma inteligente, no podemos dar pistas sobre quiénes somos. Podemos materializarnos cuando queramos.

—¿No podéis dar pistas de quiénes sois? ¿Quiénes sois? ¿Es que no sois demonios?

—Nos llaman de diferentes formas según qué las culturas. Nosotros vinimos del espacio. Nos han llamado arcontes, djinns… Hay muchos nombres.

—Y también demonios —dije sin dejarle de terminar la frase—. ¿Cómo es que venís del espacio? Yo creía que eráis las personas que morían e iban al infierno…

—Entre nosotros hay seres de todas las especies de este universo.

—De este universo… ¿Quieres decir que hay más universos…?

—Sí, hay más, infinitos universos más, aunque no todos soportan este tipo de vida, no podemos ir a todos.

—Entonces, si vosotros venís del espacio, ¿quién es Lucifer? El Ángel caído, quién es… ¿Qué pasó para que cayera y se convirtiera en lo que es?

—Fue el primer ser que mató a otro en su mundo, así inauguró la muerte, las diferentes dimensiones. Él se dio cuenta que mediante la fuerza podía dominar al resto.

—¿En su mundo? Quieres decir que no fue humano.

—Nunca ha sido humano.

—¿Sabes? Mi yo futuro, cuando estuvimos ayer en la reunión te dijo que no debías contarme tantas cosas. Me dices muchas cosas, unas las comprendo, otras no, no llego a tanto. Por qué lo haces…

—Quiero que vengas con nosotros. Tengo la esperanza de que lo harás y te convertirás en nuestro líder.

—Pero… Si me has visto morir… Y ya sabes las decisiones que tomaré en el futuro.

—No estoy arriesgando tanto como crees, en el futuro lo olvidarás todo o casi todo.

—¿Cómo que lo olvidaré todo? Explícate.

—Te invitarán a una fiesta y te drogarán, lo olvidarás todo.

—Me drogarán… ¿Eso también lo habéis provocado vosotros?

—Sí.

—Tendré que estar alerta.

—No podrás hacer nada, no te darás cuenta. Además, tu yo futuro también te protege y te hace olvidar cosas para recordarlas cuando a él le conviene.

—Me fío más de mi yo futuro que de vosotros. Dime más cosas que van a pasar en el futuro sí o sí, que reconozca que me estás diciendo la verdad.

—En el futuro los homosexuales podrán adoptar niños.

—¿Cómo dices? ¿Los maricas adoptando niños? ¿Pero qué locura es esa? Eso sí que no me lo creo, ¿es que se ha vuelto loca España? ¿Para qué se los dan, para que los violen?

—Tampoco podrás hacer nada, los homosexuales en el futuro serán un grupo de poder muy fuerte, tendrán mucha influencia en la sociedad.

—No me preocupan los maricas, no creo que los españoles se hayan vuelto tan locos en el futuro. Aunque, pensándolo bien, ahora comprendo por qué Lucifer quiere acabar con nuestras tradiciones, para meternos degeneración en las costumbres.

—Es sólo una pequeña parte de todo lo que tenemos preparado para España.

—Sí, pero cómo lo hacéis… No me lo explico… Influyendo en las personas psicológicamente; pero cómo… Los españoles somos casi cuarenta millones, cómo se puede influir en una población tan grande…

—Existen formas que quizá ahora no comprendas o sepas.

Y el arconte guardó otro de sus silencios a los que ya me tenía más que acostumbrado cuando no quería darme pistas y se pensaba mucho su respuesta, quizá demasiado. Sabía que me escondía muchas cosas y que probablemente me contaba verdades a medias lo que equivalía a una mentira.

—Dime una cosa —dije volviendo a la carga—. ¿Cuándo vais a dejar de ir al pasado y de cambiar el futuro?

—¿En cuál mundo quieres que te dejemos? —preguntó el arconte.

—Me da igual, en el que vosotros queráis; pero dejadme en uno ya. Creo que ya es suficiente.

—Sí, ya es suficiente. Nosotros también hemos pensado lo mismo. Hablaré para que te dejemos en uno.

—¿Entonces no vais a atacarme más?

—No he dicho que no te atacaremos, sino que te dejaremos en uno. En ese seguiremos combatiendo.

—¿En ese seguiremos combatiendo? ¿Y cómo se combate contra seres de otra dimensión? ¿Cómo se combate contra vosotros y contra los extraterrestres? ¿Los extraterrestres os ven a vosotros? ¿Tienen tecnología para veros?

—Sí, los que tú llamas extraterrestres manejan diferentes dimensiones. Viajar en el espacio es ir cambiando de dimensiones y jugar con el tiempo.

—¡Dios mío! ¡Cómo se lucha contra eso!

—Tú dirás que mediante la oración.

—¡La oración! ¿Qué puede hacer la oración? Ahora pienso que para luchar contra esos seres y dejar de ser una granja tenemos que conseguir más tecnología… No sé… Cañones más potentes que los de ellos, naves más poderosas… ¡La oración! ¡Qué puede hacer la oración!

—Este mundo es sólo un espejo, un holograma.

—¿Un holograma? ¿Qué es eso exactamente? ¿Qué quieres decirme?

—Algo que no es real. Como si fuera un juego electrónico que alguien está dominando desde el exterior. Nosotros somos los muñecos que estamos programados con códigos genéticos. Estamos dentro de un gran ordenador.

—¿Y dónde está ese gran ordenador para apagarlo y ser libres?

—Nosotros no queremos apagarlo, nos gusta este mundo y queremos dominarlo.

—¿Y quién maneja ese gran ordenador?

—Lucifer en última instancia maneja todos los ordenadores, él es el Dios de este mundo y de la materia. El creó con su conciencia todo lo que existe.

—¡Lucifer no maneja nada! —dije gritando y contrariado— ¡Dios es el único creador, me estás engañando!

—No te estoy engañando, te estoy diciendo la verdad. Si amas al creador de este mundo ven con nosotros.

—No te creo.

—Tarde o temprano sabrás que no te miento.

—¿Cuántos ordenadores de esos hay que fabrican hologramas? ¿Es Lucifer quién maneja este universo con ese ordenador? ¿Porque has dicho en última instancia? ¿Quién hay por medio?

—Eres inteligente… Sí hay un ordenador central que maneja este universo.

—¿Dónde está ese ordenador?

—Si te vienes con nosotros lo sabrás.

—Si no me lo dices lo terminarán sabiendo Los Hijos de Cortés y Pizarro en el futuro.

—Sí… Lo sabrán —afirmó el arconte dudando al principio si podía decirlo.

—Está bien, esperaré, no me importa, que lo descubran ellos. Dime más cosas que haré en el futuro… Alguna cosa que deba saber más…

—No muchas más. Quizá… Algún detalle.

—¿Qué detalle? Dímelo.

—Curarás a una persona de cáncer, una cantante.

—Curaré a una persona de cáncer y será una cantante… ¿Y eso te parece sólo un detalle? Pues a mí me parece bastante importante. Ya me has dicho tantas cosas que haré en el futuro que no me sorprende nada de lo que me digas. Bueno, dime cómo la curaré.

—Con la palabra.

—Con la palabra… Cómo Jesús, dices, haré milagros.

—Sí, como Jesús.

—Pero si dices que Jesucristo no existió…

—Como el Jesús que tú tienes en mente, el Jesús de los evangelios —repuso el arconte.

—Ya, y cómo se supone que haré eso.

—Cuando seas mayor tendrás ese poder.

—¿Y entre los Hijos de Cortés y Pizarro también habrá gente que tenga ese poder?

—En el futuro muchos tendrán el poder de la curación, el poder que nace del centro de la Galaxia hará que a muchas personas se le despierten poderes de ese tipo.

—O sea que en el futuro habrá muchos santos.

—Sí, en el futuro habrá muchos santos como tú dices. No iremos más al pasado —dijo cambiando la conversación el arconte—. Te lo puedo asegurar ya. Sólo nos salió bien la bancarrota de aquel banco, después todo ha sido un fracaso tras otro y lo único que hemos hecho es darte más poder. La puerta del pasado permanecerá cerrada para nosotros, no volveremos a abrirla.

—Menos mal, ya era hora. Estaba ya algo cansado de ese juego —apunté.

En este punto de mi relato quiero hacer un corte. Hasta aquí todo se lo estaba contando a mi maestro Francisco. Lo que a continuación voy a relatar jamás se lo he contado a nadie y creo que es hora que empiece con mi relato para que todos los acontecimientos que ocurrieron en aquellos días no queden en el olvido.

Los acontecimientos que sucedieron a continuación son de enorme relevancia ya que nadie creo que haya hablado nunca con su yo futuro. La razón por la que no se lo relaté a mi maestro en aquel entonces es simplemente porque no me acordaba. Sabía que había pasado algo más, lo intuía; pero como me dijo el propio General Romero me acordaría en el momento oportuno, cuando fuera necesario. Y llegó el momento de acordarme de todo lo que pasó en aquella ocasión, por este motivo también supe que había llegado el momento de escribir estas líneas y dar a conocer todo lo sucedido. Alguien me puede reprochar que algo tan importante debía de haberlo dado a conocer antes. Y puedo decir: ¿Quién me iba a creer? ¿De qué iba a servir? ¿Quizá para que me trataran de loco? Ahora, viéndolo desde el futuro se hizo bien en hacerme olvidar gran parte de todo lo sucedido, no me hubiera servido de nada, tan sólo para mi tortura. Ahora sí veo que es el momento, ya han pasado unos cuantos años desde aquel doce del doce del año dos mi doce, nos hemos adentrado los suficiente en otra era y el plasma del centro de la galaxia nos está iluminando cada vez más. Yo también noto que la gente poco a poco es más espiritual y los niños que nazcan ahora no tendrán nada que ver con nosotros, ya que estarán iluminados con una fuerza especial y poderosa que conectará con su genética y activará todo su potencial psíquico y espiritual. Los poderes que yo

243

tenía de pequeño y que no llegué a educarlos, serán poca cosa comparado con los poderes que los niños que nazcan a partir de estos tiempos tendrán.

A partir de lo que voy a contar ahora no se lo dije a mi maestro y es la primera vez que lo relato, más adelante diré cómo terminó toda esta historia y qué es lo último que mi maestro Francisco pudo conocer a través de mí.

—Ha llegado la hora, debo de irme —dijo de repente el arconte.

—¿Qué ha pasado? ¿A dónde vas?

—Viene él.

—¿Quién?

—El Capitán General Romero.

—¿Mi yo futuro viene a verme ya?

—Sí. Ahora debo retirarme.

—Está bien.

CAPÍTULO XVIII EL CAPITÁN GENERAL ROMERO

El arconte se fue y desapareció por el pasillo con su característico andar y yo me quedé allí, esperando. Esperando a mi propio yo futuro, al General Romero. Por fin podría hablar con él. Por fin podría hablar con alguien que me aclarara todo lo que me había contado el arconte. Ahora sabría qué era verdad y qué era mentira. Puedo decir que la espera fue muy intensa. ¿Cómo sería yo de mayor? ¿Me habría convertido en un monstruo como el arconte? Ahora, después de tantos años recuerdo aquellos momentos de incertidumbre como los más intensos y los que más me han impresionado.

De pronto por el pasillo de mi casa sentí unos pasos; pero no eran los del arconte, era un andar más normal, un poco más rápido, más seguro. La puerta se abrió y ante mí apareció un hombre de unos sesenta años, de pelo cano, alto, grande y bien formado, vestido de forma rigurosa con un uniforme negro y botas militares... ¡Dios mío era yo! Era yo, con más edad; pero era yo, me reconocía perfectamente tanto en el físico como mi propio espíritu me decía que era yo mismo. ¿Cómo podía estar pasando eso? En cuanto entró nos miramos buscándonos y nos reconocimos. El General Romero fue el primero que habló.

—Hola. ¿Cómo estás?

—¡Eres tú... Digo yo! —dije sin poder contener el entusiasmo.

—Sí, soy yo, es decir, tú mismo.

—Pero, ¿cómo puede ser posible?

—Es posible.

—¡No me lo puedo creer que me esté pasando esto!

—Lo sé, pero es mejor que empieces a creértelo. De todas maneras, no te preocupes, te haremos olvidar.

—¿Qué…? ¿Me vais hacer olvidar? ¿Por qué?

—Son demasiadas cosas para un niño de doce años, lo único que harían tantos recuerdos serían torturarte. El arconte te ha contado muchas cosas que no deberías saber. Ahora me toca a mí aclarártelas y decirte lo que vamos a hacer. Pero no te preocupes en el momento adecuado te haremos recordarlo todo.

—Hablas en plural.

—Sí, tengo a mis oficiales que me acompañan en la toma de decisiones y otras personas que todavía no conoces.

—Pero tú… Tú ya has muerto.

—Bueno, no he muerto, nadie muere nunca. Simplemente pasamos de una vida a otra.

—¿Y Esperanza, la mujer que sacaste del infierno, cómo está?

—Feliz, muy feliz. Sabía que preguntarías por ella.

El General Romero se sentó en la cama al lado de la ventana y miró a través de ella las luces de la ciudad. Se quedó en silencio, me acerqué y pude ver que alguna lágrima estaba empezando a recorrer su mejilla.

—¿Por qué lloras? —pregunté.

—Lloro de verte. De estar otra vez aquí en el pasado. De volver a mirar a través de esta ventana. Eres realmente hermoso Romero y no lo sabes.

—Sí, eso me dijiste cuando pasaste por el infierno, me quedé extrañado, no sé qué significa o cómo me puede ayudar.

—En su momento te ayudará, no te preocupes. Ven siéntate a mi lado, tenemos que hablar.

Me senté a su lado, lo miraba estupefacto, la verdad es que aquel General era todo lo que deseaba ser. No me podía imaginar en aquel momento un destino diferente. Permanecí callado, dejando que el General observara y se deleitara de ver la ciudad Madrid de noche una vez más, como cuando él seguro la había visto muchos años atrás.

—Dime que te ha contado el arconte —me preguntó después de la pausa.

—¡Puf! ¡Muchas cosas! ¡Y no sé si todo lo que me ha contado es verdad! ¡Que de mayor sería un monstruo, que sería calvo, que tendría escamas en la cara, que existen robots genéticos! Me ha contado un montón de cosas… Muchas cosas que no sé si creérmelas; pero ya estás tú aquí para decirme la verdad…

—Te ha liado mucho, lo que imaginaba y te ha contado muchas verdades a medias, es decir, muchas mentiras. Pero bueno, aquí estoy como dices para aclarar lo que haga falta. Lo primero, como ves no soy ningún monstruo. Salí del infierno, salí de la trampa que esos demonios nos preparan después de la muerte.

—No quisiste que te viera, de eso me acuerdo.

—Porque no estás preparado. Ahí sí me hubieras visto deformado, me hubieras visto con nuestro pecado. Todos llevamos un pecado, una cruz digámoslo así. Cuando falleces todos nos convertimos en esos seres e intentan culpabilizarnos.

—Es decir, todos vamos al infierno, todos pasamos por él.

—Casi todo el mundo. Hay gente que se ha saltado ese paso; pero contados. Mira que incluso en los Evangelios hasta el mismo Jesucristo está tres días en el infierno.

—¡Esa es otra, me dijo que Jesucristo no existía, que era un zelota!

—En eso tenía razón, Jesucristo es un personaje mítico; pero los evangelios nos sirven igualmente para multitud de enseñanzas.

—¿De verdad que Jesucristo es tan sólo un mito?

—Sí. Tal y como te lo han inculcado a ti en la escuela sí. Son cosas que estudiarás y sabrás de una forma mucho más segura cuando seas mayor.

—¡Jolines! Me dejas frío… También me dijo que los seres humanos habíamos nacido en un laboratorio.

—También te dijo la verdad. Nacimos en un laboratorio.

—Entonces todo eso de Darwin y que venimos del mono…

—Pues como creo que ya te ha dicho Hitler es sólo pura ciencia ficción. Un cuento interesado. Bueno, algunos sí que vienen del mono de lo bestias que son; pero los seres humanos no evolucionamos de un mono, nos hicieron evolucionar en un laboratorio.

—¡Sabes que he hablado con Hitler! Pues sí, todo lo que me enseñan en la escuela es ciencia ficción no sé por qué tengo que ir a ella.

—Es muy necesario que sigas yendo a la escuela. Aunque lo que te enseñen no sea en muchas ocasiones acorde a la verdad de este mundo el esfuerzo, la disciplina y el estudio te ayudarán. Además, en este mundo si no tienes títulos no puedes demostrar nada.

—¿Y por qué todos vamos al infierno? ¿Por qué todos tenemos que pasar por ahí? Parece que Dios es muy cruel con nosotros.

—Son cosas difíciles de explicar para un niño, incluso para mí contigo. Pero te las tengo que explicar porque algún día… Algún día, escribirás sobre todo lo que te estoy contando y es muy necesario que lo hagas para que los seres humanos puedan ser por fin libres. A ver… Cómo empezar…

—Te escucho —dije muy interesado en su explicación y expectante ante sus aclaraciones.

—Bien… Los seres humanos hemos sido los últimos que hemos llegado a este universo. Antes de nosotros ha habido millones de razas avanzadas. En este mundo todo se come a sí mismo, nosotros… Los seres humanos… Nacimos como un alimento, como un recurso más de otras civilizaciones mucho más avanzadas que la nuestra y estamos además en una dimensión inferior a ellos. Todo lo que vemos desde esta dimensión, es sólo un reflejo de lo que hay en otras dimensiones. Es como… Es, como te diría… Los seres humanos somos como peces en una fuente, en una gran fuente, digamos una piscifactoría. Los peces ven el reflejo del mundo exterior a través del agua si miran hacia arriba, intuyen que hay algo superior a ellos; pero que no pueden comprender, sólo pueden filosofar o hacer conjeturas sobre lo que hay más allá a partir de los reflejos que reciben a través del agua. Cómo explicarle a un pez que vive en una fuente cosas del mundo de los seres humanos… Cómo explicarle a ese pez lo que es un coche, una tarjeta de crédito, la medicina, la electrónica o un ordenador… ¿Cómo explicarle a ese pez por qué están allí y cuál es el objeto? En esa posición estamos nosotros. Estos seres mucho más avanzados que nosotros que nos han creado como uno de sus recursos, no sólo manejan la genética, sino también manejan esas otras dimensiones a las que vamos cuando morimos. Esos seres, que son inmortales y que en otros tiempos llamábamos dioses y que a nosotros nos han hecho mortales y nos han dado un periodo corto de vida. Un periodo tan corto que cuando empezamos a aprender somos ya viejos y morimos y nos tenemos que marchar. Antes de morir nos han enseñado la religión, da lo mismo, cualquier religión, en la que nos han inculcado una serie de creencias. Cuando morimos nos culpabilizan por el pecado y las creencias que hemos desarrollado en vida. Ellos, esos seres interdimensionales son los que nos han dado la religión, ellos son los constructores de las religiones. Es entonces que nuestra conciencia queda atrapada en esas dimensiones y en muchas ocasiones las personas vuelven aquí pensando que les ha quedado cosas por hacer. De alguna forma, nos cosechan como al trigo, cuando llega la siega de almas quieren recoger su alimento. Las almas mueren y se reencarnan en un ciclo sin fin atrapadas por la mentira, por la falta de conocimiento y por lo que han creído en vida. Atrapadas por la superstición. La muerte es sólo una trampa, un juego diseñado para someter nuestra conciencia a través de lo desconocido, la muerte, el dolor y la superstición que significan las religiones. Lucifer quiere que lo amemos y nos arrodillemos ante él a través del dolor.

—¿Y cómo puede querer alguien a un ser que le hace sufrir siempre?

—Pues en muchas ocasiones lo consigue, los seres humanos cuanto más sufrimos más nos agarramos a ese creador y más nos arrodillamos pidiéndole.

—Ahora entiendo un poco mejor; pero el pecado existe, es decir, las personas a veces nos comportamos mal y de alguna forma debemos de pagar por ello.

—Sí, claro, el pecado existe y el mal también existe, por supuesto. En este mundo se libra una guerra esencial entre el bien y el mal. Pero ten en cuenta que vienes a un mundo en donde todo se come a sí mismo, a donde para sobrevivir tienes que eliminar a otros seres vivos. Que vives en una continua competición desde que te levantas hasta que te acuestas para poder sobrevivir. Compites con otros seres vivos por la supervivencia y tienen que morir para alimentarte y compites también con otros seres humanos para hacerte un hueco en la granja. Vivimos en una dimensión muy baja. Esta misma vida te lleva al pecado, la genética con la que estamos construidos nos lleva al pecado porque nos empuja a tener que sobrevivir, esta es la trampa. Por eso al final, todos pasamos por el infierno, todos pasamos por esas densidades o dimensiones tan bajas donde se evidencia nuestro pecado. Pero lo importante es la elección que tú tomes. Nadie, absolutamente nadie puede manejar tu conciencia si tú no quieres. Si alguien opta por el bien de forma firme nada ni nadie puede atraparlo ni obligarle. Lo único que pueden hacer es intentar mentirte, que caigas en el engaño, amenazarte... Usar mil trucos de magia y psicológicos; pero nadie puede subyugarte ni obligarte. Su estrategia para mantenernos como una granja está basado sólo en una mentira.

—Empiezo a entender. Nadie puede obligar tu conciencia —repetía—, nadie puede hacer que elijas otras cosas a lo que quieres. Pero hay algo que no entiendo todavía. Si esos extraterrestres son tan poderosos y han sido nuestros dioses. Por qué simplemente no nos invaden... Por qué no vienen nos vencen en una guerra y nos esclavizan. ¿No sería mucho más fácil para ellos?

—Vale, es una pregunta muy lógica. Volvamos a la piscifactoría. Para qué quiere un humano invadir el espacio físico de los peces que tiene en la fuente o en la piscina... Primero no puede, los peces están en otro medio que él no puede invadir. No serviría de nada. Segundo, los peces para que estén ricos y haya paz en la granja no deben de saber su destino, simplemente se deben de quedar aletargados comiendo y que no piensen mucho ni sepan cuál es su futuro. Tercero, para dominarlos y que no lleguen a ser conscientes de sí mismos intentarían comunicarse con ellos. ¿Cómo? Con ciertos peces de la piscifactoría, con los que más destaquen para inculcarles leyendas, formas de conducta, religiones para que piensen que la piscifactoría es todo el mundo que existe y el que deben de conocer. Lo importante para los operarios de la piscifactoría es que los peces sigan siendo inconscientes de su destino. De esta forma, jamás querrán liberarse ni lucharán por hacerlo. Ni tampoco lucharán para que otros peces no se dejen engañar y puedan atraparlos.

—¿Sabes una cosa?

—Dime.

—Me siento muy bien hablando contigo. Creo que eres la persona con la que más a gusto me he sentido.

—No en vano soy tú mismo – me dijo sonriendo—. Entonces te repito, nadie puede retenerte. Nadie puede manejar tu conciencia si tú no quieres.

—¿Sabes lo que más me sorprendió de todo? Te digo, cuando el arconte me contaba las cosas que hacías en vida y cuando estabas en el infierno.

—Dime qué cosas.

—Pues la seguridad que mostrabas en tus decisiones. ¿Cómo podré estar tan seguro en el futuro de lo que debo de hacer?

—Ahora estás inseguro porque eres muy joven, cuando te conviertas en un hombre sí estarás seguro de las decisiones que debes de tomar.

—Pero sabes… Me pareció un poco pobre que sólo pudieras sacar a una persona del infierno. Si eres el salvador tendrías que haber sacado a la mitad por lo menos.

—Bueno, con una es suficiente, con Esperanza era suficiente. El infierno se vaciará, de hecho, ya está vacío, eso te lo puedo asegurar. Sólo quedarán aquellos que han elegido el mal. Lo mismo que nosotros hemos elegido el bien y preferimos ir eternamente al abismo antes que ver triunfar al mal, hay gente que ha escogido el mal y prefiere condenarse para siempre antes de ver al bien triunfar. Sólo esos se condenarán para siempre. El resto terminará saliendo y terminarán por sobreponerse al engaño de la muerte. Mucha gente que muere está sacando personas del infierno, mucha gente está siendo rescatada. Esperanza era tan sólo la primera. Los que nos crearon necesitaban la muerte, la superstición, la religión, la culpa, para condenarnos y que nuestras conciencias nos condenaran a nosotros mismos y así cosecharnos una y otra vez, una y otra vez, como el trigo. Y así se alimentaban de nuestra energía y de nuestras almas.

—Entonces dices que el cristianismo, el islam y el judaísmo son religiones fabricadas por los extraterrestres para someternos.

—Así es.

—Pero existe un Dios, un creador.

—Existe. Existe un creador de la materia que es el Ángel Caído, el padre de la mentira, que desea ser el único Dios y que todo el mundo se arrodille ante él.

—No lo entiendo, entonces, Dios… El bien… Qué es… ¡No lo comprendo! Si Dios es el Ángel Caído dónde está el bien…

—Vamos a ver si te lo explico… Antes de la caída sólo existía el espíritu, este mundo material no existía. Todos éramos dioses. No había ley porque la ley sólo existe para poner orden en el desorden, no había líderes, los dioses son anarquistas…

—Eso último no lo comprendo…

—Escucha lo que te digo, en el tiempo oportuno lo comprenderás, no hace falta que lo comprendas ahora. Hubo alguien que quería ser el único Dios...

—Que fue Lucifer que en su mundo fue el primero que mató a un semejante...

—Así es.

—Me lo dijo el arconte.

—Sí, en su mundo fue el primer traidor y el mundo conoció la muerte. Lucifer quiso ser el único dios y someter al resto. Creó la materia que es la luz, por eso él se hace llamar Lucifer. Este mundo sólo es una mala copia del mundo real, una copia hecha por un demente en donde se pretende someter nuestras conciencias mediante la muerte y el dolor. La materia es la muerte y a través de ella pretende dominar a todos, meternos en su mundo, en su sueño, este mundo es su ilusión fabricada con su conciencia. Es un combate a muerte. El mundo no será igual nunca después de la caída. Nosotros, tú y yo, pertenecemos a ese mundo del espíritu de donde hemos sido arrancados para participar en esta guerra, en este combate. Hemos venido a rescatar a esas almas perdidas que viven arrodilladas y suplican misericordia en este mundo de dolor y muerte. A ese mundo del espíritu también se le conoce como el Dios Incognoscible. Así es conocido por muchas tradiciones.

—Entonces dices que el Dios de la Biblia y del Corán es Lucifer...

—Así es, es Lucifer y también el de la Torá, el libro de los judíos. Lucifer el Padre de la Mentira y Dios de este mundo. A los arcontes se les ha llamado "Los Dominadores", los encargados invisibles de hacer que sigamos en esta prisión. Pero no te equivoques, es una prisión cuyos barrotes están hechos con la muerte, el dolor y con nuestra propia conciencia y nuestras creencias erróneas.

—Jolines… Nunca me lo había podido imaginar… Si no me lo hubieras dicho tú no lo creería. También me dijo el arconte que existe un ordenador central desde donde nos manejan.

—Así es. Existen universos infinitos, tantos como conciencias quieran crearlos. Este mundo está regido desde un gran núcleo u ordenador central. Los Hijos de Cortés y Pizarro se encargarán de ello en su momento.

—¿Y cómo se lucha contra ello? Me parece imposible.

—Con fe. Todo es posible con la fe. Con nuestra conciencia. Esta es una guerra por la conciencia y como decía la abuela "el querer es poder". En el final del tiempo, cuando llegue, nosotros sellaremos para siempre las puertas del abismo y esta guerra tendrá su fin definitivamente. Encerraremos para siempre a aquellos que han querido someter al resto y convertirse en dioses.

—¿Y qué será de la humanidad? ¿Cuál es su futuro?

—El futuro de la humanidad es magnífico, como no te lo puedes ni imaginar. Conquistaremos el universo, llegaremos a ser inmortales e iremos a otros universos paralelos a este, la materia no tendrá secretos para nosotros y en el momento final decidiremos volver al mundo espiritual para siempre, porque la humanidad ha elegido el bien. La humanidad debe de expandirse ya y conquistar nuevos territorios. Es una cuestión de pura supervivencia.

—¿Territorios dónde?

—Para empezar, debemos de dirigirnos hacía las Pléyades, esa es nuestra área de influencia. Muchos "extraterrestres que vienen de allí" somos nosotros mismos en el futuro. Viajar en el espacio es también viajar en el tiempo. Lord Marduk es el jefe de los extraterrestres aquí en la Tierra y luchará para que no nos expandamos. Para mantenernos ignorantes en esta granja y que nos sigan cosechando. Y por supuesto, que nos eliminemos a nosotros mismos degenerando nuestras costumbres y asesinando a nuestros hijos.

—Eso me dijo el arconte; pero que también no quieren matarnos a todos porque no quieren quedarse sin comida.

—Así es. Piensan que somos muchos pollos en la granja. Somos demasiados y quizá no puedan controlarnos. Así que no desean exterminarnos, sólo reducir nuestro número. Si nos exterminan se quedan sin su comida.

—El arconte me dijo también que los Hijos de Cortés y Pizarro querían exterminar a toda una especie.

—¿Y no te dijo el arconte que esa especie a la que llaman los grises son robots sin alma?

—No, eso no me lo dijo.

—Una verdad a medias más.

—Pues sí, una verdad a medias más. Y dime una cosa, ¿cómo harán para exterminar a los seres humanos que ellos consideran que sobramos?

—En el futuro mediante lo que se llama ingeniería social. Degenerando las costumbres y las tradiciones. Es decir, propaganda, leyes... Intentarán convencer a las mujeres que matar a sus hijos es un derecho, promoverán la homosexualidad y muchas otras deformaciones de la sexualidad...

—¡Eso me dijo el arconte que en el futuro los maricas tendrán mucho poder! —dije interrumpiéndolo.

—Así es, habrá grupos de influencia muy poderosos de homosexuales. Pero en el colmo de la degeneración moral cuando quieran que las mujeres paran hijos para ellos y comprarlos y venderlos las feministas más radicales se rebelarán contra esos planes. El mal en estado puro contra sí mismo debido a sus propias contradicciones.

—¡Qué degeneración! No me explico cómo el mundo aceptará eso.

—Eso lo hace la constante y machacona propaganda junto con las drogas. En el futuro, sobre todo el primer mundo estará inundado de drogas que serán manejadas por los propios gobiernos. Drogando a los más jóvenes más la propaganda continua al final moldearán muchas mentes a su conveniencia. Los jóvenes dejarán de escuchar a los padres pensando que ellos saben más y se regirán por las modas que les inculquen. Los adolescentes siempre son los más maleables e influenciables, adolescente significa que adolece de ciencia.

—¿En España también habrá muchas drogas manejadas por el gobierno?

—España será un camino para las drogas para el resto de Europa. Ten en cuenta que tenemos Gibraltar y Marruecos al lado. Los británicos manejan el mercado de la droga desde las Guerras del Opio con China, algunos bancos británicos nacieron sólo para lavar el dinero de la droga y lo siguen haciendo en sus paraísos fiscales. En España, por desgracia, la droga desaparecerá constantemente de las comisarías y ningún juez tendrá los suficientes reaños de aclarar nada. España sufrirá de manera muy especial por las drogas.

—Qué desgracia para España…

—Sí, España sufrirá mucho, no en vano Lucifer quiere exterminar a los españoles.

—Pero, ¿cómo va a hacer eso?

—De muchas maneras, en el pasado ya lo intentó con la invasión musulmana.

—¿Quieres decir que la invasión musulmana de la península ibérica fue provocada por él?

—Desde luego. Fueron al pasado e intentaron exterminarnos mediante los hijos de Alá. Sólo unos pocos españoles que consiguieron hacerse fuertes en el norte de España fue la semilla de lo que después hemos sido. Ya estuvo a punto de exterminarnos y lo volverá a intentar.

—En el pasado lo hizo con los musulmanes; pero en el futuro cómo lo hará…

—Lo hará mediante una ofensiva en todos los frentes. Querrá quitarnos la soberanía económica, endeudarnos hasta que no podamos pagar y después quitarnos empresas estratégicas para la nación como la luz, el petróleo, las comunicaciones. Después habrá también campañas para matar a nuestros niños mediante el aborto y la inmigración masiva. Vendrán inmigrantes a España de forma masiva, millones y millones para sustituir a la población española, principalmente vendrán negros y musulmanes.

—Los negros, eso es nuevo; pero otra vez los musulmanes, qué fijación con los moros…

—Es que su religión es ideal, nadie tiene capacidad para levantarse moralmente cuando se arrodilla cinco veces al día. Islam significa sumisión y ellos oran en una posición sexual de sometimiento.

—Pero hombre, oran a Dios.

—Claro que oran a Dios y ellos creen que están haciendo algo bueno, por supuesto; ahí está el engaño; pero esa posición que adoptan entra en su psique hasta llegar a formar parte de ella.

—¿Y los negros cómo llegarán a España?

—En barcos de pesca pequeños, jugándose la vida en el mar. Serán barcos negreros; pero en vez de ir a por ellos, los negros vendrán de forma voluntaria. Y los grandes empresarios encantados de volver a tener esclavos.

—¡Qué fuerte!

—Sí es muy fuerte, morirán muchos en el mar.

—Hay que impedir que todo eso suceda, impídelo.

—Hasta que la gente no se vea con el agua al cuello no se creerá que están luchando por exterminarlos incluido su propio gobierno. Es necesario que las cosas se pongan muy mal para arreglarlas. Hacer algo antes es completamente inútil.

—¿Nuestro gobierno hará todo eso, Bonifacio quiere exterminarnos?

—A Bonifacio lo único que le importa es su trono, mientras que él sea el rey le da igual la población española. Él será el primer traidor. Además, es ladrón a dos manos. Después, toda la caterva de politicastros que lo único que desean es hacerse ricos sin trabajar, sólo de engañar a la gente y vivir de la palabrería. Vote a quien vote la gente dará lo mismo. Es el sistema, es el régimen el que está corrompido desde la cabeza.

—¿Y si la gente vote a quien vote dará lo mismo qué debe de hacer? ¿Sublevarse?

—Pues si no crees en un sistema no participes, empieza por ahí. Si participas en un sistema corrupto terminarás siendo corrupto y además le estás dando legitimidad. Lo que la gente debe ser primero consciente en qué punto se encuentra y después tomar decisiones, entre ellas no ir a votar. Los dioses fueron dioses hasta que la gente dejó de creer en ellos.

—Pero con sólo no ir a votar no creo que todo cambie, haría falta algo más.

—Desde luego, pero ese es sin duda el primer paso y sin él no puede haber nada, después saldrían líderes y gente que sí sabe lo que hacer y que se ha estado preparando toda la vida para ello, la gente que los corruptos y los traidores han intentado eliminar. Líderes que han luchado toda su vida por la libertad política colectiva, por la libertad de todos.

—Vale ahora estoy más tranquilo. Pero cambiando de tema, no me explico una cosa. Todo eso de exterminarnos es un plan de los extraterrestres, ¿no?

—Sí. Quieren exterminar a la raza blanca y de manera muy especial a los españoles y a los alemanes.

—Vale, por qué a la raza blanca, lo de los españoles e incluso a los alemanes lo comprendo un poco ya el porqué, pero, sobre todo, tiene que haber gente al servicio concreta de Lord Marduk. Si no cómo lo hacen...

—Efectivamente, hay gente concreta que pone en marcha esos planes, y de manera muy especial un grupo que se llaman los sionistas, un grupo que dice hablar en nombre de los judíos que en realidad sólo habla en nombre de sí mismos y de Lucifer. Ese grupo fue expulsado de España por los Reyes Católicos y sobre cómo consiguen sus objetivos es principalmente mediante los préstamos y la deuda, es decir, a través de la usura. Mediante intereses de deuda que son ilegítimos el cobrarlos. Ellos quieren exterminar a la raza blanca y desean que ese espacio sea ocupado por musulmanes y negros a los que consideran razas inferiores y que pueden manejar de forma fácil. Lord Marduk es el que da las órdenes de manera directa a los sionistas y las principales organizaciones mundiales como la ONU. La Comunidad Europea, por ejemplo, está manejada por ellos.

—Pero los judíos están siempre en guerra con los moros, cómo van a querer que nosotros seamos sustituidos por ellos cuando Europa y Estados Unidos les están ayudando a sobrevivir... No lo entiendo.

—Tú lo has dicho, están rodeados de musulmanes y han tenido guerras con todos a la vez y no han podido con ellos, los manejan a su antojo, por eso quieren sustituirnos por ellos. Ten en cuenta que los españoles los expulsamos de España, con nosotros no pudieron, aunque lo intentaron. La raza blanca es la raza con mayor rendimiento, por eso Lord Marduk quiere exterminarla, no quiere que los seres humanos salgamos de la pecera y desea que sigamos viviendo arrodillados, no quiere que dejemos de ser su granja. Promoverán en Europa y Estados Unidos el aborto, el mestizaje y la inmigración masiva.

—Pero los Hijos de Cortés y Pizarro son mestizos y al parecer son los más fuertes.

—Así es, Los Hijos de Cortés y Pizarro son mestizos. El mestizaje es bueno y también puede ser malo, según. Si el mestizaje de la raza blanca se usa en África para crear un mestizo entre negro y blanco y mejorar la raza negra y hacerla avanzar es bueno; pero si se usa en Europa para diluir y exterminar a la raza con mayor rendimiento que es la blanca es desde luego muy malo para la humanidad. La raza blanca debe de ser preservada porque es la que puede sacar al resto de razas adelante y Lord Marduk lo que está intentando es exterminar a la raza blanca. El plan Kalergi es como le llaman al exterminio de la raza blanca.

—¿Y España estará sola para combatir todos esos planes?

—No, para nada, no estará sola. Rusia por ejemplo jugará un gran papel.

—¿Rusia? Pero si Rusia está desaparecida dentro de la Unión Soviética… Además, es atea, no tiene moral. Cómo una nación atea puede ayudar… Ya sé, el arconte me dijo que la Unión Soviética desaparecería; pero aún así no creo que Rusia tenga moral suficiente después de tantos años de comunismo.

—Pues te sorprenderías del futuro, porque Rusia será un pilar básico en la defensa de la civilización occidental. Defenderá nuestra civilización mucho más que los Estados Unidos que está dominado completamente por los sionistas. Además, el comunismo no consiguió matar la espiritualidad y la fe de los rusos. Rusia tiene un problema básico para su supervivencia, tendrá a dos grandes potencias que amenazan su soberanía tanto a oriente, China, como a occidente, Estados Unidos. Rusia unas veces se aliará con los chinos y otras con los norteamericanos, de esta forma hará de equilibrio y balanza, algo muy bueno para la humanidad que se verá amenazada tanto por los chinos, que serán tantos que se temerá su expansión, como por la belicosidad de los norteamericanos.

—La Santa Madre Rusia, quién lo diría después de tantos años que llevan de comunismo. ¿Sabes que Hitler está buscando quién está detrás del plan de Los Hijos de Cortés y Pizarro? Piensa que fue Fernando el Católico.

—Sí, lo sé. Sé que Hitler está buscando qué plan secreto llevó a los españoles a América y al mestizaje y a lo que después serán los Hijos de Cortés y Pizarro. Que siga buscando.

—Vino a darme las gracias, dice que en el futuro yo diré que con él nadie hubiera muerto de hambre.

—Así es. A lo mejor los seres humanos hubieran muerto de otra cosa; pero este mundo de la usura bancaria no hubiera existido, nadie hubiera muerto de hambre.

—¿Existe algún mundo alterno en donde Hitler ha ganado la guerra?

—Sí, existe.

—¿Y tú lo conoces?

—Sí, conozco esos mundos.

—Dime cómo son.

—Bueno, es desde luego un mundo mucho más pacífico y rico que esta línea de tiempo. Es un mundo en donde la usura no existe, está prohibida. Los banqueros tienen poco que rascar. Además, los seres humanos están conquistando igualmente La Galaxia y el Universo. Lo que pasa es que los nazis están siendo usados, están luchando por otra raza extraterrestre, los están utilizando.

—También me dijo que la Tierra era hueca y que los nazis habían fabricado naves especiales y habían ido ya a la Luna y a otros planetas.

—Todo eso es cierto, los nazis tienen bases en la Luna, Marte y otros planetas, del Sistema Solar y fuera del Sistema solar. Todo lo que te contó es cierto. Existe una Alemania oculta en el espacio que consta de cientos de miles de alemanes.

—¡Una Alemania oculta! —dije sorprendido.

—Sí, por eso Lord Marduk quiere exterminar a toda la raza blanca, somos un peligro en potencia para él.

—¡Y todo eso por qué no lo cuentan los medios de comunicación!

—¡Ja, ja, ja! ¡Ay los medios de comunicación! Esos sólo dan propaganda. Los grandes medios claro, lo que menos dan es información. Están manejados y al servicio de Lord Marduk. Habrá multitud de asociaciones que se llaman oenegés que están creadas con el dinero de los sionistas. Entre estas asociaciones y los grandes medios de comunicación que en su mayoría también están en sus manos lo único que hacen es desinformar a la gente, sumirla en un mundo irreal. Son medios de propaganda más que de información, propaganda para que nos asesinemos a nosotros mismos.

—¡Qué fuerte!

—¿Te das cuenta por qué no deberías saber estas cosas? Eres un niño, no puedes hacer nada y lo único que harías sería torturarte. Por eso te debemos de hacer olvidar; pero no te preocupes que lo recordarás todo en su momento oportuno.

—Me entristece mucho el futuro de España… También me dijo el arconte que Cataluña se independizaría.

—Y también te dijo que enseguida pediría la reunificación. En todos los mundos alternos Cataluña termina volviéndose a unir. España saldrá más fuerte de esa crisis no te preocupes.

—Me das esperanzas porque lo deseas o porque ocurre así en el futuro.

—Ocurre así en el futuro. España jugará un papel muy importante para el mundo.

—Dime algo que sucederá por lo que será tan importante.

—Bueno, por ejemplo, albergará el arsenal nuclear mundial…

CAPÍTULO XIX RENACIMIENTO

—¿España como almacén de armamento nuclear mundial? ¿Qué significa eso exactamente? ¿Vamos a guardar las armas nucleares de todo el mundo?

—Sí. Veamos, en tu tiempo se dice que la justicia internacional no existe. ¿Por qué? Porque si un tribunal internacional condena a países como Estados Unidos, Rusia o China no existe ninguna fuerza capaz de hacerles cumplir esa sentencia. Al no existir fuerza coercitiva no existe respeto a la ley. Las sentencias se cumplen o no si quieren o les da la gana a las grandes potencias, los países pequeños no tienen elección. Esto dentro de los estados no ocurre, porque está la policía que te obliga a cumplir las sentencias judiciales, a nivel internacional eso no existe. A nivel internacional impera la ley del más fuerte, la ley de la selva, porque no existe dicha fuerza coercitiva que haga cumplir la ley. Que eso ocurra entre los seres humanos es realmente malo porque seguiremos enfrentándonos entre nosotros y no proyectaremos toda nuestra fuerza en expandirnos como raza. Así que, España se ofrecerá para albergar todo el arsenal nuclear mundial, de esta forma, desarma de armas nucleares al resto de naciones evitando una catástrofe bélica nuclear y, además, las naciones empezarán a cumplir las resoluciones de los tribunales internacionales ya que ya habrá una fuerza coercitiva que puede obligar a los países a cumplir las leyes.

Esas armas, aunque estén en España estarán sometidas a mandato internacional.

—Ya, pero por qué España y no otra nación, ¿qué tiene España?

—España es un país de tamaño medio, no es muy grande; pero tampoco pequeño, tiene capacidad suficiente de defensa sin ser una amenaza para ninguna otra nación, además, está en el centro del mapamundi.

—Interesante ¿Y en qué parte de España estarán esas armas?

—En la meseta castellana.

—Qué futuro… Cualquiera lo diría… Estoy impresionado. ¿Y para España será bueno albergar esas armas?

—Sí, será bueno. Económicamente y en prestigio será bueno. Y para la humanidad será extraordinario ya que los seres humanos dejarán de luchar entre sí. Cuando dos países tengan un litigio lo resolverán en los tribunales, ya no será la ley de la selva entre nosotros.

—Dime una cosa… En el futuro qué es a lo peor a lo que te has enfrentado…

La pregunta no era retórica. Me veía tan seguro de mí mismo que quería saber dónde podía estar mi límite, era información que me podría ayudar en el futuro. Mi yo futuro se paró a pensar, sentía que tenía la respuesta; pero pensaba, quizá pensaba la forma de decírmelo.

—Bueno, hay varias situaciones, una de las más difíciles fue entrar en las bases subterráneas y comprobar los experimentos genéticos que los gobiernos hacían secretamente. Sobre todo, las mezclas que hacían de animales con personas. Había razas nuevas mezcladas con seres humanos.

—¿También mezclan humanos con animales en esas bases? El arconte me dijo que tenían niños enjaulados.

—Sí, mucha gente desaparece en el mundo y puede acabar en esas bases. Se liberarán a muchos.

—¿Y tienen conciencia esas nuevas razas? ¿Puedes hablar con ellas?

—Con algunas sí.

—¿Y cómo lo resolviste?

—Esos experimentos tienen que desaparecer. Son especies que en el futuro pueden guerrear contra nosotros y suplantarnos. Sí, hablé con la madre una de esas especies. Le expliqué su situación, quién era y en las circunstancias en las que había nacido. Me hizo prometer que no haría daño a sus hijos.

—Y no le hiciste daño a sus hijos…

—No, le prometí que sus hijos no sufrirían ningún daño, que vivirían hasta su muerte natural y me encargaría que lo hicieran en condiciones dignas, no en un laboratorio y que no experimentaría nunca nadie con ellos. Lo único que le expliqué que por el bien de mi raza y de la suya se les impediría que se reprodujeran.

—Sí, yo también creo que es una buena solución —respondí suspirando—. Has dicho varias… Y otras cosas o situaciones que te han impresionado…

—Estar con los padres de los desaparecidos y de los niños violados por los políticos.

—¿Habrá muchos desparecidos en España?

—Desgraciadamente sí. Y muchos niños y niñas violados y asesinados en pago a políticos corruptos. Son cosas que irás descubriendo sobre cómo funciona la política en España y en los llamados países avanzados. Nos han tratado como ganado, hemos sido ganado para ellos.

—Me imagino que los españoles se rebelarán contra eso... Que no has estado solo...

—Los españoles, aunque sean conscientes que los políticos corruptos los están matando y robando, estarán tan degenerados en sus costumbres que apenas tendrán capacidad de reacción. Sólo unos pocos que han permanecido fieles a sus principios serán capaces de hacer frente a los traidores. Sí, en ese sentido tienes razón no estaré ni mucho menos solo; pero tampoco la sociedad española responderá de forma masiva como debiera hacerlo. Los españoles serán gobernados por la peor ralea de delincuentes y psicópatas que ha pasado por la historia de España. Te vas a tener que enfrentar a dos palabras que serán muy importantes en el futuro: "el buenismo y lo políticamente correcto".

—¿Y qué significan esas dos palabras?

—Básicamente lo políticamente correcto es lo que es falso, pero para no ofender se dice. Y el buenismo es también la falsedad convertida en estupidez.

—Ponme dos ejemplos para entenderlo mejor.

—El buenismo, por ejemplo, que vengan todos los negros de África que aquí en Europa los vamos a alimentar y que se quiten las fronteras. Es una locura; pero es un ejemplo de buenismo.

—La abuela diría que cada uno en su casa y Dios en la de todos.

—Y así es como mejor se funciona y como siempre se ha hecho. Pero habrá muchos lumbreras en el futuro que descubrirán lo nunca visto. Las drogas también harán lo suyo.

—¿Y de lo políticamente correcto? Ponme un ejemplo.

—Pues, por ejemplo, decirle a un marica gei.

—¿Qué es gei?

—Maricón en inglés; pero suena diferente, como más moderno.

—Pues marica es apropiado viene de María, un hombre que se comporta como una María, como una mujer.

—Ya, y entre los maricas tienen por costumbre llamarse maricón uno al otro; pero otro que no sea marica no puede llamárselo porque no es políticamente correcto, hay que llamarle gei, en inglés. También en vez de llamarle a los negros, negros, se les llamará "de color", "morenitos", "negritos" aunque el tío sea un armario de dos metros.

—Ja, ja, ja. ¡Qué estupidez! Pues me parece insultante llamarle a un negro "morenito", es negro y punto lo mismo que yo blanco.

—Así es, pero el mundo futuro al que te vas a enfrentar ha perdido la cordura.

—Pues qué lío. Me apuntaré esas dos palabras para estudiarlas: el buenismo y lo políticamente correcto.

—Que no se significan otra cosa nada más que la falsedad, la mentira y la estupidez más absolutas. La falta de cordura, no lo olvides. Pero los políticos cambian el lenguaje y juegan con la mente de la gente para aprovecharse de ella.

Con los años he podido saber lo que es la doctrina del buenismo y lo políticamente correcto y no me podía imaginar hasta qué punto podían hacer daño a una sociedad. La estupidez que ha recorrido las calles de España por culpa de estas dos palabras, son desde luego de estudio para las futuras generaciones. Saber cómo se puede deformar por completo la moral de una sociedad con el juego falsario del lenguaje.

—También me dijo el arconte que inventarás un sistema económico nuevo.

—Sí, habrá un sistema económico nuevo y definitivo.

—¿Cuál es?

—Eso lo estudiarás en el futuro. Ahora no es el momento.

—¿Los impuestos tienen que ser bajos o altos?

—Bajos. El comunismo, el marxismo, el capitalismo salvaje y la social democracia fracasarán en el futuro y serán ideologías que serán abandonadas por llevar a la humanidad al desastre económico y moral. Los más trasnochados de izquierdas como último intento pedirán rentas para todo el mundo. Cuídate de esos, son los oportunistas, los que pescan en río revuelto.

—¿Dinero gratis?

—Sí, dinero gratis para todo el mundo por el hecho de existir.

—Y eso no es bueno…

—Pues no, no es bueno. Los que dicen que defienden a los trabajadores son en realidad los que más les perjudican y los que más favorecen a las grandes corporaciones y a los sionistas. Dinero gratis es como decir pienso sin tener que buscarlo para los animales de la granja, para que no protesten y acepten su destino mientras engordan. El que no trabaje que no coma. A este mundo se viene a luchar no a ser felices.

—Eso sí lo entiendo. A un mundo como este sólo se puede venir a luchar y no hay que escuchar a los que digan que no nos preocupemos y que nos van a hacer felices dándonos las cosas gratis.

—Exacto, esos son los malos o los que son tan estúpidos que trabajan para los malos sin saberlo. Al final no se sabe qué es peor y quién tiene capacidad de hacer más daño si el malo o el estúpido.

—¿Qué más? ¿De qué más formas voy a saber diferenciar los malos de los buenos?

—Es fácil. Políticos y asociaciones que no defiendan la vida humana están con los sionistas, con Lord Marduk. Olvida a quien defienda o tolere el aborto de seres humanos.

—Eso lo tengo más que claro.

—Lo sé, que lo tienes claro. ¿Lo ves? No es tan difícil no dejarse engañar. Todas las organizaciones de izquierdas están dirigidas por los sionistas, no te fíes de ninguna. Si dicen que defienden a los trabajadores, pues es al contrario, van a por ellos y contra la clase media. No debes de fiarte de ninguno, ni de los que dicen que son de derechas ni de izquierdas porque los sionistas financian a los dos bandos.

—Entonces si los sionistas están detrás de los dos bandos, ¿de quién puedo fiarme?

—Encontrarás a gente en el futuro que sabrás reconocerla, no te preocupes. Por sus hechos los conoceréis.

—Otra cosa, la iglesia, por ejemplo, también defiende la vida humana y defienden la religión que no es buena, el arconte me dijo que la iglesia era uno de sus mejores aliados.

—Porque la iglesia dice que no se puede salir del infierno y eso hace que ellos tengan cosecha de almas día tras día, alimentándose de nuestra energía vital. Ninguna religión es buena, son formas de dominar la mente humana, eso es cierto. Y también es cierto que es mejor una sociedad religiosa a una sociedad decadente que no cree en nada, carece de moral y mata a sus propios hijos. El cristianismo aún con sus defectos no es la peor de las religiones, conoce la misericordia, la empatía con la persona que cae. La iglesia constituye un pilar de la moral, en el futuro la cambiarás; pero no destruirás su obra. Además, tienes que tener en cuenta que las ideologías han intentado sustituir a la religión, como el marxismo, y son tan dañinas como las religiones, yo diría que incluso más y desean igualmente controlar la conciencia y la mente de la gente.

—El arconte me dijo que se llamarían Los Guardianes de la Palabra.

—Así es, en el futuro ese será su nombre y estarán en el Vaticano como hoy; pero nada que ver con lo que hoy hay. Las puertas de su biblioteca se abrirán, eso es lo más importante del Vaticano, allí se guarda la vieja Biblioteca de Alejandría.

—Pero esa biblioteca es la que se quemó…

—¿Y crees esas historias? Eso es lo que dicen, lo cierto es que fue trasladada a Roma y sigue viva en el Vaticano. En ella están nuestros orígenes. La iglesia católica guarda la sabiduría de los siglos. Si no te dejan entrar y desvelar toda su sabiduría entrarás a la fuerza en ella con los Hijos de Cortés y Pizarro. No sería la primera vez que los españoles entran en el Vaticano a la fuerza.

—¿Y tú has entrado a la fuerza en Roma y el Vaticano?

—No, pero te puede tocar a ti en un mundo alterno en el que tengas que hacerlo, los sionistas están cambiando constantemente el futuro. De hecho, ya existen mundos alternos en el que te toca entrar en el Vaticano por la fuerza. El Papa no es más que el sucesor del César, los antiguos patricios son las actuales casas reales europeas. Ten en cuenta que los patricios, los nobles romanos, fueron los que aprobaron las redacciones finales de los Evangelios. A través de los siglos han seguido gobernando su imperio troceado en reinos; aunque no lo hayan dominado con las legiones, sino con el miedo y la manipulación de la religión. Dominar la conciencia es un arma más poderosa que la espada. Ellos tienen sus reuniones secretas con el Papa con el que discuten secretamente el destino del resto de la humanidad. Eso acabará contigo.

—Pero si la religión no existe, entonces qué existirá…

—La religión en el futuro desaparecerá. Ningún ser humano se volverá a arrodillar ante nadie; pero la espiritualidad, la oración, la meditación, el silencio, el retiro... Eso siempre existirá. Nuestra alma nos llama a una vida espiritual. Es más, en el futuro es cuando más hombres y mujeres santos aparecerán. Será un mundo muy espiritual en donde mucha gente desarrollará sus capacidades psíquicas y espirituales a un grado máximo.

—Ahora no lo entiendo, sólo conozco este mundo y lo que me han enseñado.

—Lo sé, y no debes de ansiar conocer más por ahora.

—¿Sabes una cosa? No me gustó nada cuando estábamos esperando en el momento de tu muerte y todo el mundo se reía. No sé, esperaba que tu muerte fuera un poco más solemne. El arconte me dijo que todo lo tenías planeado, no sé qué podías tener planeado... Si me lo explicas...

—La muerte ha sido el hecho por el que han sometido nuestras conciencias. El miedo a la muerte, a no saber lo que hay detrás, la religión... Ese ha sido el gran engaño por el que día tras día nos han cosechado a los seres humanos. Llegará el día en el que la humanidad avance tanto que no conoceremos la muerte. Pero mientras ese día llegue romper ese miedo es trascendental. Que los seres humanos se rían de la muerte, que se rían del engaño, afrontarla con ánimo dentro del dolor; pero nunca sometiendo nuestra conciencia ni arrodillándonos. Hay que burlarse de la muerte. Ese era mi mensaje, por eso yo deseaba reírme de ella.

—Ahora entiendo algo. ¿Y nuestra madre dónde estaba? ¿Por qué no estaba a nuestro lado?

—Tu madre no acepta a un conquistador, quizá hubiera preferido vernos clavado en una cruz. Está tan influenciada por los arcontes y esa tal Carmen que es mejor olvidarse de ella. Es doloroso lo que voy a decir; pero muy necesario, cuanto antes te convenzas que esta que está ahí fuera de este cuarto no es tu familia menos sufrirás en el futuro.

Esas palabras se me clavaron. Me dejaron un buen rato pensativo. Todavía no era un hombre, estaba dejando de ser niño, pero no llegaba a ser hombre, estaba en la adolescencia. Que en esta época se me diga que no tengo familia realmente es muy difícil de asumir. Pero la realidad se impone al final y hay que aceptarla como venga.

—El arconte me dijo que nuestra hermana Inés sería muy importante para nosotros en el futuro —continué diciéndole.

—Y lo será, en eso no te mintió, cumplirá su misión; pero ya está. Tendrás una nueva familia. Pasarán muchas cosas, no le guardarás rencor a tu madre; pero no pasarás que haya dejado sola a la abuela en el momento de su muerte. Olvida este tema.

—Dime algo para que pueda combatir en el futuro y salgan las cosas bien.

—No te calientes la cabeza, simplemente deja que las cosas pasen, deja que las cosas ocurran. Cuando llegue el momento estarás preparado y sabrás actuar.

—Y María, ¿también me traicionará?

—Muchas personas te traicionarán. Pero tendrás a una reina de tu corazón que ella nunca te traicionará y siempre estará a tu lado.

—Y quién es esa reina de mi corazón, no es María...

—No, será otra mujer. Alguien que estará a tu lado hasta el final del tiempo.

—De ella no me ha hablado el arconte.

—No te ha hablado por ahora. Y ha hecho bien en no hacerlo. Han cambiado tanto el futuro que han pasado muchas cosas que no sabes. Y cuanto menos sepas mejor.

—No sé qué pensar, supongo que tengo que fiarme de lo que me digas. Es que estoy muy confundido, desde que he nacido me han dicho lo contrario de lo que estoy aprendiendo ahora. ¿Tan diferente es el mundo de lo que me han enseñado?

—Sí, lo es.

—¿A cuántas mujeres conoceré entonces?

—A unas pocas...

—Por lo menos le habrás hecho caso a la abuela...

—Sobre qué...

—Sobre las mujeres, ya sabes lo que ella dice, que hay que buscarse una delgada y limpia que gorda y guarra ya se volverá...

—¡Ja, ja, ja! ¡Qué bestia eres! Sí, le hice caso a la abuela.

—Soy tú mismo, no lo olvides.

—Y no me olvido; pero me sorprendo de mí mismo y de lo bestia que era ya incluso con doce años. Serán las cosas de Chozas de Canales, de la España profunda.

—Por cierto, ¿cómo está la abuela?

—Pues está muy bien, está conmigo, en el cielo.

—Me alegro, ¿sabes una cosa? Lo único que me consuela del futuro es que, después de todo esto que me está ocurriendo, sé seguro que la humanidad saldrá adelante. Hablándome que conquistaremos el universo… Me siento mejor, que dejaremos de ser el alimento de esos demonios, extraterrestres o lo que sea. Dime más cosas del futuro… De los seres humanos.

—Y tanto que la humanidad saldrá adelante, en el futuro llamarán a nuestra raza "los comedores de arroz".

—¿Y eso por qué? ¿Tanto arroz comeremos?

—Sí, el arroz será el alimento principal de la humanidad. El arroz es un arma muy poderosa, ten en cuenta que grandes civilizaciones como la china o la egipcia han nacido y prosperado gracias al cultivo del arroz.

—El arroz de la paella… ¡Pues cualquiera lo diría!

—Pero no ese grano pelado al que le han quitado gran parte de la fibra y las vitaminas sino el grano integral.

—Y una cosa, digo yo, que colonizaremos Marte lo primero que es el planeta más cercano…

—Marte no es muy apto para colonizar. Sufrió una guerra nuclear en el pasado, por eso se le ha identificado siempre con el dios de la guerra. La mitología tenía un motivo. Su atmósfera es radioactiva. En el interior hay bases humanas y de otras razas, el interior es más benévolo que el exterior.

—¿También Marte es hueco como la Tierra? Hitler me dijo que la Tierra era hueca.

—Así es, la Tierra es hueca y muchos planetas son huecos, se puede decir que es la estructura normal de un planeta.

—¿Y quieres decir que ahora en este tiempo ya hay bases humanas en Marte?

—Sí, en este tiempo, en mil novecientos ochenta y tres la humanidad tiene bases fuera de la Tierra, en Marte y la Luna y otros planetas del Sistema Solar. Sólo la mafia sionista que gobierna este planeta encabezada por Lord Marduk impide que la gente sepa la verdad. La Tierra está en cuarentena, en un apagón informativo para que los humanos sigan siendo la granja que desde su nacimiento han sido. Para evitar su expansión por el universo. Desde la propia ONU que está en manos de Lord Marduk y los sionistas a cualquier otra organización supranacional. En lo alto de la pirámide siempre hay razas no humanas que dirigen la granja.

—Dime más cosas del espacio, del futuro. Háblame de los nazis que fueron a la Luna mucho antes que los norteamericanos. ¡Ah! Y se molestó mucho Hitler cuando le pregunté si había tenido familia, porque me dijo que vivió hasta hace poco en Sudamérica. Cuéntame.

—Qué quieres que te cuente más… Que es verdad que los nazis llegaron a la Luna mucho antes que los norteamericanos. Tenían la tecnología para hacerlo antes de finalizar la Segunda Guerra Mundial. Allí, en la Luna, tienen una base desde entonces. Pero también tienen bases en otros planetas del sistema solar y fuera de él. Y en cuanto a que no te quiso contestar si tiene familia aquí es normal. Imagina que ha tenido descendencia, pues no querrá que los molesten. Entre otras cosas porque ellos no tienen culpa tampoco de lo que ocurrió en el pasado. Peor será otra hija de Hitler que gobernará Alemania e intentará destruirla mediante la inmigración musulmana masiva. Esa sí es peligrosa, es una sionista al servicio de Lord Marduk e intentará someter al resto de Europa mediante la economía y la deuda y lo único que conseguirá será arrasar y destruir por completo Europa.

—¿Sabré reconocerla a esa hija de Hitler que dices?

—Desde luego, tiene toda su cara. Además, será la única gobernante mujer alemana. Fueron los soviéticos los que consiguieron esperma de Hitler, nació en un laboratorio se puede decir. Está criada por una familia alemana que no es su familia biológica.

—Pues qué peligro —exclamé.

—Sí, esa mujer sí es peligrosa. Más que por ella misma por quien está controlada.

—Háblame de los nazis, cómo se les derrota.

—No hace falta derrotarlos porque los nazis no nos van a atacar. Simplemente se limitarán a esperar a que la humanidad despierte de la pesadilla que significa estar dominados por los sionistas, por los usureros y los bancos. Los sionistas sí querrán destruir a los nazis. Nosotros no debemos de meternos en eso. Debemos de respetar las dos líneas de conquista que se van a establecer. Por un lado, los mestizos y por el otro los blancos puros. Tenemos que sacar al resto de razas humanas de este campo de concentración que es la Tierra, las tenemos que sacar adelante, no vamos a dejar a nadie atrás. No podemos traicionarnos a nosotros mismos dejando a seres humanos en una granja para que sean alimento eterno de unos demonios. ¿Sabes cuál fue el mayor pecado de Hitler y por qué le declararon la guerra?

—Porque invadió Polonia.

—Eso piensas y eso dice la historia que has estudiado. Pero el mayor pecado que cometió Hitler y por el cual le declararon la guerra fue porque salvó a los alemanes del hambre que pasaban. Porque se negó a pagar a los usureros los intereses de la deuda y gran parte de la deuda que habían obligado a Alemania a aceptar. Porque suprimió la usura en Alemania. Porque Hitler declaró la independencia económica de Alemania despreciando a los banqueros y usureros sionistas. Por todo eso se le declaró la guerra a Alemania.

—O sea que la Segunda Guerra Mundial fue una guerra bancaria antes que bélica.

—Así es. La Segunda Guerra Mundial fue porque Alemania se negó a aceptar los mandatos de los usureros sionistas. Y países que estaban controlados por los sionistas como Estados Unidos, Francia y Gran Bretaña le declararon la guerra.

—También me dijo Hitler que todo eso de las cámaras de gas es una gran mentira, que él no hizo nada de eso, que se lo inventaron.

—Eso es algo que estudiarás en el futuro. La verdad no necesita ser protegida mediante leyes. Ahora no es necesario que lo sepas ni es conveniente que lo sepas.

—Está bien, sobre lo que me digas que no debo saber no te voy a preguntar más. Hitler me dijo cómo debía combatir a los usureros en España. Que España también caería en una gran deuda me dijo el arconte.

—Así es. España tendrá gobiernos traidores a la nación uno tras otro.

—¿Y Bonifacio V no va a hacer nada para que España no caiga en manos de esos traidores?

—Bonifacio es el primer traidor. Está puesto y mantenido por los sionistas. A todos los que podían competir por su trono los servicios de inteligencia de Estados Unidos, Israel y Gran Bretaña los han eliminado. Eso sí, pareciendo siempre un accidente. A Bonifacio lo único que le importa es el trono. España y los españoles no le importan lo más mínimo. Bueno, le importan tanto en cuanto se enriquece a costa de ellos y vive como un dios.

—El arconte me dijo que te ofrecería en matrimonio a una de sus nietas.

—Así es, imagínate si aceptaras. Aparte que no tienen edad hubieras destruido por completo tu misión. Relacionarte con la realeza sería como tener buenas relaciones con los sionistas. Fracasarías en intentar sacar adelante a la raza humana.

—Lo comprendo. ¿Entonces si nadie la defiende qué será de España?

—España saldrá adelante no te preocupes. Hubo un político alemán que dijo una vez que estaba convencido que España era el país más fuerte del mundo, porque llevaba siglos intentando destruirse a sí misma y todavía no lo había conseguido. Además, en los peores momentos de su historia es cuando España ha reaccionado de la mejor forma sobreponiéndose. En el futuro España se convertirá en una república Ibérica junto con Portugal.

—Sí, eso me dijo el arconte. Y también me dijo que el vasco iba a ser el idioma oficial. Qué cosa más rara me pareció.

—No es raro, pero no lo hablará todo el mundo el vasco. Más que nada será el lenguaje interno de la administración y eso es muy bueno, porque así se evitará fuga de información. Será un cortafuegos muy importante para aquellos que quieran entrar en la administración sin ser realmente españoles o ibéricos. Después la gente seguirá hablando en castellano, portugués o catalán. En América seguirá avanzando el castellano que se convertirá en el idioma por excelencia, y los Hijos de Cortés y Pizarro llevarán a la lengua española a la eternidad.

—¿Podrá España levantar la cabeza en el futuro o la aplastarán con la deuda?

—España podrá levantar la cabeza en el futuro cuando los españoles se den cuenta al nivel de degeneración que los políticos les han llevado. Mientras que sigan en el camino de la degeneración no levantarán la cabeza en la vida.

—Entonces confío que sí, España sabrá reaccionar.

—Debes hacerlo, debes confiar, eso no significa que tendrás a los traidores de siempre intentando que España jamás se levante. Pero no sólo se unirá Portugal, también lo hará Puerto Rico y Filipinas volverá a adoptar el español como lengua.

—¿Puerto Rico unido de nuevo? Eso sí que es una sorpresa. Y lo de Filipinas…

—Teniendo en cuenta cómo entraron los norteamericanos allí y cómo los tratan no es nada extraño. Los puertorriqueños están hartos de los norteamericanos y los filipinos recuerdan a los españoles como la mejor época que tuvieron, como sus verdaderas raíces, no en vano estuvimos allí cuatrocientos años. Recuerdan de forma muy viva cómo los norteamericanos los encarcelaban y los perseguían por hablar español. Eso fue más que una guerra, fue un ataque contra nuestra cultura y contra su cultura que no se olvidará jamás.

—Pues cuánto cambiará el mundo en el futuro… Háblame ahora de Lord Marduk, ¿cómo es? ¿Lo conoceré en el futuro?

—Pues es alguien que simplemente no es humano y no siente empatía por la raza humana. Para él somos ganado y nos quiere tanto en cuanto le servimos. Como un granjero puede querer a su asno. En el Antiguo Testamento se le puede confundir perfectamente como Jehová, el dios de los judíos. Es el líder de los sionistas que son su brazo derecho aquí en la tierra.

—Pero si es extraterrestre, ¿cómo es? ¿Qué facciones tiene?

—Tiene facciones humanas, se le podría confundir con un humano salvo por ciertos rasgos físicos que a veces pueden pasar desapercibidos. Su inteligencia es muy superior a la de cualquier ser humano. De hecho, él maneja a toda la raza humana, lleva manejándola milenios en la sombra sin que nadie lo sepa.

—Lo conociste…

—Sí lo he conocido y no he parado de retarle a un enfrentamiento entre los dos todo el tiempo.

—¿A un enfrentamiento físico?

—Sí, a un combate.

—¿Y aceptó?

—Se puede decir que sí. No puedo contarte más.

—¿Entonces lo matarás?

Se hizo el silencio por un momento. Mi yo futuro se levantó y miró por la ventana quedándose callado.

—Cuando llegue el momento sabrás lo que hacer para salvar a tu raza —dijo después de un intervalo.

—De acuerdo —fue sólo lo que alcancé a decir y no quise preguntar más sobre el tema.

—Me tengo que ir —dijo de repente mi yo futuro.

—¿Ya? ¿Tan pronto? ¿No te quedas un rato más conmigo?

—Me llaman los Hijos de Cortés y Pizarro, tengo que estar al lado de ellos.

—¿Qué pasa están en problemas?

—Van a entrar en combate y me están llamando, siempre lo hacen antes de la batalla.

—Vaya, yo creía que cuando morías ibas al cielo y ya no había más combates.

—Cuando falleces sigues combatiendo. Aquí se viene a luchar y a luchar hasta el fin, hasta el final del tiempo.

—No te vayas, quiero que te quedes siempre conmigo —dije mientras creía que las lágrimas se me saltaban.

—Siempre estaré contigo, soy tú mismo.

—Pero no así, como ahora… Estoy tan bien a tu lado, eres el único que me ha dado ilusión y me ha dado esperanza.

—No te preocupes, aunque no me veas siempre estaré a tu lado. Por cierto, ahora eres tú el que lloras.

—Sí. Jamás me había sentido tan bien al lado de alguien.

—Eso es porque te siente a gusto contigo mismo. Ahora debo de decir adiós.

—Adiós.

Y el General Romero se fue a través de la oscuridad del pasillo de mi casa. Y allí me dejó con lágrimas en los ojos y sabiendo que nunca más lo volvería a ver y que, en todo caso, ese hombre era al final en lo que yo mismo me debía convertir. Tenía sin duda un trabajo duro por delante. Del niño inseguro que me sentía al hombre seguro de sí mismo y perfectamente consciente del mundo que le había tocado vivir, de la batalla que le había tocado librar. El General Romero me inspiró para siempre y en su recuerdo me he convertido ahora en lo que soy.

CAPÍTULO XX LA DESPEDIDA

La entrevista conmigo mismo me había dejado muy descolocado. Tanto que incluso mi percepción sobre el arconte había cambiado de forma notable. Ahora estaba mucho más receloso hacia él. Mi actitud había cambiado y el arconte creo que se dio cuenta, ya que estaba mucho más hablador, mucho más simpático que de costumbre. Sin duda él había notado mi cambio de actitud.

Quiero dejar claro que estos acontecimientos que voy a relatar ahora y sobre cómo fue la despedida con el arconte se lo conté a mi maestro. Así que ya me podéis volver a imaginar delante de su despacho, contando los últimos retazos de esta increíble historia.

El arconte vino a la noche siguiente. Durante todo el día había estado pensando sobre la conversación que había tenido con el General Romero y durante todo el día lo había echado de menos. Sabía que ya no volvería verlo, sin embargo, sí volvería a ver al arconte. Como siempre para el arconte no transcurrieron ni cinco minutos, para mí había transcurrido toda una mañana en la que había pensado muchas cosas, demasiadas cosas.

—¿Hablaste con él? —empezó preguntándome el arconte.

—Sí, hablé con él.

—¿Y qué decides?

—Me dijo que me has contado muchas cosas y que no debías de haberlo hecho. Además, cuentas verdades a medias y eso no es que me lo diga él, lo he podido descubrir yo.

—Te he contado lo estrictamente necesario.

—Está bien, no voy a entrar en eso ahora. También me ha hablado de Lord Marduk. Me ha contado cosas sobre él.

—Es interesante. ¿Y qué te ha contado?

—Que no siente empatía por la raza humana, que somos como el ganado para él. Por cierto, dónde está Lord Marduk, dónde se encuentra...

—A veces está aquí en la Tierra, otras veces se traslada a su planeta Niburu.

—¿Nibiru? ¿Qué planeta es ese? ¿No está en el Sistema Solar?

—Sí está en el Sistema Solar, tiene una órbita diferente al resto, más amplia, aparece más cerca de la Tierra cada miles de años. Es un planeta mucho más grande que la Tierra. Esta vez pasará muy cerca.

—¿Pasará cerca de la Tierra? Pero eso es malo, supongo...

—La última vez que pasó cerca de la Tierra la Atlántida se hundió. Sí, puede ser muy malo.

—¿La Atlántida existió?

—Sí, existió y se hundió.

—Increíble... —dije pensativo—. También me dijo que Marte sufrió una guerra con armas nucleares.

—Sí, así es. Antes Marte tenía tanta vida como la Tierra.

—Ha habido muchas muertes y muchas guerras por lo que se ve. ¿Tanta gente hay en el infierno?

—El infierno no es ya lo que era, se está quedando vacío desde la última vez que estuviste.

—¿Vacío? ¿Por qué?

—No podemos retener a las almas y nos estamos quedando sin comida. El infierno se ha convertido en un cachondeo.

—En un cachondeo… Si no te explicas mejor no te entiendo. ¿Por qué se ha convertido en un cachondeo?

—La última vez apareció un hombre que decía ser fan de una tal Andersen, una que decía las tenía como melones y también decía que quería estar donde estaba ella y que si no estaba allí que no se quedaba. El infierno ya no se toma en serio, nuestra mejor arma ha desaparecido, estamos siendo derrotados.

—¿Y lo dijo así literal? ¿Qué quería estar al lado de una que los tenía como melones?

—Sí.

—La verdad es que sí, es un poco choteo. ¿Vuestra mejor arma? Vuestra mejor arma se basaba en una mentira, era un arma demasiado frágil, algún día tenía que romperse.

—Tú les has enseñado.

—Y ahora qué coméis… Porque si ya no hay sacrificios humanos…

—Nos quedan los deportes. Pero no es lo mismo.

—¿Qué significa nos quedan los deportes?

—Nosotros nos alimentamos de las emociones, en los estadios la gente desprende mucha energía.

—Bueno es una forma de comer que a lo mejor no es tan dañina para nosotros…

—¡Pero siempre es fútbol! ¡Estamos hartos de fútbol! ¡Sólo tenemos fútbol! —dijo nervioso el arconte—. Y no es de los mejores platos ni mucho menos, con eso pasamos más que hambre.

—Comprendo, es como si siempre te pusieran gachas para comer todos los días.

—Sí, así es.

—Y si encima siempre gana España…

—¡Tú también te ríes de nuestra desgracia!

—Bueno, no… No pretendía eso —dije al arconte, aunque en realidad es que sí.

—A mí me parece que sí…

—Bueno… No… Para nada… Pero supongo que habrá todavía gente a la que engañáis, la gente cuando muere no ve como un resplandor que te envuelve y pasa toda tu vida por delante… Eso es lo que dicen al menos.

—Usamos muchas técnicas para someter la conciencia. También puedes ver a los personajes religiosos que te hemos inculcado en vida; pero ya nada de eso nos sirve. No conseguimos retener a las almas.

—Bueno, a eso me refería sí… Y dime una cosa, ¿las personas que se suicidan? ¿Qué hacéis con ellas?

—Son espíritus pobres y débiles que apenas nos sirven, los volvemos a hacer que se reencarnen en algún sitio de África.

—Pues qué putada. Alguien que se suicida pensando que va a escapar y termina peor que antes.

—Sí, eso es lo que pasa normalmente. Pero todo eso puede acabar si nos ayudas.

—¿Qué puede acabar? O puede seguir hasta que vosotros queráis, hasta la eternidad, supongo.

—¿Va a ser esta noche? ¿Te vas a suicidar esta noche? —preguntó el arconte denotando cierta ansiedad.

—Dime más cosas de ti.

—¿De mí? —dijo el arconte sorprendido por el cambio de conversación y la falta de mi respuesta a su pregunta— ¿Qué quieres saber?

—Cuando estabas en vida, en esta tierra, a qué te dedicabas, no sé cosas…

—Trabajaba en lo que podía, hacía un poco de todo. También enseñaba, daba clases y me pagaban, tenía discípulos.

—¿Tenías discípulos? Qué curioso. Y qué enseñabas.

—Enseñaba de todo. La ciencia en mi tiempo no se compartimentaba como ahora. Enseñaba Matemáticas, Filosofía, Historia, Geografía, Retórica.

—Eras un gran maestro… Entonces.

—Sí lo era. Era el mejor maestro —dijo medio ofendido por dudar de sus aptitudes.

—Está bien, tampoco te enfades, sólo preguntaba. Dime una cosa, el primer día me dijiste que te mataron por defender a Dios.

—Así es me mataron.

—¿Cómo te mataron?

—Me hicieron beber un veneno.

—¿Te obligaron?

—No, no me obligaron. Me lo hicieron beber.

—Explícate porque no lo entiendo bien lo que me quieres decir.

—Me condenaron a muerte, me encerraron en una celda y me dejaron una copa de veneno para que la bebiera.

—O sea que quieres decir que no te obligaron literalmente, sino que tú la bebiste voluntariamente.

—Sí.

—Pero eso es un suicidio… ¡Te suicidaste! ¡Por eso te convertiste en un monstruo!

—¡No me suicidé! —dijo el arconte visiblemente alterado—. Si no me la hubiera bebido me habrían matado de igual forma.

—¿Les perdonaste?

—¿A quién?

—A los que te juzgaron, a quienes dices que te dieron a beber el veneno.

—¡Jamás! ¡Los hubiera matado allí mismo! ¡Con mis propias manos!

—Pues entonces por eso fuiste al infierno, debes de perdonarlos.

—¿Perdonar? ¡Jamás! Lo di todo por ellos y ellos me asesinaron.

—Pues entonces por eso eres malo. Dios no es injusto.

—Dios es injusto, lo que dices tú es injusto. ¿Qué tenía que haber hecho según tú?

—No haber bebido y perdonarlos.

—Eso no es racional. Te ríes de mí.

—No me río de ti, por eso te convertiste en un demonio.

—Tú nunca vendrás con nosotros. ¡Nos has mentido!

—No te he mentido. Jamás te dije que iría.

—¡Eres un mentiroso, te has reído de mí! —dijo gritando el arconte.

—No es cierto lo que dices.

—¡Ahora mismo tengo que irme y consultar lo que debemos de hacer! —dijo nervioso el arconte—. ¡Pagarás por ello no lo dudes! Haremos que tu muerte sea cruel y dolorosa como nunca imaginaste.

—Si ese es el precio estoy dispuesto.

—Por fin ha hablado tu espíritu, ahora lo entendemos mejor. ¡Volveré!

El arconte se marchó; pero esta vez sus pasos no eran lentos y seguros sino rápidos, imprecisos. Fuera vi como un grupo de demonios esperaban agolpándose mientras el arconte salía gritando.

—¡Nos ha engañado un niño! ¡Nos ha engañado un niño!

Cerré la puerta de mi habitación corriendo. Yo también estaba muy nervioso, sabía que ahora estaba en una situación muy delicada, los demonios vendrían a por mí sin contemplaciones. Si antes ya no me dejaban dormir a partir de entonces redoblarían sus esfuerzos. Y así fue en los siguientes días, los ataques fueron aún peores y más constantes, volcaron toda su rabia en mí. Sólo vi una vez más al arconte. Vino a mí de una forma desesperada, fue en esa misma noche, casi en el amanecer.

—He vuelto para despedirme —dijo el arconte entrando repentinamente en mi habitación—. Ya no volverás a verme más. Nos has matado a todos.

—¿Por qué dices eso? —contesté preguntando.

—Las puertas del abismo se van a cerrar, el final del tiempo ha llegado. Los seres humanos han decidido volver al espíritu, al incognoscible. Tenían el poder de parar el tiempo y no lo han hecho.

—¿Tan poderosos llegaremos a ser que tenemos la capacidad de parar el tiempo?

—Sí. Sólo hemos tenido una oportunidad de volver a gobernar mil años después de venir a verte; pero no pudimos hacer nada. Quiero que sepas que tu vida será magnífica, que tendrás mucho poder, que serás rey y emperador, podrás disfrutar de tu reinado mientras estés aquí. Disfruta de él, cuida tu salud, lo necesitarás para disfrutar de tu reinado.

—Sálvate tú.

Eso fue lo que me salió en ese momento. No en vano había llegado a tener aprecio por ese ser al que había visto sufrir tan cerca de mí. No había que ser muy listo para saber que había venido a intentar inculcarme que me degenerara con el poder que supuestamente tenía. Por eso apenas lo escuché lo único que me salió decir es que él también podía salvarse si quería.

—Yo no puedo salvarme.

—¿Por qué no? Arrepiéntete de todo lo que has hecho.

—No puedo, para mí es muy tarde…

Una vez más vi a aquel ser dudar, carecer de esa seguridad con la que me tenía acostumbrado a hablar de todo.

—No es tarde para ti, sí que puedes, ponte a salvo.

—No, para mí es demasiado tarde, ya todo está perdido.

—¡Sálvate! —le dije gritando.

—¡No! ¡No quiero salvarme! ¡Oooh! —gritó el arconte.

La imagen de aquel demonio revolviéndose contra sí mismo fue desde luego sorprendente. Vi a ese ser agacharse, retorcerse sobre sí mismo y gritar, gritaba de locura, la locura que llevaba dentro que en ese momento se exteriorizaba. Y retorciéndose y gritando se marchó corriendo por el pasillo de la casa. Fue entonces cuando no volví a ver más al arconte. En la oscuridad del pasillo de mi casa vi cómo desaparecía gritando y corriendo. Esa es la última imagen que tengo grabada de él. Después de aquella noche ya sabía lo que me esperaba.

Mi maestro Francisco terminó de escuchar mi relato, se quedó un momento en silencio, mirándome. En su despacho fue donde terminé de desahogar toda mi historia. Era la primera persona que lo había escuchado, la única persona hasta el momento. Desde los doce años había llevado ese gran secreto conmigo, las visitas que aquel demonio me hacía a mi cuarto para hablar conmigo y decirme lo que iba a ocurrir en el futuro.

—¿No hay nada más? —me preguntó.

—No, no hay nada más.

—Realmente un relato increíble e impresionante. No volviste nunca más a ver a aquel demonio.

—No. No lo volví a ver nunca más.

—¿Y crees todo lo que te dijo ese ser?

—No sé qué pensar, creo que me decía muchas veces verdades a medias. Verdades interesadas o pretenciosas.

—Es posible. ¿Quién crees que podía ser ese ser?

—No lo sé, yo sólo sé lo que vi. Aún hoy tengo dudas si todo lo que vi es cierto o sólo fue mi imaginación.

—¿Por qué crees que fue tu imaginación?

—Bien… Mírame… Tengo 23 años, no tengo ni la educación básica y mucho menos voy a ser un general norteamericano.

—Ni tampoco ha habido ninguna guerra mundial en la que combatías a los chinos…

—No, nada de eso ha pasado.

—Nada de eso ha pasado; pero te voy a mandar a estudiar. Te vas a sacar la educación básica y después te vamos a formar.

—¿Quieres decir que no me vas a decir que no puedo seguir aquí con vosotros?

—Al contrario, te vas a quedar con nosotros y te vamos a formar.

—¿Es que has creído todo lo que te he contado?

—Tu historia es demasiado increíble, tan increíble que puede ser cierta. El tiempo dirá si todo lo que has contado es cierto. Yo creo que has sido sincero, en todo caso ha podido ser tu mente la que te ha jugado una mala pasada.

—Es posible, quién sabe.

Así es, quién sabe. Quién sabe si nuestros sueños son verdad o son mentira. Quizá este mundo sea una ilusión, una ilusión tejida por un ser demencial y nosotros hemos caído en él. Quizá también llegará un día en el que ese ser demencial que ha propiciado esta caída caiga en nuestro sueño y cuando caiga en nuestro sueño quedará atrapado en nuestra ilusión y entonces será el final del tiempo, el final de su tiempo.

Desde el año 2012 están convergiendo diferentes líneas de tiempo y nos hemos adentrado lo suficiente en una nueva era como para dar a conocer todas estas cosas. Quizá tú que lees ahora estas páginas que hasta hoy han sido secretas te preguntes si hay algo de todo este relato que sea real. Si ha pasado algo de lo que se relata en él. Puedo decir que estoy cerca de cumplir los cincuenta años, muchas de las cosas que me anunció el arconte sí se han cumplido. Tal y como me anunció el arconte llegué a ser un general norteamericano, aunque no oficialmente, llegué a combatir a los chinos, llegué a conocer a María, ideé un nuevo sistema económico y llegué a conocer y realizar muchas cosas de las que el arconte me dijo.

Ahora me he decidido a escribir estas líneas, al lado del Ebro, el río madre de la nación ibérica e hispánica, al lado de los riscos de Bilibio en la ciudad de Haro. Como una vez me dijo el arconte en el pasado, me dirigiría a los lugares de poder de la tierra y ellos me han hablado, me han hablado en su lenguaje, en el silencio, en la acción de la vida. Así es, así como me dijeron en el pasado cuando llega el momento sabremos qué hacer. Sabremos cuándo ha llegado el tiempo en el que la vida nos va a dar las explicaciones del porqué estamos aquí y nos va a pedir también una respuesta. Es por eso que ahora sé que el destino me ha conducido hasta aquí y es porque era el tiempo de escribir. Miro desde la ventana de mi casa y puedo ver los viñedos, la Sierra de la Demanda, los Montes Obarenes. En los riscos de Bilibio que tengo al lado visito la ermita y la figura enorme de San Felices, el santo patrón de la ciudad de Haro capital del vino de rioja. El santo que una vez fue el maestro de San Millán patrón de España hasta que estos tiempos de degeneración y depravación quieren que su figura caiga en el olvido. Muy cerca de aquí en la Sierra de la Demanda tengo San Millán de la Cogolla y donde el santo Millán está enterrado y sé que él, de alguna forma, está intercediendo para que esta tierra que una vez alumbró a los más grandes hombres vuelva a resurgir de la degeneración en la que ha caído y que le ha hecho olvidar su cometido histórico. En San Millán, en su monasterio, se guardan los escritos más antiguos que se conocen, tanto de la lengua castellana como de la lengua vasca, el antiguo íbero, la lengua del Ebro. Es un templo de la cultura ibérica e hispánica que sigue aguantando impertérrito a través de los siglos, cumpliendo su misión histórica.

De los arcontes no se ha sabido nada desde hace mucho. Durante toda mi vida me he puesto a investigar sobre estos seres, quiénes eran y de dónde venían. No existe mucha documentación sobre ellos. Hay un escrito copto que se encontró hace relativamente no mucho. El escrito se llama La Hipóstasis de los Arcontes y es un libro encuadrado dentro de otros muchos documentos que se encontraron y se han venido a llamar los Escritos de Nag Hammadi. Al parecer fueron encontrados en Egipto, algún religioso gnóstico ante la persecución que sufrían escondió los escritos y han aparecido recientemente. Es normal que los arcontes quisieran borrar toda huella suya en la historia. Su mejor arma es el desconocimiento que se tiene de ellos. Estos escritos son los únicos que nos hablan de estos seres a los que San Pablo llamaba también "los dominadores de este mundo". Ahora con mi relato podéis tener una aproximación más adecuada sobre quiénes han sido estos dominadores y lo que han significado para nosotros. Como desde la oscuridad y las tinieblas han manejado la historia del hombre a su conveniencia.

Mi pelo ya tiene canas, ahora convaleciente de una operación por aquella patada que me propinó en el estómago el cabo primero Sánchez he escrito estas líneas. Estoy con la reina de mi corazón que está al lado mío cuidándome y haciendo de la travesía por este mundo sea un poco más amable y menos amarga.

Qué pasó con mi maestro y sobre mi vida en los Jesuitas... Estuve muchos años en la orden de los Jesuitas, pude estudiar y formarme e incluso me dio tiempo a realizar estudios de Teología, en concreto la estudié a fondo durante tres años con grandes profesores. Pasó el tiempo y la vida me llevó por otros derroteros; pero eso queda para otra ocasión en la que desees seguir leyéndome para saber qué ha sido de mi historia.

Ahora me pongo a pensar y pienso y recuerdo al niño aquel que miraba por la ventana hacia abajo para suicidarse en aquella habitación del piso de mis padres en Coslada. Y recuerdo mirar hacia atrás y encontrar la figura del arconte esperando mi decisión. Y recuerdo las noches sin dormir y las duchas frías y los golpes de Carmen y la patada del cabo primero Sánchez y recuerdo seguir subiendo y bajando haciendo flexiones. Y recuerdo también el hocico de aquel toro manchado de tierra pasando a escasos metros de mí en el burladero resoplando ira y desafío y recuerdo la mano de mi padre tranquilizándome en mi hombro y diciéndome estoy aquí contigo. Y recuerdo los trabajos y esfuerzos para ganar nada. Y recuerdo el frío y el calor y el esfuerzo y la lucha. Y recuerdo el robo y el abuso de trabajar por sobrevivir. Y recuerdo al usurero y al que me explotaba y al que me traicionó. Y recuerdo tantas cosas y hay tantos recuerdos en mi memoria. Y también recuerdo cuando me decía que era bello y hermoso y ahora sé mirando atrás la inocencia perdida que este mundo se lleva sin preguntar y mientras puede. Y me recuerdo jurando y perjurando que yo jamás le daría un hijo a esta vida porque conmigo ya habían tenido suficiente y no iban a pillar más de mí de lo que ya se han llevado. No le daría un hijo mío a esta granja si mi hijo no iba a ser libre y no iba a permitir que fuera explotado por los usureros y satisfechos que dirigen este mundo y se hacen llamar reyes, príncipes y señores. Y recuerdo el silencio y el tormento de quien conoce y se encuentra solo, y recuerdo pasar por esta vida conociendo las miserias y las alegrías de alguien que siempre ha pensado ser uno más. Porque os recuerdo, porque lo sé, que existe un combate entre el bien y el mal tanto en el cielo como en la tierra. Y el combate del cielo se refleja en la tierra muchas veces y de una forma inusual, en lo oculto. No es una guerra que podamos ver con los ojos del cuerpo y sus batallas se suceden en hechos aislados, oscuros y misteriosos.

FIN

Made in United States
Orlando, FL
06 April 2023